Ce silence entre nous

Illustration de couverture et portraits : Fanny Vénembre.

Titre original : *The Silence Between Us*
originellement publié par Blink, un label de HarperCollins Focus, LLC.
Published by arrangement with HarperCollins Focus, LLC.

mame

Direction : Guillaume Arnaud
Direction éditoriale : Sophie Cluzel
Édition : Marie Rémond, assistée de Zélie du Peyroux
Direction artistique : Thérèse Jauze
Direction de la fabrication : Thierry Dubus
Fabrication : Audrey Bord
Mise en page : Nicolas Chevalier (Studiolivre)

57 rue Gaston Tessier, CS 50061, 75166 Paris Cedex 19
www.mameeditions.com
ISBN : 978-2-7289-3686-1
MDS : MM36861

ALISON GERVAIS

Ce silence entre nous

TRADUIT DE L'ANGLAIS (ÉTATS-UNIS)
PAR CHARLOTTE GROSSETÊTE

À cœur cœur

mame

Pour mes parents, qui n'ont pas baissé les bras,
et pour Tyler, qui trouve que mon appareil auditif est cool.

1

Je n'avais pas mis les pieds dans une école pour entendants depuis près de cinq ans, et pourtant, Maman et moi étions là, assises dans notre minivan sur le parking du lycée Engelmann, établissement pour entendants. Nous attendions depuis un quart d'heure environ, et mon cœur ne cessait de battre la chamade dans ma poitrine.

Maman a tendu le bras et m'a tapoté le genou. J'étais en train d'attraper un fil qui pendait de mon t-shirt *tie-dye*. J'ai levé les yeux. Elle m'a fait un signe : *Prête ?*

Je me suis sentie pousser un lourd soupir. Non, je n'étais pas prête, mais je n'avais pas vraiment le choix. L'école pour entendants n'était pas *du tout* mon idée, mais comme la plus proche école pour personnes sourdes se trouvait à plus d'une heure de notre nouvelle maison près de Parker, dans le Colorado, nous n'avions pas beaucoup d'options.

Prête, ai-je répondu par signes. *Attendre m'aide pas.*

Une fois de plus, je me suis réjouie que la langue des signes américaine soit ma méthode de communication préférée – une langue courte, douce, directe et loin d'être aussi formelle que l'anglais. À ce moment précis, je me serais sentie incapable d'aligner une phrase dotée d'un demi-gramme de vocabulaire.

Maman a affiché un sourire exagérément radieux en détachant sa ceinture. Elle a ouvert la portière. *Ne t'inquiète pas*, l'ai-je vue signer au moment où je me détachais à mon tour.

Il était assez difficile de ne pas s'inquiéter quand je savais que j'allais devenir la nouvelle élève bizarre, suivie de son interprète toute la journée. Ah ça oui, j'allais faire sensation ! Jusqu'à présent, je n'avais jamais eu besoin d'interprète, car à l'école Pratt pour les personnes sourdes – celle où j'allais dans le New Jersey – 90 % du personnel était sourd ou malentendant, et ceux qui ne l'étaient pas connaissaient l'ASL[1] et savaient communiquer efficacement.

Au lycée Engelmann, j'allais être la seule et unique élève sourde – honneur que je n'étais pas sûre d'être prête à accepter.

J'ai ramassé mon sac à dos et l'ai hissé sur mon épaule pendant que Maman fermait la voiture. Nous nous sommes mises à marcher lentement vers mon destin.

D'accord, l'expression peut paraître un peu dramatique, mais la dernière fois que j'avais fréquenté une école pour malentendants, eh bien, *j'entendais*. J'avais passé tellement de temps à Pratt, habituée à être entourée de personnes sourdes ou malentendantes – des personnes qui parlaient ma langue – et maintenant j'allais devoir lire sur les lèvres et me battre pour suivre une simple conversation.

1. *American Sign Language*. La langue des signes utilisée dans ce roman est la langue des signes américaine, les gestes décrits peuvent donc être différents de ceux de la langue des signes française. (NdT)

Et puis il y avait le fait de me servir de ma voix, ce qui me paralysait presque de peur. J'en étais capable parce que j'avais perdu l'ouïe bien après avoir appris les bases du langage oral, mais je n'entendais plus ma propre voix, c'était mon problème.

Utiliser ma voix était parfois un réflexe quand je me trouvais avec des gens qui ne s'exprimaient pas par signes, comme les infirmières qui venaient chez nous plusieurs fois par semaine dans le New Jersey pour s'occuper de Connor pendant que Maman travaillait comme associée pour une société spécialisée dans l'exploitation de l'énergie éolienne.

Même si ma voix n'avait rien d'anormal – je l'espérais – l'utiliser était juste *bizarre*. Je ne m'entendais pas parler, mais je sentais le son se répercuter dans mon crâne dès que je parlais. C'était une sensation que je n'aimais pas.

Le vendredi précédent, Maman et moi avions rencontré mes nouveaux professeurs, le directeur et l'interprète que le district scolaire avait chargée de m'accompagner dans tous mes cours cette année. Et aujourd'hui, c'était mon interprète qui allait me présenter aux gens, communiquer avec les professeurs et parler en mon nom : moyen le plus sûr d'être considérée comme une moins que rien avant la dernière sonnerie.

L'interprète s'appelait Kathleen. Elle semblait assez gentille, et de toute évidence, elle aimait interpréter, vu l'intention qu'elle y mettait – chose qui compte beaucoup dans la langue des signes. Malgré sa gentillesse, elle n'en restait pas moins une étrangère.

Maman m'a mis la main sur l'épaule au moment où nous approchions de l'entrée principale, et a signé : *Respire. Tu seras bien ici.*

J'ai haussé les épaules en me mordant la lèvre inférieure. Ça ne valait pas la peine de la contredire. De plus, la nervosité commençait à faire transpirer mes paumes, et faire des signes avec les paumes en sueur n'est jamais drôle.

K-A-T-H-L-E-E-N est sympa, non ? a ajouté Maman avant de m'ouvrir la porte. *Je sais que tu vas l'aimer.*

D'accord, ai-je répondu sans vouloir insister.

Je détestais épeler les noms trop longs avec les doigts, et je me suis promis de demander à Kathleen son nom signé. Les noms signés sont souvent représentatifs de l'individu, alors j'ai parié que celui de Kathleen était en rapport avec sa folle chevelure rousse.

Dans les faits, mon nom signé était le signe pour dire *douce*, car l'enseignante sourde qui m'avait donné mon premier cours d'ASL pensait apparemment que j'étais douce et m'avait nommée ainsi. À mon avis, ce n'était plus si vrai que ça. Mon prénom de naissance – Maya – me convenait beaucoup mieux.

Mais ? a insisté Maman.

Mais c'est une école pour entendants, ai-je répondu en balayant d'un geste le hall d'entrée où nous nous trouvions.

Des rangées de casiers d'un rouge terne bordaient le couloir de part et d'autre. Droit devant nous se trouvait le bureau principal. Une énorme horloge fixée au mur au-dessus de la porte affichait 7 h 15. Dans une demi-heure, les cours allaient commencer.

Les écoles pour entendants ne sont pas toutes mauvaises, a signé Maman avec un regard sérieux. *Je pense que tu aimeras l'école ici.*

Ma nouvelle interprète, Kathleen, est sortie du bureau principal pour nous accueillir, son fouillis de boucles rousses relevées en chignon. Elle a signé : *Bonjour*, avec un sourire enjoué. J'allais négliger de répondre, mais du coin de l'œil, j'ai vu la mine sévère de Maman, alors je me suis forcée à répondre : *Bonjour*.

Excitée ? m'a demandé Kathleen. *Jour de la rentrée.*

J'ai haussé les épaules en signant : *Bien sûr.*

Le professeur R-I-V-E-R-A nous attend, a ajouté Kathleen, en épelant des doigts le nom du principal, et elle a montré d'un geste le bureau qui se trouvait derrière elle. *Ton emploi du temps est prêt.*

Merveilleux, ai-je signé, sans savoir si mon expression était aussi sarcastique que je le souhaitais.

Kathleen n'a rien fait de mal, a signé Maman alors que nous suivions l'interprète. *Sois gentille*, a-t-elle ajouté en me montrant du doigt, geste de menace non verbale.

Je suis toujours gentille, ai-je répliqué en posant la main sur ma poitrine et en battant des cils.

Maman a levé les yeux au ciel. À la façon dont ses épaules se sont affaissées, j'ai su qu'elle poussait l'un de ses soupirs exténués. J'ai officiellement perdu l'ouïe à l'âge de treize ans, quatre ans auparavant, mais je me rappelais encore certains sons, et les soupirs dramatiques de Maman étaient gravés dans ma mémoire.

La secrétaire du lycée était assise derrière un bureau massif juste à l'entrée de la salle, et elle a fait un signe de tête à Kathleen quand nous sommes entrées. Je l'ai regardée dire « Bonjour » quand Kathleen a ouvert une porte donnant sur une seconde pièce où travaillaient le principal, le Pr Rivera, d'autres administrateurs du lycée et l'infirmière.

Le bureau du Pr Rivera était petit. Les stores baissés créaient une pénombre qui avait compliqué la lecture sur les lèvres lorsque nous l'avions rencontré le vendredi précédent. J'avais une interprète avec moi, bien sûr, mais en même temps, je voulais au moins donner l'impression que je comprenais ce qui se disait. Je n'étais pas incompétente.

Le Pr Rivera se tenait derrière sa table de travail lorsque nous sommes entrées dans son bureau. Cette fois-ci, les lumières du plafond étaient allumées et la petite lampe de son bureau éteinte.

Debout à côté de l'unique fenêtre de la pièce, les bras croisés, l'air aussi gênée que moi, se tenait une fille coiffée d'une queue de cheval haute, vêtue d'une jupe et d'un chemisier élégants.

Je me suis figée sur le seuil. Engelmann m'avait assigné une seconde interprète ? Ou bien cette fille était-elle une stagiaire, censée suivre Kathleen pour apprendre le métier, en s'ajoutant à mon entourage déjà gênant ?

Deux interprètes ? ai-je signé frénétiquement à Maman. *Pas besoin de deux interprètes.*

Avant que ma mère ait pu répondre, Kathleen s'est glissée dans la conversation en signant : *Elle n'est pas interprète.*

La fille portait des lunettes élégantes à monture carrée, mais je voyais ses yeux sombres tournés vers la porte, comme si elle rêvait de s'esquiver tout en se forçant à rester sur place.

« On rêve de la même chose, mon amie », ai-je pensé.

Elle s'appelle N-I-N-A T-O-R-R-E-S, ont épelé les doigts de Kathleen.

De toute évidence, Nina ne connaissait rien à la langue des signes, mais comme nous la montrions toutes du doigt, elle savait que nous parlions d'elle.

Je comprends pas, ai-je signé à Maman et Kathleen. *C'est qui ? Pourquoi elle est là ?*

Le Pr Rivera s'était mis à parler vite, il percevait l'atmosphère tendue, mais je ne songeais même pas à lire sur ses lèvres pour l'instant. Je voulais savoir ce que cette Nina faisait ici.

Kathleen s'est balayé l'avant-bras avec les doigts, de bas en haut, signe voulant dire *lent*, et le Pr Rivera s'est interrompu en rougissant. Il n'avait sans doute jamais eu affaire à un élève sourd – comme tout le monde dans ce lycée, j'étais prête à le parier – et je voyais qu'il hésitait sur la conduite à tenir.

N-I-N-A est une merveilleuse élève, a signé Kathleen pendant que le Pr Rivera montrait celle-ci du doigt. Les joues cramoisies, elle avait toujours l'air au comble de l'embarras. *Nous lui avons demandé d'être ton mentor pendant tes deux premières semaines ici.*

Je comprends pas, ai-je signé, inquiète, en secouant la tête.

Le Pr Rivera s'est lancé dans une explication sur le sens de « mentor » en agitant les mains comme dans un monologue shakespearien dramatique. Je ne captais que certains mots, comme « bon élève », « notes » et quelque chose à propos des délégués de classe. Il n'avait pas vraiment compris le « vous devez ralentir pour que l'élève sourde puisse vous suivre ».

N-I-N-A va te montrer tes salles de cours, m'a expliqué Kathleen, *t'emmener faire le tour du lycée et vérifier que tout va bien.*

J'aurais dû voir le truc arriver.

C'est ma baby-sitter ? ai-je signé, un doigt furieux pointé sur Nina. *Elle va me promener et demander aux entendants de devenir amis avec la nouvelle fille sourde ?*

Maman pinçait les lèvres, gênée, tandis que Kathleen traduisait mes propos au Pr Rivera et à Nina. J'ai vu Nina se décomposer en l'écoutant et, l'espace d'un instant, je me suis sentie coupable.

Je voulais qu'on me laisse le temps de me réhabituer à être dans un établissement pour entendants. Je ne voulais pas qu'on me jette aux loups, qu'on me force à me lier d'amitié avec la première élève qui croiserait mon chemin.

Nina s'est mise à parler. *Ce n'est pas ça*, a traduit Kathleen. *On veut que tu aimes E-N-G-E-L-M-A-N-N.*

Impossible, ai-je rétorqué.

J'ai vu Maman pousser encore un soupir et se racler la gorge, les yeux fermés. Elle a pris un instant pour se ressaisir et a signé à mon intention : *Coopère avec elle. Je sais que tu n'es pas heureuse, mais essaie. S'il te plaît.*

C'est son expression qui a fini par me faire capituler. Elle avait l'air épuisée et usée, et je savais que c'était en partie à cause de moi. Je ne lui avais pas facilité la tâche depuis qu'elle avait annoncé notre déménagement. Je savais qu'elle faisait son maximum pour nous assurer une bonne vie ici, et elle avait assez de soucis avec mon petit frère, Connor. Quand vous avez un fils atteint de mucoviscidose, votre adolescente sourde finit par représenter le cas le moins difficile – sauf peut-être en ce qui concerne l'attitude.

O-K, ai-je signé, en tendant le bras pour lui toucher l'avant-bras. *Pardon.*

O-K, a-t-elle répondu, un sourire tremblotant aux lèvres.

Nous nous sommes installées sur les deux chaises face au bureau du Pr Rivera. Celui-ci s'était rassis, l'air soulagé que l'orage soit passé. Kathleen a fait signe à Nina de s'approcher avant de se placer derrière le Pr Rivera, dans mon champ de vision, pour interpréter.

Tout ceci me déplaisait au plus haut point, mais plus tôt j'accepterais ce lycée comme mon nouveau « quotidien », mieux je me porterais, sans doute.

2

Malgré la promesse de Kathleen, avoir Nina à côté de moi, c'était un peu comme avoir une baby-sitter.

Prenant son rôle de mentor très au sérieux, Nina nous a fait visiter Engelmann de fond en comble, à Kathleen et moi. Chaque classe, chaque couloir, chaque bureau nous ont été décrits dans le moindre détail, même si Engelmann n'était pas si différent de Pratt – juste plus grand. Et chaque fois que je levais les yeux, Nina ou Kathleen me regardaient comme si elles escortaient un bambin et non une fille de dix-sept ans.

Pour être honnête, j'avais paniqué pendant une fraction de seconde en disant au revoir à Maman avant la visite. J'ai eu un flashback de ma première rentrée de maternelle, terrifiée de voir Maman partir, me laisser seule dans un lieu étranger avec de parfaits inconnus. L'envie m'a prise de la serrer dans mes bras, de me laisser pénétrer de l'odeur réconfortante de son parfum ambré, de la supplier de ne pas m'obliger à vivre ça. Au lieu de cela, j'ai serré sa main trois fois et signé : *À tout à l'heure*.

Quand les élèves ont afflué dans le bâtiment juste avant la première sonnerie, j'ai eu du mal à rester concentrée sur Kathleen qui m'interprétait les propos de Nina.

Les gens se dirigeaient vers les rangées de casiers, discutant entre eux ou traînant les pieds, encore à moitié endormis. Au début, aucun d'entre eux ne m'a remarquée. Mais Kathleen était à fond dans son rôle d'interprète et s'y livrait sans réserve, accompagnant ses signes d'expressions faciales appropriées. J'appréciais son enthousiasme, mais il attirait l'attention plus que je ne l'aurais voulu. Il n'a pas fallu longtemps pour que les têtes se tournent vers nous tandis que nous passions dans les couloirs.

Pour la sixième fois peut-être, Kathleen a agité la main afin de ramener mon attention vers Nina. Nous venions d'atteindre une porte située à l'arrière du bâtiment, à côté de la cafétéria, et Nina parlait avec animation, utilisant ses mains presque autant que si elle parlait la langue des signes.

Elle parle beaucoup, ai-je signé à Kathleen, dont les lèvres m'ont paru réprimer un sourire.

Notre tour s'est achevé par une dernière halte devant mon casier. Nous devions ensuite nous rendre au gymnase pour la réunion de rentrée, destinée à renforcer notre enthousiasme à l'idée d'aborder l'année scolaire. J'étais probablement la seule personne heureuse de cette réunion, parce qu'elle allait m'offrir l'occasion de rester assise tranquillement et anonymement pendant quelques minutes dans cette folle journée.

J'ai dû secouer la porte de mon casier pour la décoller, et à l'ouverture, j'ai compris pourquoi. L'occupant précédent n'avait pas été des plus soigneux ; un tas de vieux devoirs froissés traînaient au fond, sous un ramassis de chewing-gums et d'emballages alimentaires. Dégoûtant. J'ai suspendu avec précaution mon sac à dos au crochet intérieur, en me demandant si l'univers ne conspirait pas vraiment contre moi. C'était sans doute le cas.

C'est la réunion maintenant, a signé Kathleen de la part de Nina au moment où je claquais la porte de mon casier. *Parfois ennuyeux, mais le bureau des élèves aime les bonbons.*

« Bon, du moment qu'il y a des bonbons », me suis-je dit.

À notre arrivée dans le gymnase, presque tous les gradins étaient pleins, et j'ai dû faire une croix sur mon envie de me retrouver au dernier rang. Nina a traversé la salle vers une zone libre au premier rang, nous faisant signe de la suivre. Kathleen et moi lui avons emboîté le pas en courant. Notre guide a salué d'un geste un groupe qui se trouvait près d'une table installée sous l'un des paniers de basket, puis elle s'est jetée sur les gradins lorsque le Pr Rivera s'est posté au milieu du gymnase, micro en main.

Je me suis dépêchée de m'asseoir à côté de Nina, et Kathleen est restée debout un peu plus loin, prête à interpréter dès que la réunion commencerait. Le Pr Rivera était trop loin pour que j'essaie de lire sur les lèvres, mais il semblait essayer de faire taire les élèves en effectuant avec sa main libre un geste apaisant.

Je ne pouvais pas deviner si les gens suivaient ses instructions parce que la conversation, le mouvement constant et les vibrations monotones provoquées par le bruit du micro se répercutaient dans les gradins où je me trouvais. Kathleen n'avait eu le temps de traduire que quelques mots du Pr Rivera lorsque j'ai éteint mes appareils auditifs.

Je n'entendais pas grand-chose avec mes appareils, contrairement à ce que certaines personnes semblaient penser. Je captais au mieux quelques bruits ambiants, comme un *boum* étouffé si quelqu'un claquait une porte. Mes appareils ne servaient qu'à m'aider à être un peu plus consciente de mon environnement et ne constituaient pas un remède miracle, juste une solution temporaire à un problème permanent.

Si je fermais simplement les yeux, appareils éteints, j'étais seule au monde, et parfois j'aimais mieux cela plutôt que d'être aspirée par tout le brouhaha qui m'entourait. C'était une chose que j'appréciais dans ma surdité : la capacité à me déconnecter de tout.

Quelques minutes m'ont suffi pour comprendre, d'après les signes de Kathleen, que le discours du Pr Rivera ressemblait à tous les discours du genre : « C'est la rentrée, alors faisons de notre mieux », que j'avais entendus à Pratt. Mon esprit s'est évadé ailleurs, sauf quand Kathleen a évoqué l'heure du déjeuner, parce que… nourriture ! Je me suis aussi réveillée quand quelques élèves ont lancé des bonbons dans les gradins et qu'un Snickers a atterri sur mes genoux. Ça a été de loin le meilleur moment de cette matinée étrange et stressante.

Dès la fin du discours du Pr Rivera, Nina a mis la main sur mon épaule et m'a montré la personne qui marchait vers nous. C'était l'un des gars qui avaient lancé des bonbons une minute auparavant, mais à présent, il tenait à la main un t-shirt noir. J'ai distingué la silhouette d'un soldat spartiate vert sur le t-shirt, avec les mots LYCÉE ENGELMANN imprimés au-dessus. Le type était grand et un peu dégingandé, maladroit même. Ses cheveux noirs étaient en bataille, comme au saut du lit, et pourtant il en ressortait une certaine élégance désinvolte.

Le gars s'est d'abord adressé à Nina en souriant, puis il s'est tourné vers moi, et ses joues se sont subitement empourprées lorsqu'il m'a dit bonjour. La suite de ses paroles m'a échappé parce que ses lèvres bougeaient trop vite. J'ai opté pour le signe universel signifiant : « je ne t'entends pas » – en montrant du doigt mon oreille et en secouant la tête avec un froncement de sourcils perplexe.

Voici mon ami, a signé Kathleen de la part de Nina, se chargeant des présentations lorsqu'elle a compris que je ne captais rien de ce qu'il disait. *Il s'appelle B-E-A-U W-A-T-S-O-N. Il est président du bureau des élèves.*

Enchantée, ai-je répondu pour faire simple.

« Beau » était un drôle de nom, plutôt original, le genre de nom qui convenait à un président du bureau des élèves.

Les joues de Beau sont passées du rose à l'écarlate pendant que je lisais sur ses lèvres. La concentration nécessaire pour lire sur les lèvres avait parfois tendance à mettre les gens mal à l'aise, ce que je trouvais secrètement hilarant.

« Enchanté, je... joie... accueillir. J'ai pensé que... t-shirt ? Tu sais... chose et... ça. »

J'ai regardé Kathleen, incapable de déchiffrer tout ce qu'il me disait.

Il t'apporte un t-shirt du lycée, a signé mon interprète. *Un cadeau de bienvenue.*

En un sens, je n'ai pas été surprise par l'expression apparue sur le visage de Beau lorsqu'il a regardé Kathleen me faire des signes. C'était un mélange de perplexité et de surprise, où la perplexité dominait. D'habitude, après cela, les gens se mettaient à crier, comme si ce volume sonore allait me permettre de les entendre. Ou alors, ils trahissaient leur pitié quand ils prenaient conscience que je n'entendais rien.

Mais j'avais assez de t-shirts entassés dans les cartons qui remplissaient ma nouvelle chambre, alors j'ai signé : *Non merci*, en secouant la tête.

Beau s'est mordu la lèvre quand Kathleen lui a traduit le message. Il a regardé Nina comme s'il ne savait plus sur quel pied danser.

Nina lui a présenté Kathleen, et j'ai saisi quelques-unes de ses paroles, comme « interprète » et « classe ».

« Oh ! a dit Beau. C'est… cool. »

C'était étrange de le voir envahi par la gêne alors que ses yeux passaient de Kathleen à moi. Il était clair qu'il ne savait pas à laquelle de nous deux il devait parler. Ce n'était pas la première fois qu'un interlocuteur s'adressait à l'interprète plutôt qu'à moi, comme si je n'étais pas littéralement en face de lui et parfaitement capable d'être incluse dans la conversation. Mais j'avais espéré vivre cette situation plus tard dans la journée – de préférence après la première heure de cours – et elle se produisait déjà.

Eh, ai-je signé à Kathleen. *La réunion est finie ? Les cours commencent maintenant, c'est ça ?*

Un tumulte de pas faisait trembler les gradins ; les élèves se bousculaient vers la sortie du gymnase. Le premier cours devait débuter d'ici quelques minutes.

Je me suis levée d'un bond dès que Kathleen a signé : *C'est fini.*

D'un geste de la main, j'ai indiqué à Nina qu'elle pouvait nous emmener au premier cours. Nina a fait un signe à Beau en attrapant son sac, Beau lui a mollement rendu la pareille, et nous nous sommes dépêchées de quitter le gymnase, en jouant des coudes pour contourner quelques personnes. Kathleen s'est retrouvée derrière nous. Quand elle nous a rattrapées dans le couloir, elle tenait le t-shirt que Beau venait d'essayer de me donner.

J'ai haussé un sourcil en guise de question silencieuse. Que voulait-elle que j'en fasse ?

C'est un joli cadeau, a signé Kathleen d'une main, en me tendant le t-shirt. *Il a l'air d'un bon gars.*

Beau avait plutôt l'air d'un lapin craintif – un très grand lapin. Je m'étais contentée de signer : *Enchantée* et *Non merci*, et il m'avait regardée comme si je parlais klingon. Pas très agréable.

J'ai pris le t-shirt, décidée à le fourrer dans mon sac dès que je l'aurais récupéré. Si, en déballant nos cartons, Maman en préparait un autre d'affaires à donner, je n'aurais qu'à y balancer le t-shirt.

Nina nous a guidées jusqu'à ma première salle de cours – statistiques – dans l'aile des mathématiques. Elle est restée sur le seuil, l'air désolé.

J'ai un autre cours maintenant, a signé Kathleen de sa part. *Je reviens ensuite pour t'accompagner à la salle suivante.*

O-K, ai-je répondu et, parce que je ne voulais pas paraître totalement ingrate, j'ai ajouté : *Merci pour ton aide.*

« Pas de problème », m'a dit Nina, à *moi* et non à Kathleen.

Stupéfaite, je lui ai souri. Cette fille devait vraiment être futée pour avoir compris l'art de l'interprétation. C'était… quelque chose. Mais ce n'était pas encore assez pour me convaincre que toute cette histoire de lycée pour entendants ne serait pas un complet désastre.

3

Prête ? a signé Kathleen en montrant d'un mouvement de tête la porte ouverte.

J'étais tout sauf prête, mais j'ai quand même répondu : *Bien sûr*, et haussé les épaules.

Mon premier cours dans un lycée pour entendants allait commencer, et j'éprouvais une folle envie de tourner les talons et de m'enfuir aussi vite que me le permettraient mes jambes.

Kathleen m'a souri en me serrant l'épaule. Je n'arrivais pas à décider si son engouement était encourageant ou agaçant, mais au moins il était fiable. La constance compte pour quelque chose quand toute votre vie a été chamboulée.

La cloche a dû sonner, vu la façon dont les gens se sont redressés sur leurs chaises, le regard fixé sur le bureau du professeur. L'enseignante, Mme Richardson – que j'avais déjà rencontrée la semaine précédente – était assise face à la classe et manipulait des piles de papiers. Elle a levé les yeux avec un sourire lorsque Kathleen m'a fait entrer.

Je l'ai regardée dire : « Il… ici, Maya. »

Contente de cette rentrée ? a ajouté Kathleen quand Mme Richardson s'est mise à parler trop vite pour que je la comprenne.

Oui, ai-je signé. J'aurais aimé que les gens arrêtent de me poser cette question.

Mme Richardson s'est levée, indiquant le premier rang de l'autre côté de la classe. *Ta place est ici*, a traduit Kathleen.

Pour l'instant, le bureau en question était occupé par une fille qui maîtrisait l'art du look impeccable que j'avais vu sur Pinterest peu de temps avant : maquillage parfait, chignon désordonné, jean et t-shirt. Je la voyais en train de taper des SMS, son iPhone à peine dissimulé sur ses genoux. Elle n'a pas levé les yeux jusqu'à ce que Mme Richardson frappe son bureau du doigt pour attirer son attention.

Mme Richardson me tournait le dos, si bien que je ne pouvais pas lire sur les lèvres pour deviner ce qu'elle disait. En tout cas, la jeune fille s'est renfrognée.

« J'aime… ici… place… la meilleure… », a-t-elle dit, même si le chewing-gum qu'elle mâchait compliquait la lecture sur ses lèvres.

J'ai regardé Kathleen, avec un coup d'œil appuyé vers la fille.

Kathleen a pris un moment pour écouter, puis elle a signé : *L'élève ne comprend pas pourquoi le professeur lui demande de partir. Tu as besoin d'un siège près du professeur. La fille ne veut pas partir, elle dit qu'elle était là avant.*

Waouh… Le cours n'avait pas encore commencé que les problèmes naissaient déjà. Un nouveau record !

Dans d'autres circonstances, je n'aurais pas daigné me battre pour une stupide place, et je me serais volontiers assise au fond de la classe, mais, de fait, j'avais besoin d'être au premier rang. C'était plus facile de voir le professeur et de suivre son cours, surtout avec une enseignante qui n'utilisait pas la langue des signes.

La fille a cessé de discuter avec Mme Richardson quand son voisin de derrière s'est penché vers elle pour lui parler. J'ai lu sur ses lèvres : « Bouge… pas… accord… » et la fille a fini par abandonner. Elle a pris ses affaires pour aller s'asseoir à un bureau libre à quelques rangs de là.

Mme Richardson est allée chercher une chaise pour que mon interprète puisse s'asseoir face à moi. Je me suis installée au bureau désormais vacant, j'ai posé mon sac à mes pieds et me suis retournée pour remercier mon voisin de derrière d'être intervenu.

C'était Beau, le gars du t-shirt. Bien sûr.

Merci, ai-je signé, un peu à contrecœur.

Beau a compris et hoché la tête en disant : « Pas de problème ». Son sourire a creusé deux fossettes, transformant le lapin maladroit en un gars étonnamment mignon, et pendant une seconde, j'ai oublié à quel point il m'avait agacée plus tôt.

Puis j'ai senti une main sur mon avant-bras. Je me suis retournée. Kathleen signait : *Début du cours.*

À ma grande surprise, ce cours de statistiques s'est plutôt bien passé avec Kathleen pour m'aider. J'en comprenais le contenu, et les signes dynamiques de Kathleen m'aidaient à percevoir quelque chose de la façon de parler de Mme Richardson. Celle-ci devait se rappeler certains trucs donnés par Maman lors de notre réunion du vendredi précédent sur la communication avec les personnes sourdes, par exemple faire face à son interlocuteur et ne pas se couvrir la bouche en parlant. Au bout des cinq minutes qu'elle nous avait données pour résoudre un problème, Mme Richardson a même fait clignoter les lumières pour attirer mon attention.

Mais malgré la gentillesse de Mme Richardson, j'étais extrêmement mal à l'aise. Je sentais les regards perçants de tous les élèves fixés sur Kathleen qui signait et moi qui la regardais attentivement. Si quelqu'un se moquait de nous, ce n'était pas comme si je pouvais l'entendre. Pourtant, je ne pouvais m'empêcher de penser qu'on parlait de moi, qu'on chuchotait dans mon dos, qu'on critiquait le bleu néon de mes appareils auditifs jurant avec ma couleur de cheveux, ou autre.

Heureusement, le cours n'a duré que cinquante-cinq minutes. Mme Richardson a griffonné nos devoirs sur le tableau blanc et distribué les manuels, puis elle nous a donné la permission de partir. Les élèves se sont bousculés vers la porte, mais je me suis attardée, prenant mon temps pour ranger mes affaires. Je ne voulais plus avoir affaire à Beau ni à mes autres camarades.

Kathleen a agité la main pour attirer mon attention et a pointé l'index derrière moi au moment où je rangeais mon manuel dans mon sac. J'ai jeté un coup d'œil par-dessus mon épaule : Beau était là. Il a commencé à parler ; Kathleen s'est avancée pour interpréter.

« Génial », me suis-je dit, en m'efforçant de cacher mon irritation. Ce gars n'avait aucun tact.

Tu as aimé le cours ? a signé Kathleen.

J'ai haussé les épaules. *Facile*, ai-je répondu, puis je me suis pointée du doigt : *Génie des maths.*

Quand Kathleen a interprété mes paroles à Beau, les coins de ses yeux se sont plissés, et ses pommettes se sont soulevées : il devait rire. J'ai compris la majorité de ce qu'il a dit ensuite, quelque chose comme : « Bien… Mme Richardson… dur. »

J'avais peut-être un peu exagéré, mais oui, j'étais forte en maths. Je suivais des cours de niveau renforcé depuis la seconde. Une bonne chose en soi, car mes notes en mathématiques et en sciences devaient être supérieures à la moyenne si je voulais devenir inhalothérapeute, le métier de mes rêves. Ma surdité allait déjà compliquer mon entrée dans le secteur médical, alors j'allais devoir prouver que, même si je n'entendais pas, j'étais assez intelligente pour contribuer à sauver des vies.

J'avais passé plus de temps que la normale auprès d'inhalothérapeutes. Ils formaient une partie importante de l'équipe qui traitait la mucoviscidose de Connor. Tous les aspects de cette maladie sont pénibles, de la douleur constante jusqu'aux médicaments en passant par le gilet spécial que Connor devait utiliser pour drainer le liquide et le mucus de ses poumons. Mais les thérapeutes aidaient à rendre les séjours de Connor à l'hôpital aussi faciles et confortables que possible. Je voulais faire la même chose pour d'autres enfants atteints de mucoviscidose.

Je me suis sentie coupable en constatant que Kathleen était toujours en train de m'interpréter les propos de Beau, et que je n'y avais pas vraiment prêté attention, trop absorbée par mes pensées sur Connor et la thérapie respiratoire.

Quel est ton prochain cours ? a signé Kathleen pendant que Beau continuait à lui parler.

Il semblait ne toujours pas comprendre qu'il devait me regarder, moi, et non Kathleen. Il était à un mètre de moi, et j'étais presque sûre de l'avoir vu dire : « Dis-lui… ». J'ai dû faire un effort pour réprimer des grincements de dents contrariés.

J'ai tiré de ma poche arrière mon emploi du temps chiffonné pour regarder quel cours j'avais maintenant. *Histoire américaine*, ai-je signé.

Un sourire a fait réapparaître les fossettes de Beau quand Kathleen a traduit cette information à haute voix. « Moi aussi », a-t-il dit.

Cool, ai-je répondu. Je n'étais pas sûre d'être sincère.

Je peux vous accompagner ? a traduit Kathleen de la part de Beau tandis qu'il montrait la porte d'un geste du pouce.

Nina m'a dit qu'elle allait m'emmener au cours suivant, ai-je répondu.

Beau a hoché la tête lorsque Kathleen lui a traduit mes signes. Il a dit : « Nina est… fille. C'est… amie. »

Kathleen a haussé les sourcils en me regardant tandis que Beau nous emboîtait le pas. Elle n'a pas eu besoin de faire de signes pour que je comprenne ce qu'elle voulait dire.

Il est mignon, je sais, mais pas pour moi, ai-je signé en veillant à ne pas regarder dans la direction de Beau. *Ne dis rien.*

C'est dans ce genre de situation que j'appréciais que personne autour de nous ne comprenne la langue des signes.

Qui ? Moi ? a signé Kathleen, mais en s'arrêtant là.

Nina nous attendait juste à la sortie de la classe, adossée à la rangée de casiers, son portable à la main. Tout sourire, elle nous a demandé comment s'était passé le cours, et je lui ai fait la même réponse qu'à Beau : *Attention, je suis une génie des maths.*

En route vers le cours d'histoire, je me suis retrouvée coincée derrière Nina et Beau, et j'ai compris qu'ils parlaient de moi. Pas parce que je les entendais ou que je pouvais lire sur leurs lèvres, mais parce qu'ils me laissaient hors de la conversation. De temps à autre, Beau jetait un coup d'œil derrière lui et s'adressait à Kathleen – toujours pas à moi – mais c'était tout.

Je comprends pas, ai-je dit à Kathleen en fronçant les sourcils.

Ils parlent du cours, m'a-t-elle répondu en désignant Nina et Beau du doigt.

Ils parlent de moi ? ai-je demandé.

Kathleen a fait une pause pour les écouter, puis elle a hoché affirmativement la tête.

J'ai fait une grimace.

C'est ce qui se passait à tous les coups quand je me trouvais avec des entendants. Ils étaient toujours si bavards et impatients, si occupés à bondir d'un endroit à l'autre, qu'ils ne pensaient jamais à ralentir, à faire le pas supplémentaire indispensable pour communiquer avec une personne sourde.

Kathleen m'a touché le bras pour attirer mon attention et elle a signé : *Ils ne savent pas comment s'y prendre avec les personnes sourdes. Ce n'est pas ta faute.*

Elle avait raison, mais j'ai quand même eu du mal à me défaire de mon expression boudeuse.

M. Wells, le professeur d'histoire américaine, s'est précipité vers moi à la seconde où je suis entrée dans sa classe. Il m'a donné une poignée de main vigoureuse ; j'ai été tellement surprise que j'ai fait un pas en arrière.

« Merveilleux... heureux de... toujours voulu... langue des signes... »

Il parlait beaucoup trop vite pour moi, alors Kathleen est intervenue, comme dans le bureau du Pr Rivera, en disant : *Doucement.*

Plutôt que de sombrer dans l'embarras, comme beaucoup de gens, M. Wells a continué à parler. D'après ses mouvements de lèvres exagérés et sa manière de se pencher en avant, j'ai deviné qu'il criait : « Je suis... désolé ! »

Il devait parler vraiment très fort, car Nina et Beau se sont tournés vers nous, alors qu'ils se dirigeaient vers des chaises libres. Les regards de toute la classe ont convergé sur nous.

J'étais mortifiée.

Kathleen avait l'air mécontente. Joignant encore une fois les signes à la parole, elle dit à M. Wells : *Il est inutile de crier. Parlez normalement. J'interprète pour elle.*

De mon côté, j'ai signé : *Même si vous criez, je n'entends pas.* Mes signes étaient peut-être un peu trop énergiques, mais je voulais mettre les points sur les i et ne pas laisser passer cette histoire de cris. *C'est stupide de crier sur les sourds.*

Malgré son absence de sensibilité, M. Wells a compris, à ma manière agitée de m'exprimer, que j'étais certainement agacée.

Je peux m'asseoir maintenant ? ai-je signé en désignant le bureau libre à côté de Nina.

M. Wells a hoché la tête lorsque Kathleen a parlé pour moi. Il s'est vite effacé pour me laisser passer. J'ai sorti un cahier et un crayon de mon sac pendant que Kathleen allait chercher une chaise pour s'asseoir en face de moi.

Lorsque je me suis redressée, j'ai vu Nina faire glisser vers moi son propre cahier. Elle avait griffonné quelque chose sur la première page.

M. Wells est un imbécile. Ne fais pas attention à lui.

J'ai réprimé un petit sourire et pris mon propre crayon pour griffonner une réponse à Nina avant de lui rendre son carnet de notes.

Il n'est pas le premier à me crier dessus et il ne sera pas le dernier. Mais merci.

Nina a affiché un grand sourire en lisant mon message et m'a dit : « Tu as tout compris ».

C'était une simple phrase, à laquelle j'avais souvent eu droit ces dernières semaines. Mais elle avait juste un peu plus de valeur venant d'une personne qui n'était ni ma mère ni une interprète.

4

À Pratt, le déjeuner était mon moment préféré de la journée. J'étais à peu près sûre qu'à Engelmann, ça allait être mon moment *le moins* préféré.

Ça te va si je te laisse pour le déjeuner ? m'a demandé Kathleen au moment où j'entrais dans la cafétéria à la suite de Nina.

Oui. Promis. À tout à l'heure.

Sûre ? a insisté Kathleen.

Oui, ai-je répété.

Ce n'était pas comme si j'annonçais publiquement que j'étais sourde – mon interprète, la langue des signes et mes appareils auditifs trahissaient cette évidence – mais je voulais avoir un déjeuner normal sans que tout le monde me regarde ou chuchote à mon sujet. Si Kathleen s'asseyait à ma table pour interpréter les conversations du déjeuner, ce serait impossible.

Nous nous sommes séparées à l'extérieur de la cafétéria, et Nina m'a emmenée faire la queue. La salle était déjà remplie de bandes d'amis en train de se raconter leurs vacances d'été. Chacun avait sa place, heureux de retrouver les mêmes groupes et les mêmes personnes.

J'ai eu un brusque coup de cafard.

Nous nous sommes retrouvées dans la file d'attente, derrière un gars plutôt petit, aux cheveux bruns et lisses. Il avait le physique svelte d'un sportif. Nina et lui se sont mis à discuter – peut-être étaient-ils amis ? – puis il s'est tourné vers moi. Un sourire qui se voulait probablement charmant, mais qui semblait un brin artificiel, s'est dessiné sur son visage.

« Eh, salut ! Qui... ici ? »

J'ai souffert intérieurement en lui serrant la main, prévoyant déjà l'issue de cette rencontre.

« Jackson, voici Maya », a dit Nina en nous présentant. Quelque chose dans son expression laissait penser qu'elle essayait de le rabrouer. « Elle vient… New Jersey. » « Merveilleux ! » a dit le dénommé Jackson en me faisant un clin d'œil.

La seule personne à m'avoir jamais fait des clins d'œil était mon grand-père Sully, qui n'était plus de ce monde. C'était généralement lorsqu'il me donnait des bonbons en cachette de ma mère. Qu'un garçon de mon âge me fasse un clin d'œil, c'était bizarre – et angoissant.

Nina s'est légèrement retournée, si bien que je ne voyais plus son visage, mais j'ai deviné qu'elle essayait d'informer Jackson de ma situation. Cette explication n'a pas paru ennuyer Jackson qui a répliqué : « C'est juste… Nina. Je… peu… langue des signes. »

Les yeux de nouveau fixés sur moi, il s'est mis à épeler son nom avec ses doigts, même s'il a terminé avec la lettre *M* au lieu du *N*. « Jackson », a-t-il dit en se penchant vers moi, signe révélateur qu'il élevait la voix.

J'ai souri poliment et décidé de répondre sur le même mode à sa manière exagérément dramatique de se présenter. J'ai signé en prenant mon temps : *Je n'aime pas les garçons entendants.* Mais j'ai eu grand-peine à ne pas éclater de rire en voyant Jackson hocher la tête et lever le pouce en continuant d'afficher un sourire espiègle alors qu'il avançait dans la queue.

« Désolée… ça », a dit Nina en se retournant vers moi. « Jackson… dragueur. »

J'ai haussé les épaules. Ce n'était pas comme si je n'avais jamais rencontré ce genre de spécimen. Je me suis frappé le front du dos de mon index et de mon majeur, le signe qui veut dire « stupide », et j'ai montré Jackson du doigt. Devant la perplexité de Nina, j'ai très clairement articulé le mot sans utiliser ma voix. Elle a réprimé un rire : elle avait compris.

Quand notre tour est venu, j'ai acheté un pauvre sandwich au rosbif et une bouteille de limonade, puis j'ai suivi Nina avec un peu d'anxiété. Elle était mon unique bouée de secours dans ce lycée, et je n'avais pas assez d'audace pour m'éloigner et m'asseoir seule à une table. Quand j'ai vu la table vers laquelle nous nous dirigions, j'ai presque regretté de ne pas l'avoir fait. Beau y était assis avec Jackson, en compagnie d'un tas d'inconnus.

J'ai pris place à côté de Nina, en face de Beau et heureusement loin de Jackson. J'ai déballé mon sandwich et croqué dedans, en faisant tout ce que je pouvais pour oublier les regards fixés sur moi. Nina m'avait appris que Beau et elle-même faisaient partie du bureau des élèves. Les autres appartenaient donc sans doute au même groupe.

Nina m'a posé une main sur l'épaule pour attirer mon attention, et je l'ai regardée me présenter à tout ce monde en disant : « Voici... Maya. Elle vient d'emménager... New Jersey. »

J'ai fait un petit signe de la main pour répondre aux gens qui disaient probablement « Salut », et je suis vite retournée à mon sandwich. J'avais la mauvaise habitude d'engloutir la nourriture hyper vite quand j'étais nerveuse, et au rythme où j'allais, mon sandwich serait fini en moins d'une minute, top chrono.

Nina m'a donné un petit coup de coude. J'ai sursauté et tourné les yeux vers elle. Elle me montrait Jackson, assis en face, à deux sièges de Beau. Il était penché vers moi et me parlait à toute allure, sans respirer entre deux phrases.

C'est peut-être parce que j'étais déjà épuisée à force de lire sur les lèvres, d'essayer de rester alerte et d'être paranoïaque à l'idée que les gens discutaient de moi dans mon dos : j'ai parlé, parce que c'était le moyen le plus rapide de faire passer mon message.

« Je suppose que Nina t'a dit que j'étais sourde ? »

J'ai vu Beau écarquiller les yeux, et j'ai lu les mots suivants sur ses lèvres : « Tu sais parler ? »

Dans la fraction de seconde qui a suivi, mon humeur est passée de gênée à *furieuse.*

« Bien sûr que je sais parler ! Beaucoup de personnes sourdes oralisent, mais c'est nous qui choisissons si nous voulons ou non utiliser notre voix, ai-je rétorqué en le foudroyant du regard. Si je choisis de ne pas parler, ça ne veut pas dire que je ne sais pas le faire. Je ne suis pas stupide, tu sais. Je suis tout aussi capable que toi. »

Son commentaire incroyablement irréfléchi m'avait mise en colère, mais dans un coin de ma tête planait la crainte que ma voix rende peut-être un son affreux, si surprenant qu'il allait déstabiliser Beau.

Beau s'est lancé dans ce qui allait être, selon moi, une pauvre excuse ; mais Jackson s'est mis à tapoter la table devant moi pour attirer de nouveau mon attention. Quand j'ai tourné vers lui mon regard incendiaire, il n'a pas paru s'apercevoir de ma colère :

« Si tu... parler, pourquoi... langue des signes ? »

« Et *toi*, pourquoi tu n'utilises pas la langue des signes ? » ai-je répliqué.

J'ai arraché mon sac au dossier de ma chaise, attrapé mon sandwich et ma bouteille de limonade, et suis partie comme une fusée. À la sortie de la cafétéria, le couloir était merveilleusement vide, alors j'ai filé, indifférente au claquement sans doute puissant de mes chaussures sur le carrelage. Je voulais mettre autant de distance que possible entre cette table de cantine et moi. Dommage qu'il ait été hors de question de parcourir ainsi à pied tout le chemin qui aurait pu me ramener dans le New Jersey.

On ne m'avait jamais fait le coup de la question : « Tu sais parler ? » Comme si la parole était impossible parce que j'étais sourde. Où était le rapport ?

Je me sentais de plus en plus irritée contre moi-même, à cause de cette gêne éprouvée à avoir parlé devant Nina, Beau et les autres parfaits inconnus à cette table.

En avançant dans le couloir, je me répétais comme une litanie : « N'y pense pas, n'y pense pas. » Ces gens n'étaient rien pour moi. Je me moquais de ce qu'ils pensaient ou disaient. Du moins, j'essayais.

Je me suis installée devant mon casier pour picorer le reste de mon sandwich et boire quelques gorgées de limonade, bien que la mésaventure de la cafétéria m'ait coupé l'appétit. Tout en mangeant, je réfléchissais à l'opportunité de chercher un job qui me permettrait de m'offrir une voiture pour me rendre à ce lycée pour personnes sourdes. Ce ne serait pas la même chose que Pratt, mais au moins j'y côtoierais d'autres personnes qui « parleraient » ma langue. Cette idée agréable m'a fait tenir jusqu'au cours d'art, même si je savais qu'elle n'était guère réaliste.

À supposer que je trouve un job dans les semaines suivantes, je doutais de pouvoir économiser assez pour acheter une voiture avant la fin du lycée.

Les tentatives de Maman pour me convaincre que je serais heureuse dans ce lycée pour entendants se heurtaient à un mur dès le premier jour. Comment avait-elle pu imaginer que tout se passerait bien ?

5

Ça va ? a signé Kathleen à la sortie du cours de chimie, le dernier de la journée. *Triste ?* a-t-elle ajouté en me montrant du doigt, les sourcils levés.

Ça va, ai-je répondu. *Fatiguée.*

Ce n'était pas complètement un mensonge – j'étais épuisée. J'avais oublié comme c'était fatigant de lire autant sur les lèvres pour tenter de comprendre ce qui se disait autour de moi. J'étais obligée de mettre dans la communication beaucoup plus d'énergie que les entendants de ce lycée. C'était déprimant de penser que j'allais devoir faire cet effort près de huit heures par jour, cinq jours par semaine, pendant les mois à venir.

Demain est un nouveau jour, a signé Kathleen avec un sourire encourageant.

Je sais, ai-je répondu. *Mais j'avais oublié que les entendants sont bizarres avec les sourds.*

Je sais, a signé Kathleen. Elle n'a pas ajouté d'autres paroles d'encouragement, elle s'est contentée de me serrer l'épaule d'un geste, et je lui ai été reconnaissante de ne pas insister.

Nous nous sommes quittées en nous promettant de nous retrouver devant le lycée le lendemain, et j'ai refait le long trajet menant à mon casier de l'autre côté du bâtiment.

Tête baissée, j'ai vite rassemblé tous les manuels et devoirs reçus au cours de la journée. J'en avais déjà pour quelques heures de travail à la maison, et j'en étais étrangement heureuse. Ce serait une distraction provisoire m'évitant de penser au retour horrible qui m'attendait dans ce stupide lycée.

Maman m'attendait sur la zone de dépose-minute. J'ai ouvert ma portière à la volée et sauté dans la voiture, jetant mon sac entre mes pieds avec un peu trop de force.

Je me suis penchée pour saluer Connor, affalé à l'arrière au milieu de plusieurs sacs de courses que Maman avait dû remplir. Il avait l'air un peu fatigué après sa rentrée, mais en forme. Il a signé : *Salut*, en me gratifiant d'un sourire. Sa langue était logée dans le trou dû à l'absence de ses deux dents de devant – il adorait la glisser là depuis qu'elles étaient tombées quelques semaines auparavant.

Puis Maman m'a posé la main sur l'épaule, et je me suis retournée pour la regarder. Son visage affichait une expression d'attente. J'ai deviné sa question silencieuse : *Alors, comment ça s'est passé ?*

Horrible, ai-je signé. J'ai commencé à dresser la liste de toutes mes épreuves tandis qu'elle démarrait et manœuvrait pour sortir du parking. *Une fille s'est fâchée contre moi au premier cours, et pourquoi ? Parce que le professeur l'a fait changer de place pour moi. Un autre professeur m'a crié dessus. Au déjeuner, un garçon a essayé de F-L-I-R-T-E-R avec moi, et un autre garçon, B-E-A-U, a été surpris que je parle. Il m'a dit : « Tu sais parler ? »*

Si Maman n'avait pas été aussi habituée à ma manière de signer, elle n'aurait probablement rien compris à ce que je lui disais, étant donné la frénésie de mes mouvements ; mais elle a pigé. L'air déçu, elle a continué à conduire, puis elle s'est tournée vers moi pour me répondre à la faveur d'un feu rouge.

Rappelle-toi, c'est le premier jour, a-t-elle signé. *C'est toujours étrange, le premier jour. Le lycée pour entendants, c'est nouveau pour toi. Mais je suis désolée de ce qui s'est passé.*

Pareil, ai-je répondu en me mordant la lèvre. Je me sentais frustrée, des larmes de colère me piquaient les yeux, mais je refusais que ces crétins m'atteignent en me faisant pleurer.

Ils ne sont pas méchants, a continué Maman. *Ils ne connaissent pas la surdité.*

Ils devraient, ai-je répliqué.

Maman a serré les lèvres, songeuse, et ce n'est qu'au feu rouge suivant qu'elle a signé : *Apprends-leur.*

La petite main de Connor a serré mon épaule très fort avant que j'aie pu répondre, et immédiatement, j'ai senti ma colère commencer à disparaître.

Malgré sa maigreur et sa pâleur, Connor était sans doute le petit garçon le plus heureux que je connaisse. Il avait des cheveux bruns qui rebiquaient de partout malgré les efforts de Maman pour les dompter, des joues couvertes de taches de rousseur, et un sourire permanent.

Connor ne connaissait pas grand-chose à la langue des signes, mais il se donnait à fond chaque fois que nous nous trouvions ensemble. Il m'écrivait souvent des messages ; nous possédions, dans ce but précis, un cahier à spirales couvert de stickers Marvel.

Salut, a répété Connor d'un signe. *Tu m'as manqué aujourd'hui.*

Pareil, ai-je répondu avec un grand sourire. Puis j'ai parlé à voix haute : « Comment s'est passée ta rentrée, minus ? »

Connor était l'une des rares personnes devant qui cela ne me gênait pas d'utiliser ma voix. Il était trop jeune pour se rappeler à quoi elle ressemblait du temps où j'entendais, alors pour lui, j'avais toujours été sa grande sœur sourde.

« Géniale ! » ai-je lu sur ses lèvres. Tout excité, il a levé les pouces, le visage fendu d'un nouveau sourire édenté. « J'ai… nouveau copain… prof nous a mis… s'appelle… Trevor. Aime… Spider-Man ! »

« C'est super », ai-je dit. Au moins, Connor aimait sa nouvelle école, même si je détestais la mienne.

Quelques minutes plus tard, nous nous garions dans l'allée devant notre nouvelle maison.

Elle était plus petite que celle du New Jersey, mais jolie quand même – peinte en vert, avec une pelouse bien tondue devant, et un grand copalme d'Amérique[2]. C'était probablement la seule chose que j'aimais dans le fait d'avoir déménagé si loin.

L'intérieur était encore un vaste bazar ; il fallait slalomer entre les cartons de déménagement empilés partout. Nous avions installé les canapés et le meuble de télévision dans le salon, mais le reste n'était que chaos.

Une fois les courses rangées, j'ai commencé à faire mes devoirs en m'installant dans le salon avec Connor. N'ayant pas de devoirs, il s'est allongé sur le canapé avec bonheur devant des dessins animés, en prenant soin d'activer pour moi le sous-titrage. Plongée dans mon manuel d'histoire américaine, j'étais en train d'apprendre un chapitre sur les entreprises dans l'Amérique du début du vingtième siècle lorsque Maman est entrée pour nous dire que le dîner était prêt.

2. Le copalme d'Amérique est un arbre aux feuilles caduques et à la forme pyramidale.

Comme je tardais à me lever, Connor a signé : *Dîner*, à mon intention, en formant la lettre D avec ses doigts et en se tapotant un côté de la mâchoire.

Nous avons rejoint Maman, qui avait déjà mis le couvert dans la salle à manger attenante à la cuisine. Elle nous a servi des pâtes aux crevettes avec une salade, changement bienvenu après les plats tout faits avalés depuis notre emménagement.

Je me suis assise en face de Maman pour faciliter l'interprétation, et j'ai plongé dans mon assiette.

Je levais régulièrement les yeux tout en mangeant et je voyais Connor en train de discuter avec Maman. J'éprouvais alors ce petit pincement au cœur ressenti à chaque fois que ma famille parlait autour de moi sans que je comprenne une miette de la conversation.

Je n'en voulais pas à Connor et Maman de ne pas toujours signer en parlant : ce n'est pas facile à faire quand on a l'anglais pour première langue. Même si je ne m'apitoyais pas sur mon sort, il m'était parfois impossible d'échapper à la tristesse. Je ne haïssais pas ma surdité – elle faisait partie de mon identité – mais elle me faisait parfois subir une impression de solitude douloureuse.

Après le dîner et la vaisselle, j'ai pris mes affaires et je suis montée dans ma nouvelle chambre, tout au bout du couloir, à côté de la salle de bains que je partageais avec Connor.

Plutôt que de me replonger dans mes devoirs, j'ai accroché quelques posters, principalement des reproductions de chefs-d'œuvre de van Gogh et de Picasso qui m'ont toujours émerveillée. J'ai fait mon lit avec soin, j'ai rangé davantage de vêtements dans la commode à côté de la fenêtre, puis j'ai décidé de laisser tomber et d'appeler ma meilleure amie Melissa par FaceTime.

Elle a décroché après quelques instants, avec de joyeux mouvements de mains lorsqu'elle est apparue sur mon iPad. J'ai rencontré Melissa à Pratt peu après mon arrivée là-bas, et ça a été le début d'une grande amitié. Contrairement à moi, elle est née sourde ; l'ASL est donc sa première langue. Il m'a fallu un certain temps pour arrêter de penser autant en anglais, ma première langue à moi, et il m'arrivait encore de penser que je ne parlais pas couramment l'ASL, mais cela n'a jamais posé de problème à Melissa.

Elle était vive et pétillante. Elle ne manquait jamais de voir le côté positif des choses – qualité qui me serait utile ces temps-ci. Et après ce premier jour désastreux à Engelmann, j'espérais que la confiance en elle de Melissa, si à l'aise avec son identité de personne sourde, déteindrait sur moi.

Tu me manques, ont été les premiers gestes de Melissa. *Le Colorado, tu aimes ?*

Ça va, ai-je répondu. *Les montagnes sont belles.*

Et ton lycée pour entendants ? a poursuivi Melissa avec un haussement de sourcils interrogateur.

Horrible, lui ai-je répondu honnêtement.

Je me suis lancée dans un compte rendu détaillé de cette journée de rentrée. Melissa suivait mes gestes avec attention, sans cesser d'entortiller autour de son doigt une mèche de ses cheveux teints en noir. Quand je suis arrivée au récit du déjeuner, que j'ai décrit Beau et le garçon pénible, l'expression de Melissa est passée de l'intérêt à l'ennui.

Les entendants, a-t-elle dit en accompagnant son geste d'un hochement de tête dégoûté qui semblait résumer sa pensée.

Je sais, ai-je acquiescé. *Et maintenant, je suis coincée ici. Encore huit mois avant mon diplôme.*

Forte, a signé Melissa en me montrant du doigt. *Je crois en toi.*

Merci. J'ai tenté un sourire, même si j'avais de nouveau envie d'éclater en sanglots de colère et de frustration. *Tu me manques aussi.*

Melissa et moi avons passé la demi-heure suivante à échanger des nouvelles. Ce dialogue signé m'a ramenée mentalement à mon ancienne chambre du New Jersey, du temps où nous retardions l'heure de nous mettre à nos devoirs. Melissa m'a promis de me retrouver sur FaceTime après sa rentrée à Pratt, fixée à la semaine suivante, et de me tenir au courant de tout ce que je ratais là-bas.

Il était 23 heures sur la côte est lorsque Melissa et moi avons raccroché. Je détestais dire au revoir, mais j'avais des devoirs à finir. Voir son visage m'avait fait du bien, mais pas seulement. Notre échange m'avait rappelé tout ce que j'avais laissé dans le New Jersey – une vie heureuse et confortable, entourée de gens qui me comprenaient. Ma rentrée à Engelmann m'avait prouvé une chose : j'étais complètement, radicalement, différente des autres.

Et il n'y avait aucune chance pour que cela change.

6

Quand j'ai perdu l'ouïe, Maman a mis la main sur un catalogue d'assistance technologique et m'a acheté un nouveau réveil appelé Sonic Bomb. Destiné aux malentendants, il est équipé d'un disque vibrant qu'on glisse sous le matelas et qui secoue le lit quand l'alarme se déclenche. L'appareil est même doté d'une lumière rouge clignotante.

C'est un outil technologique astucieux, mais il a tendance à m'arracher violemment au sommeil et à déchaîner mes battements de cœur. Ce réveil subi chaque matin dans le New Jersey m'était maintenant infligé dans le Colorado, où au lieu de me rendre à Pratt, j'allais passer une nouvelle journée horrible à Engelmann. Cette seule pensée a empêché mon cœur de retrouver son rythme normal.

Sur le chemin du lycée, j'ai gardé la tête appuyée contre la vitre de la voiture, en me concentrant sur les secousses ressenties par mon crâne au gré des cahots, plutôt que sur ce deuxième jour d'école à affronter.

Eh, a signé Maman en garant le van sur le trottoir devant Engelmann. *Tu vas passer une bonne journée. Promis.*

J'en doutais fortement, mais c'était gentil de la part de Maman. J'ai répondu : *À plus tard*, en détachant ma ceinture. J'ai envoyé un baiser à Connor assis à l'arrière et me suis traînée hors de la voiture pour gagner le lycée.

Kathleen m'attendait à l'entrée. *Salut*, a-t-elle signé, une tasse de café dans sa main libre. J'ai été parmi les premiers à entrer dans la salle de statistiques, contente de m'asseoir à la même table qu'hier, sans encombre cette fois-ci. En attendant le début du cours, j'ai rapidement parcouru les devoirs faits la veille pour m'assurer que j'avais bien résolu chaque problème.

J'étais en train de relire l'avant-dernier problème quand quelqu'un m'a tapoté sur l'épaule. Je me suis retournée et j'ai fait une grimace. C'était Beau, de nouveau assis derrière moi.

« Qu'est-ce que tu veux ? » ai-je dit tout haut.

J'éprouvais l'étrange envie de continuer à utiliser ma voix devant lui, ne fût-ce que pour prouver ma capacité parfaite à parler.

J'ai écarquillé les yeux en voyant Beau tracer très soigneusement le signe *pardon* – un poing fermé effectuant un mouvement circulaire contre la poitrine.

L'ordinateur portable de Beau devait afficher un site ASL quelconque, car dans la minute qui a suivi, il a enchaîné une série de signes, s'efforçant clairement de se rappeler ceux qu'il voulait utiliser. Pétrifiée, éberluée, je me demandais pourquoi Beau essayait d'utiliser la langue des signes avec moi. Et lorsqu'il a employé un mauvais signe sans le faire exprès, je n'ai pas pu réprimer un fou rire.

« Qu'est-ce que… trompé ? » m'a demandé Beau, l'air nerveux.

J'ai fait la lettre *W* et porté trois doigts à mes lèvres. « Ça veut dire "eau" », ai-je dit. Puis j'ai levé mon petit doigt et porté les quatre doigts relevés à mes lèvres. « Ça veut dire "parler". Tu as dit que je n'avais pas besoin d'eau en ta présence. »

Beau a plaqué la main sur ses yeux en se tassant de quelques centimètres sur sa chaise. Son embarras était étrangement adorable. « OK… mérite d'essayer. »

Peut-être qu'il avait un peu de mérite. Comparé aux inconnus lambda qui aimaient m'arrêter et épeler tout l'alphabet avec leurs doigts juste pour me montrer qu'ils en étaient capables, Beau avait fait un effort décent pour me transmettre son message.

« Si tu essaies de dire que tu es désolé pour hier, je comprends », lui ai-je dit en espérant que ma voix était calme. Je ne pouvais jamais être sûre de son volume sonore. « Mais juste… quand tu t'entraîneras de nouveau à l'ASL en ligne, tu pourras peut-être chercher sur Google les choses que tu n'es pas censé dire à une personne sourde. »

Les joues de Beau étaient passées par toutes les nuances de rose, mais il a acquiescé d'un signe de tête en disant : « D'accord. Peut-être que… chercher ça… aussi. »

Je pense lui avoir souri avant de me retourner sur ma chaise.

Comme la veille au matin, Nina m'attendait à la porte de la classe quand la cloche a sonné. Elle m'a dit, tout sourire : « Comment vas… ce matin ? »

Cela me dépassait de la voir tellement joyeuse de si bonne heure, mais bon, je n'avais avalé que la moitié de ma tasse de café au petit déjeuner et j'avais du mal à être gaie sans une grosse dose de caféine.

Bien, ai-je signé, Kathleen traduisant à côté. *Fatiguée. Trop de devoirs hier.*

Kathleen m'a interprété la réponse de Nina : *Pareil. Et ça ne va qu'empirer.*

Heureusement, cette fois, lorsque nous sommes arrivées en cours d'histoire, M. Wells ne s'est pas adressé à moi à la seconde où je franchissais le seuil. En fait, il s'est empressé d'aborder la séance du jour, suite de la discussion d'hier sur la création de grandes entreprises aux États-Unis au tournant du siècle. Ma prise de notes était assez molle, parce que j'avais déjà eu ce cours à Pratt. J'en étais arrivée à la moitié d'un gribouillage représentant un Poudlard miniature, le lac sillonné de bateaux remplis d'élèves de première année, lorsque Kathleen s'est penchée vers moi et a commencé à tapoter sur mon bureau.

Travail en groupe, a-t-elle signé quand j'ai levé le nez.

Je l'ai fixée d'un regard perplexe, sans trop savoir ce qu'elle voulait dire. Elle m'a expliqué : *Le professeur veut que vous discutiez du commerce américain. Comment le commerce a évolué avec les nouvelles technologies.*

C'était sans doute le cauchemar d'une personne sourde – le « travail en groupe ». Kathleen et moi n'allions jamais pouvoir suivre le flux rapide d'une conversation entre des interlocuteurs multiples. De plus, il était rare que les gens ne paraissent pas ennuyés par le petit moment de décalage causé par l'interprétation. Autant placer une personne entendante entre deux personnes sourdes se disputant en langue des signes, et lui demander de comprendre le sujet de la discussion.

J'espérais être dans le même groupe que Nina, mais je me suis retrouvée avec deux filles qui semblaient rêver d'être n'importe où ailleurs et un type à moitié endormi, tellement penché en arrière qu'il me paraissait voué à une chute.

Kathleen a traîné sa chaise jusqu'à notre cercle de bureaux, au pied du tableau blanc, tout devant.

Toilettes, a-t-elle signé pour me signifier qu'elle partait aux cabinets.

« Super timing », ai-je pensé.

J'ai acquiescé en essayant de vaincre le sentiment de malaise qui m'agitait le bas du ventre.

Quand M. Wells est venu donner des instructions, Kathleen n'était toujours pas revenue. Même s'il me faisait face, son débit était trop rapide et animé pour que je comprenne un seul mot. À la fin, il a levé le pouce à mon attention, les yeux grand ouverts guettant ma réaction, alors je me suis forcée à sourire en levant le pouce à mon tour.

M. Wells parti, le seul garçon du groupe s'est enfoncé encore davantage dans son siège et a croisé les mains derrière la tête comme s'il se préparait à la sieste. Les deux filles se sont mises à rire, et j'ai supposé que le garçon avait fait une blague ou un commentaire sarcastique. Je ne pouvais pas en être sûre parce que je ne voyais pas vraiment son visage.

Que devais-je faire ? La discussion débutait sans moi, et où était Kathleen ? Ce n'était que le deuxième jour de cours, et j'étais décidée à ne pas prendre de retard dès maintenant, même s'il ne s'agissait que d'une stupide discussion de groupe. Pour ce que j'en savais, ils avaient peut-être engagé la discussion la plus intelligente et la plus stimulante de la dernière décennie.

Mais comment apporter ma contribution si je ne comprenais même pas ce qu'ils disaient ? Si je prononçais de travers le nom d'un patron ou d'une entreprise, ou si je parlais trop fort ? Cela me vaudrait encore plus de regards bizarres et *curieux* de la part de ce type, Jackson, qui était assis de l'autre côté de la classe, et dont je sentais encore les yeux fixés sur moi.

J'ai levé les yeux, jusque-là rivés à mes mains crispées, quand j'ai vu quelqu'un se retourner sur son siège pour passer la tête dans notre groupe. C'était Beau, et il parlait aux filles. Je n'ai saisi que quelques mots. Quelque chose comme : « Vous… elle est sourde, OK ? Vous devriez… »

« Eh ! »

Beau et les deux filles se sont tournés vers moi, l'air surpris.

« Tu n'as pas besoin de parler pour moi. Arrête de t'occuper de mes affaires. »

J'avais peut-être parlé d'un ton un peu trop dur – impossible à savoir – parce que Beau a fait la tête de quelqu'un qui a reçu une gifle. Il s'est mis à chercher ses mots, disant quelque chose comme : « Je voulais… aider. J'essayais juste… »

« Je ne veux pas de ton aide, ai-je rétorqué, et j'étais sincère. Je n'ai pas besoin de ton aide. Je suis parfaitement capable de contribuer à la conversation. Par exemple, je ne pense pas que John D. Rockefeller ait été quelqu'un de bien, même si c'était un brillant businessman. Tu vois ? »

C'est à ce moment précis que Kathleen est arrivée. Elle a paru alarmée par l'atmosphère tendue qu'elle découvrait.

Que s'est-il passé ? m'a-t-elle signé.

Rien. On t'attend pour lancer la discussion.

Kathleen n'a pas semblé convaincue, mais elle a acquiescé en se rasseyant, prête à interpréter. Beau a senti que c'était le moment de retourner dans son propre groupe, ses yeux évitant les miens.

Qui avait dit que j'avais besoin qu'il intervienne ainsi pour moi ? C'était évident pour le reste de la classe que j'étais sourde, alors pourquoi le rappeler à mon groupe ?

J'ai décidé que ses excuses en langue des signes ne valaient rien. Beau ignorait tout de mon monde, et je doutais sincèrement qu'il le découvre un jour.

7

Deux semaines après le début du semestre, j'ai enfin pu rencontrer ma nouvelle conseillère d'orientation, Mme Stephens. Quand Maman nous avait annoncé que nous déménagions dans le Colorado, je m'étais lancée dans des recherches sérieuses sur les universités voisines, pour repérer les meilleurs programmes de thérapie respiratoire auxquels je pourrais postuler. Mes recherches m'avaient aiguillée vers Cartwright College, un petit établissement comptant vingt-cinq étudiants par classe en moyenne, à une vingtaine de minutes en voiture. Cela me permettrait de rester vivre à la maison et d'aider ma mère à prendre soin de Connor.

Il était crucial que je voie Mme Stephens le plus tôt possible. Plus j'aurais de temps pour m'assurer qu'elle comprenait tous les aspects de mes projets d'études et leur importance pour moi, mieux ce serait. J'avais l'intention de présenter une demande d'inscription précoce à Cartwright, dans l'espoir de savoir dès la fin du semestre si j'étais admise.

Après la chimie, Kathleen m'a suivie dans le couloir menant au bureau principal à l'entrée du lycée.

Un rendez-vous pour parler de l'université ? a-t-elle signé pendant que nous marchions.

J'ai acquiescé et lui ai résumé le plan que j'avais élaboré pour les quatre années à venir. À la fin, Kathleen était rayonnante.

Intelligente, a-t-elle dit en me désignant du doigt. *Ne te fais pas de souci, je suis sûre qu'ils vont t'accepter.*

J'ai esquissé un sourire tremblotant et répondu : *Merci.*

Malgré mes inquiétudes du début, Kathleen était en train de se tailler une place dans mon entourage familier, quittant la catégorie des étrangers. Plus ça allait, plus je me disais que mes cours n'étaient peut-être pas si horribles avec cette interprète à mes côtés. Mes camarades étaient le plus gros problème, et je remarquais que Kathleen avait l'habitude de foudroyer du regard quiconque affichait un air bizarre en nous regardant signer. Ce n'était pas vraiment son rôle d'interprète, mais c'était gentil de sa part de veiller sur moi.

Lorsque nous avons atteint le bureau de Mme Stephens, Kathleen a frappé avant que j'aie eu le temps de le faire. On a dû répondre de l'intérieur, car elle a ouvert la porte et m'a fait entrer.

Mme Stephens était assise derrière son bureau et s'est levée pour nous accueillir. Ses lunettes à monture épaisse et ses cheveux noirs au carré lui donnaient un air austère, mais elle a souri en nous serrant la main.

Elle a dit quelque chose comme : « Ravie de… Maya ».

Pareil, ai-je signé en m'asseyant sur l'une des chaises près de son bureau.

Kathleen s'est mise à interpréter les propos de Mme Stephens, qui a commencé à parler en tapotant sur son ordinateur.

Je vois les bulletins de ton ancien lycée. Tes notes sont extraordinaires. J'espère que tu aimes ton nouveau lycée.

J'ai haussé une épaule et signé : *Différente, mais O-K.*

Kathleen a continué à traduire : *Dis-moi tes vœux pour l'université.*

J'ai répondu : *Je veux candidater tôt pour le programme T-R à C-A-R-T-W-R-I-G-H-T.*

Mme Stephens a paru surprise : *Pourquoi le programme T-R ?* a signé Kathleen de sa part.

J'ai hésité, pas sûre de vouloir partager quoi que ce soit au sujet de Connor, mais j'ai décidé qu'il valait mieux être honnête. Si elle savait à quel point c'était important pour moi, je gagnerais peut-être une alliée.

Je lui ai parlé du diagnostic de Connor et de la difficulté de faire face à sa maladie, non seulement pour lui, mais aussi pour le reste de la famille.

Je veux aider tous les enfants atteints de mucoviscidose, ai-je conclu en signant avec émotion.

Mme Stephens hochait la tête tandis que Kathleen interprétait mes gestes. Elle a dit :

« ... pense que ce que tu veux... magnifique. Promets... t'aider. »

J'ai regardé Kathleen interpréter la suite. C'était presque surréaliste : Mme Stephens estimait qu'avec mes notes et mes bulletins supérieurs à la moyenne, j'avais de bonnes chances d'entrer à Cartwright, alors qu'il n'était pas rare que des étudiants restent sur liste d'attente pendant plus d'un ou deux semestres. Je n'ai pas pu m'empêcher de retomber sur ma chaise avec un gros soupir de soulagement. Je crois que j'ai signé : *Merci*, environ neuf fois.

Faire des plans pour l'université était l'une de mes inquiétudes majeures depuis que j'avais appris que j'allais rejoindre un lycée pour entendants. Mon conseiller d'orientation à Pratt était sourd lui aussi, alors il comprenait l'enchaînement d'obstacles qui allaient m'attendre au moment de mon diplôme. Mme Stephens n'en avait aucune expérience – personnelle du moins – mais elle paraissait plus que disposée à essayer de travailler avec moi.

Mon sourire était sincère à la fin du rendez-vous, et j'ai presque eu du mal à réprimer des bonds de joie. Tout s'annonçait bien mieux que je ne l'avais imaginé. Une personne qui ne sourcille pas et ne soulève pas d'objections quand une personne porteuse d'un « handicap » lui fait part de ses rêves est évidemment quelqu'un que l'on veut avoir à ses côtés.

Nous avons pris un rendez-vous deux semaines plus tard pour commencer à travailler sur ma candidature à Cartwright, et Mme Stephens a promis d'effectuer des recherches sur les politiques d'hébergement de l'université.

Bon rendez-vous, a signé Kathleen en sortant.

Merveilleux, ai-je acquiescé. *Je suis heureuse de son soutien.*

Les choses s'étaient bien passées, mais cela ne signifiait pas que j'étais tirée d'affaire. J'avais déjà du mal à suivre ce qui se passait dans mes cours, même avec Kathleen. La lecture sur les lèvres n'était pas une science exacte. Dans les rares moments où Kathleen sortait pour aller aux toilettes, je n'étais jamais sûre de ce que je ratais. J'étais consciente d'être entourée de conversations que je ne pouvais pas saisir. Et une fois que je serais à l'université, j'allais devoir suivre le rythme global tandis que quelqu'un interpréterait pour moi la leçon du professeur. Si je peinais à suivre un cours de chimie normal, qu'est-ce que ce serait à l'université ?

Kathleen m'a serré les épaules et elle a signé : *Pourquoi elle ne te soutiendrait pas ? On croit tous en toi.*

Je me suis forcée à sourire de nouveau, mais j'ai vite détourné les yeux. C'était bien d'attaquer cette épreuve dans de bonnes conditions, mais elle ne faisait que commencer.

Au déjeuner, Maman m'a envoyé un texto pour me dire que Connor avait rendez-vous avec son nouveau médecin à l'hôpital pédiatrique d'Aurora, et qu'elle serait peut-être en retard à ma sortie du lycée. Pour tuer le temps, je me suis traînée jusqu'à la bibliothèque après avoir dit au revoir à Kathleen. J'ai essayé de faire des devoirs, en vain : j'avais l'esprit accaparé par l'université et mon avenir. C'était difficile de me concentrer sur la chimie avec tout ce qui tournait dans ma tête. J'ai sursauté en sentant la douceur d'une main sur mon épaule. J'ai levé les yeux : Nina se tenait à côté de moi.

« Salut », a-t-elle dit avec un sourire. « Ça va ? »

J'ai fait un signe de tête affirmatif et signé : *Bien.*

Je me voyais bien devenir amie avec Nina. C'était vraiment la première personne rencontrée à Engelmann qui en avait le potentiel. Nina savait que j'étais là, et le plus surprenant, c'est que cela ne me dérangeait pas vraiment de me servir de ma voix devant elle. Elle n'avait pas paru troublée le moins du monde quand elle l'avait entendue pour la première fois, à la différence de Beau, apparemment persuadé que ma capacité à parler était un miracle absolu. Le naturel de Nina à cet égard faisait toute la différence pour moi, et j'étais un peu tentée de lui demander à quoi ressemblait ma voix.

« Cool », a dit Nina. « Nous allons... réunion du bureau des élèves. Je serais ravie si... rester. »

Nina désignait les gens qui s'approchaient maintenant de la table en bavardant, cahiers et sacs à la main. Beau fermait la marche. Il fallait toujours qu'il se trouve quelque part en arrière-plan avec ses yeux verts et ses fossettes.

Beau ne s'était plus essayé à la langue des signes depuis cet incident dans la classe de M. Wells, et j'en étais contente. Il avait dû piger l'ordre donné de ne pas se mêler de mes affaires. Je n'avais pas besoin qu'il monte au créneau pour moi ou qu'il dise aux gens d'être gentils parce que j'étais sourde. Être ménagée pour cette raison était la dernière chose dont j'avais besoin dans ma vie.

Beau s'est figé en m'apercevant, puis il a tiré une chaise en face de moi et il s'est assis, laissant tomber sur la table son énorme cahier.

Je ne m'attendais pas à ce qu'il signe : *Salut*, suivi de : *Comment vas-tu ?*

Apparemment, mon répit était terminé, il reprenait ses tentatives de signes.

Bien, ai-je répondu machinalement.

Il paraissait tout sauf sûr de lui, mais il a poursuivi : *Bonne journée ?* en levant des sourcils interrogateurs.

À quoi jouait-il ? Une triste tentative d'excuses en langue des signes était une chose, mais maintenant cela ? Il n'était pas question que Beau apprenne l'ASL pour tenir une conversation avec moi. Ce n'était pas une langue particulièrement facile à apprendre, même avec un professeur. Et les sites Internet et tutoriels YouTube n'étaient pas toujours la meilleure façon d'apprendre.

« Qu'est-ce que tu fais ? » ai-je dit, sans me soucier du monde qui s'était assis à la table entre-temps.

Je m'attendais à voir Beau devenir rouge tomate à chaque fois que je lui parlais ou que je signais, et là encore, il ne m'a pas déçue. Mais sa bouche avait un pli déterminé lorsqu'il a essayé de signer ce que j'ai interprété comme : *Je veux apprendre la langue des signes*, même si ses gestes donnaient plutôt : *Moi langue signes.*

« Tu as voulu dire “Je veux apprendre la langue des signes” ? » ai-je demandé, incrédule.

Beau a hoché la tête et signé : *Oui*. Je lui ai montré la bonne façon de formuler cette phrase, en effectuant lentement chaque mouvement pour être sûre qu'il me comprenait. J'étais sûre à 50 % qu'il me faisait une blague tordue, mais autant m'assurer qu'il signait correctement.

Merci, a répondu Beau quand j'ai terminé.

Quelqu'un a commencé à taper de la main sur la table à côté de nous, et lorsque je me suis retournée, j'ai vu un type en polo bleu, aux cheveux soigneusement gominés, qui se penchait vers moi. Il me faisait face, aussi ai-je compris sans peine qu'il me disait : « Ce... réservé aux membres. »

Cela me convenait parfaitement. Sans perdre de temps, j'ai rassemblé mes affaires et les ai fourrées dans mon sac. Ce n'était pas comme si j'avais envie d'assister à une réunion du bureau des élèves où je serais la cible de tous les regards à cause de mes gestes, voire de l'usage de ma voix. Je pouvais tout aussi bien aller attendre Maman dehors.

Beau m'a attrapé le bras alors que je fermais mon sac et m'a très clairement dit : « Reste », en ajoutant un signe : *S'il te plaît.*

Non merci, ai-je répondu, en ajoutant un mensonge : *Ma mère est là.*

J'ai salué Nina et fait cinq pas vers la sortie de la bibliothèque avant qu'une autre main ne se pose sur mon épaule. Je me suis retournée pour me retrouver face à Beau.

« Il y a... » a commencé Beau, mais ensuite il a épelé lentement avec ses doigts les mots : *F-O-I-R-E D-U C-L-U-B D-E-S É-L-È-V-E-S.* « … Vendredi. Tu viendras ? »

Ma réaction immédiate a été de dire non. Mes devoirs, combinés à la montagne de cartons qu'il nous restait à défaire, laissaient peu de loisirs dans mon emploi du temps. Mais j'ai pensé à l'invitation que Connor avait acceptée de la part de l'un de ses nouveaux camarades le week-end précédent.

Mon petit frère de huit ans faisait un effort pour rencontrer des gens et s'impliquer à l'école, mucoviscidose ou pas. Et moi, au maximum, je m'étais attardée à discuter avec Nina. En tant que sœur aînée, n'avais-je pas la responsabilité de donner le bon exemple à Connor ? Lui montrer que moi aussi, je tirais profit de notre emménagement dans le Colorado ?

J'ai donc opté pour : « Peut-être. »

Peut-être que, si j'avais la possibilité de la vivre en compagnie de quelqu'un comme Nina, cette foire du club des élèves ne serait pas trop pénible, même si bien sûr, j'avais déjà ma dose d'Engelmann, huit heures par jour et cinq jours par semaine.

Une lueur d'espoir a brillé dans l'expression de Beau, un sourire a fait lentement apparaître ses fossettes, et il a dit : « D'accord. Cool… à bientôt… »

En quittant la bibliothèque, je n'arrivais pas à savoir ce que je devais penser du fait que Beau essayait d'apprendre la langue des signes pour me « parler ». Sa langue des signes était rudimentaire, mais il s'était certainement entraîné, vu la fluidité de ses mouvements. L'effort était louable, mais que s'imaginait-il ? Qu'il lui suffirait d'apprendre quelques signes en ligne pour que nous soyons soudain les meilleurs amis du monde ? C'était une chose d'apprendre l'ASL et de s'en servir, mais c'en était une autre de comprendre les personnes et la culture liées à l'ASL.

J'ai tiré mon téléphone de ma poche avant de m'asseoir sur le trottoir devant l'entrée principale pour attendre Maman. J'ai envoyé un texto à Melissa pour lui demander conseil.

Garçon entendant essaie d'apprendre langue des signes pour me parler… qu'est-ce que je dois en penser ?

La réponse de Melissa a été presque instantanée, en anglais haché, comme chez beaucoup de personnes sourdes dont l'ASL est la première langue.

Garçon entendant mignon ?

J'ai poussé un soupir en préparant ma réponse. Bien sûr, il fallait s'attendre à ce que Melissa me pose cette question en premier.

Très grand, yeux très verts… et fossettes, ai-je fini par envoyer.

Alors, mignon, a répondu Melissa.

Oui, mais il est ENTENDANT !

Et alors ? S'il apprend langue des signes quelle importance ?

L'arrivée de Maman qui se garait devant moi m'a dispensée de répondre. Au lieu de m'asseoir sur le siège avant comme d'habitude, j'ai ouvert la portière arrière, sachant déjà ce que j'allais trouver.

Connor était étendu sur la banquette, somnolant, la tête appuyée sur son bras, un peu plus pâle que d'habitude. J'ai senti mes entrailles se tordre à la vue de la bouteille d'oxygène portable posée à ses pieds, et de la canule insérée dans son nez pour s'assurer qu'il recevait suffisamment d'air.

Mauvais rendez-vous ? ai-je signé à Maman quand elle s'est retournée sur son siège pour me faire face.

Elle m'a répondu en secouant la tête avec un sourire grave.

Ça va. Le déménagement est dur pour lui. Le médecin dit : il a besoin de temps pour se sentir mieux.

J'ai doucement déposé mon sac à côté de la bouteille d'oxygène, et me suis installée à côté de Connor. Le bruit de la ceinture que je bouclais l'a fait sursauter. Il a promené un regard assoupi autour de lui.

« Salut, mon petit, ai-je dit avec un sourire. Désolée de te réveiller. »

Il n'a pas répondu. Il s'est contenté de poser la tête sur mes genoux et il a sombré en quelques secondes.

À l'arrivée à la maison, il a fallu que j'extirpe doucement Connor de la voiture. Il luttait pour garder les yeux ouverts, instable sur ses pieds. Maman marchait sur nos talons avec la bouteille d'oxygène et mon sac. Connor s'appuyait lourdement contre moi tandis que je le faisais entrer.

Melissa m'avait renvoyé un message à propos de Beau, mais je n'ai pas répondu. Dans ma vie, il n'y avait qu'un seul garçon entendant pour m'intéresser, et ce n'était pas celui qui avait des fossettes et des yeux verts.

8

Vendredi, Maman a travaillé une demi-journée, puis elle est rentrée tôt, laissant la voiture disponible. C'était peut-être un clin d'œil de l'univers pour me signifier que je devais aller à la foire du club des élèves après les cours.

J'avais dit à Beau que je viendrais *peut-être*. Eh bien, c'était *peut-être* la motivation que j'attendais.

Maman s'est redressée, assise à la table de la cuisine où elle examinait des documents de travail, quand j'ai signé : *Eh !* suivi de : *Je peux emprunter la voiture ?*

L'air tout aussi suspicieuse qu'excitée, elle a demandé : *Pourquoi ?*

J'ai signé en réprimant un soupir de frustration qui menaçait de s'échapper : *Un événement scolaire… Un truc. Pour le lycée.*

Maman a passé trente secondes à signer : *Génial*, le visage fendu d'un tel sourire qu'il était difficile de ne pas mieux assumer ma décision d'aller à ce truc à Engelmann.

Avec des amis ? a-t-elle signé en se penchant vers moi avec un vif intérêt.

Il m'a fallu réfléchir une seconde. J'ai décidé qu'en fin de compte, oui, je pouvais appeler Nina « une amie ». Elle avait tant fait pour que je me sente la bienvenue à Engelmann – même si elle ne connaissait pas la moitié des signes que Beau semblait avoir appris en deux semaines – et elle n'avait même pas cillé en entendant ma voix pour la première fois, ce qui était essentiel à mes yeux.

J'ai donc signé : *Oui* à Maman, mais j'ai rapidement ajouté : *Je pense*. Cette fois, elle a répété : *Génial*, pendant environ une minute.

Je souriais et grognais d'exaspération. Au moins, ma mère était ravie de me voir devenir un peu plus sociable.

Je ne reste pas tard, ai-je précisé en attrapant les clés de la voiture dans son portefeuille sur la chaise à côté d'elle.

Emmène peut-être ton frère ? a demandé Maman, en désignant du pouce le salon où Connor était allongé sur le canapé.

On aurait dit qu'il s'était dilué dans les coussins tellement il y était resté longtemps, la télécommande serrée dans une main. Son regard était vitreux à force de regarder la télé en boucle.

La foire allait être pleine de lycéens, mais cela ferait peut-être du bien à Connor de passer un moment loin de la maison et de Nickelodeon.

Bien sûr, ai-je signé en rangeant les clés de la voiture dans la poche arrière de mon jean. *Je rapporte une pizza pour le dîner ?* Il n'y a jamais de mauvais moment pour une pizza, et cela éviterait à Maman d'arrêter de travailler pour préparer le dîner.

Maman a acquiescé et fouillé son portefeuille à la recherche de quelques billets froissés qu'elle m'a passés. Je les ai aussi fourrés dans ma poche arrière.

Je me suis assise à côté de Connor sur le canapé : « Hé, minus, ça te dirait de m'accompagner à une foire du club des élèves dans mon lycée ? »

Connor s'est redressé sur un coude, l'air suspicieux. « C'est quoi… foire du club des élèves ? »

Bonne question.

« Hum. C'est un événement super chouette organisé pour les clubs de l'école. Beaucoup de musique, de bonbons et tout ça. »

Il s'agissait d'un beau mensonge, alors, restait à espérer qu'il y aurait bien des bonbons. Si c'était Beau qui organisait l'événement, il allait probablement encore lancer des Snickers aux gens.

Le mot « bonbons » a fait son effet : Connor a repris vie.

« OK ! » a-t-il dit tout excité, en se levant avec précaution. Il a montré du doigt le coin du salon où nous stockions un grand carton de bouteilles d'oxygène de rechange. Il a signé : *Tu m'aides ?*

Connor est allé chercher le sac à dos qu'il utilisait pour ses petites bouteilles d'oxygène lorsqu'il ne voulait pas en transporter une sur roulettes. Nous lui en avons installé une ainsi qu'une nouvelle canule avant de dire au revoir à Maman et de quitter la maison. J'ai surveillé Connor dans le rétroviseur sur la route d'Engelmann, de plus en plus soulagée à la vue de ses joues qui reprenaient des couleurs.

La plupart des événements à Pratt avaient lieu dans le gymnase qui était suffisamment grand pour ça. J'ai donc été surprise de découvrir que la foire du club des élèves d'Engelmann se tenait au milieu du parking.

En suivant la rue à la recherche d'un stationnement, je voyais la fanfare en uniforme vert vif avec ses instruments scintillants, une ou deux arches de ballons, et plein de tables dressées pour faire la publicité des clubs scolaires ou des équipes sportives.

J'ai passé quelques minutes angoissantes à essayer de garer le van parallèlement au trottoir et je me suis motivée intérieurement en aidant Connor à installer son sac et sa bouteille d'oxygène.

« Ce ne sera pas si terrible, me suis-je dit. De toute façon, personne ne te remarquera. Il y a trop de monde ici. »

Sur le parking, nous nous sommes facilement mêlés à la foule. J'ai remarqué que d'autres élèves avaient eu l'idée d'amener leurs frères et sœurs à cette foire, car Connor n'était pas le seul à avoir moins de quatorze ans.

Un bras autour des épaules de Connor, je me suis mise à déambuler avec lui le long des tables. Nous passions en revue les objets et photos que les clubs des élèves exposaient dans l'espoir d'inciter les gens à rejoindre leurs associations. J'avais vu juste au sujet des bonbons, et j'ai dû arrêter Connor en le voyant s'emparer d'un énorme tas de sucreries au beurre de cacahuète et de Milky Way sur la table du Key Club, et les jeter dans son sac à dos.

C'était un peu gênant d'arpenter les rangées de tables d'activités sans voir de visages familiers, mais ce n'était pas inconfortable comme je m'y étais attendue.

« Est-ce que… faire du foot quand… lycée ? » m'a demandé Connor quand j'ai baissé les yeux vers lui. Il désignait une table voisine où deux gars en uniforme tapaient dans un ballon, se le renvoyant mutuellement.

J'ai hésité à lui répondre. La réponse honnête était probablement non. Les poumons de Connor devaient travailler tellement plus dur que ceux d'une personne lambda ! Un effort physique comme le football l'éprouverait encore davantage.

J'ai opté pour ces mots : « Bien sûr, minus. Tu peux essayer de faire ce que tu veux. »

C'était du moins la devise selon laquelle j'essayais de vivre.

Je me suis brusquement arrêtée en apercevant Nina à quelques tables de là, en train de discuter avec des filles qui devaient être en seconde. Je lui ai fait signe sans réfléchir, et Nina m'a aussitôt repérée. Son geste de la main a été bien plus enthousiaste que le mien.

Connor a levé les yeux vers moi avec un geste : *Qui ?* en désignant Nina.

N-I-N-A, ai-je épelé avant de le conduire jusqu'à la table du bureau des élèves.

« Tu es venue ! » m'a dit Nina en m'adressant un sourire de mille watts.

« C'est qu'on n'avait pas grand-chose d'autre à faire cet après-midi », ai-je répondu, énonçant une demi-vérité.

La plupart du temps, on trouve toujours quelque chose de bien à regarder sur la télé.

J'attendais que me traverse ce spasme familier de panique quand j'ai vu Nina dire bonjour à Connor ; j'étais prête à le tirer en arrière et à la protéger des yeux inquisiteurs ou des habituelles questions indiscrètes. Mais étrangement, ce moment ne s'est pas produit. Elle n'a même pas semblé remarquer que Connor était sous oxygène.

Et puis Beau est apparu à son tour, se présentant à Connor avec un sourire aussi franc que d'ordinaire. Son regard n'est pas devenu curieux quand il a découvert la bouteille d'oxygène de mon frère. Mon cœur a raté un battement, le temps que j'attende l'inévitable assaut de questions qui allaient m'être posées, mais ce n'est pas arrivé non plus.

Beau s'est tourné vers moi : « Je ne pensais... venir. »

« On sortait acheter une pizza, ai-je répondu en hâte. On s'est dit qu'on allait passer. »

Ce n'est pas comme si j'allais lui dire que j'avais fait toute la route avec la ferme intention de les retrouver, lui ou Nina.

Connor a pivoté sur ses talons en m'entendant, l'air plus qu'enchanté. « On va... pizza ? »

J'ai vu Beau et Nina rire de son enthousiasme.

Plus tard, ai-je signé. Connor a poussé un soupir avant de plonger dans le saladier de bonbons posé sur la table.

« Alors... » J'ai jeté un bref coup d'œil à toutes les brochures et publicités étalées sur leur table, regorgeant de couleurs, de photos d'adolescents aux sourires exagérément enthousiastes. « Qu'est-ce que vous faites exactement ? »

« Tout », a répondu Nina, et elle a ri de nouveau.

Beau m'a fait un signe de la main pour attirer mon attention et s'est lancé dans une énumération : « Bureau des élèves, DECA[3], parfois discours... débat. »

J'ai été un peu stupéfaite.

Beau suivait des cours avancés supplémentaires, sans parler de sa responsabilité de président du bureau des élèves, et il s'était volontairement engagé dans tous ces autres clubs ? Ça me semblait horrible.

Pourquoi ? ai-je signé, les yeux écarquillés.

J'aime rester occupé, a signé Beau en haussant les épaules.

Moi aussi, bien sûr, mais waouh !

« N'oublions pas... ! » a ajouté Nina en attrapant un porte-bloc qu'elle m'a passé.

J'y ai découvert une feuille rose décorée d'un tas de ballons de baudruche. Les mots : *Rejoignez le comité du bal de rentrée* étaient inscrits en gras tout en haut. Je me suis sentie grimacer, guère surprise de voir le nom de Beau figurer à côté de l'inscription.

3. *Distributive Education Clubs of America*, formation à l'entrepreneuriat, dispensée dans les lycées et universités américaines.

Qu'est-ce qu'il ne faisait pas, ce garçon ? Je voulais m'en agacer, mais je devais admettre être aussi un peu impressionnée.

J'ai aussitôt rendu le porte-bloc à Nina. « La danse, c'est pas vraiment mon truc. »

« Non ? » a demandé Nina en fronçant les sourcils, expression aussitôt balayée par un air compréhensif. « Désolée... oubliais que la musique... »

À ces mots, j'ai réprimé un soupir en me mordant la lèvre. Je comprenais pourquoi Nina disait cela, mais ce n'était pas comme si la musique était hors de portée pour les personnes sourdes. Beaucoup d'entre elles apprécient la musique, moi y compris.

« J'aime la musique, ai-je dit à Nina. Je ne l'entends pas, mais je la sens quand son rythme est assez fort. Je ne suis pas bonne danseuse, c'est tout. »

Pareil, a signé Beau, et j'ai étouffé un rire.

Avec sa démarche chaloupée, Beau semblait trop maladroit pour être bon danseur.

« N'empêche... soirée amusante », a dit Nina en replaçant le porte-bloc sur la table.

« Bien sûr », ai-je acquiescé à contrecœur.

L'occasion d'échanger d'autres mots ou signes s'est arrêtée là, interrompue par l'arrivée d'une jeune fille à l'allure chic, aux cheveux bruns raides et au sourire étincelant, vêtue aux couleurs du lycée Engelmann. Elle était jolie – un peu artificielle à mon avis, mais qui étais-je pour juger, quand cette fille avait l'air de s'amuser ?

« Salut ! Erica », a-t-elle dit en posant les yeux sur moi.

J'ai marmonné mon nom en lui serrant la main, et elle s'est lancée dans ce qui devait être, j'en étais certaine, une description détaillée de tous les clubs qui exposaient. Je ne me suis même pas donné la peine d'essayer de lire sur ses lèvres. J'étais plus intéressée par sa manière de lever les yeux vers Beau tous les trois mots, comme si elle tentait de s'assurer qu'il la regardait.

Sans la peinture vert et noir – aux couleurs du lycée – qui lui décorait le visage, j'aurais pensé qu'Erica rougissait.

Connor s'est mis à tirer sur ma main pour attirer mon attention tandis que je me demandais combien de clubs et d'activités Erica partageait avec Beau. Elle avait l'air d'être le genre de fille débordante d'énergie qui courait après Beau en raison de leurs centres d'intérêt communs.

Sauf que Beau ne regardait pas Erica parler. Je sentais ses yeux fixés sur moi pendant que Connor s'adressait à moi par signes, un Milky Way fourré dans la bouche.

Connor semblait désireux de planter là cette foire du club des élèves. Le regard plein d'ennui, il signait : *Pizza ?*

Bien sûr, lui ai-je répondu. *Pizza, maintenant.*

N'importe quel prétexte pour filer. On aurait dit qu'Erica venait de se rendre compte que je n'avais pas entendu un mot de ce qu'elle disait ; elle semblait légèrement gênée.

« Désolée, mais il faut qu'on parte acheter notre dîner », ai-je subitement annoncé.

O-K, a signé Nina, et elle a levé les pouces en disant quelque chose sur le fait de nous retrouver lundi au lycée.

« Heureuse de t'avoir rencontrée », ai-je dit à Erica avant de me tourner vers Beau et de signer : *À bientôt.*

Beau a hoché la tête avec un petit sourire. « Content... venue. »

« Bien sûr. »

« Lycée... bizarre, hein ? » m'a dit Connor tandis que nous regagnions le van.

« Ouais, ai-je acquiescé sans réserve. Le lycée, c'est vraiment bizarre. »

Ça l'était, qu'il s'agisse d'un établissement pour entendants ou pour personnes sourdes.

Et perdre du temps à me poser des questions sur la relation entre Erica et Beau n'arrangerait certainement rien.

9

Le premier mois de cours a fait place au suivant, et l'automne a agrippé la ville dans ses serres glaciales. Les jours passaient et je m'accoutumais à la vie dans un lycée pour entendants, mais je ne me sentais toujours pas vraiment chez moi à Engelmann.

Personne, à part Nina, ne semblait désirer faire connaissance avec moi. Je me répétais sans cesse que c'était une bonne chose – Nina était géniale, alors qu'est-ce que ça pouvait faire ? Mais cela me peinait plus que je ne voulais l'admettre. J'ignorais si la barrière de la communication mettait les gens mal à l'aise ou si les mots : *Allez-vous-en*, étaient gravés sur mon front en néons clignotants, mais le reste de mes camarades gardait ses distances.

Nina comprenait de plus en plus de signes à mesure que nous passions du temps ensemble au déjeuner ou pendant les récréations. Elle ne parlait pas couramment, loin de là, mais nous pouvions tenir de mini conversations. Nina était sans aucun doute ma première amie entendante depuis des années, amitié que j'avais toujours crue impossible. Et il m'avait été plus facile que je ne l'aurais imaginé de lui expliquer la maladie de Connor quand elle m'avait poliment demandé pourquoi il était sous oxygène.

Elle s'était contentée de me serrer le bras et de me dire que c'était génial que je sois là pour prendre soin de lui, sans la moindre trace de pitié.

Et puis il y avait Beau.

Cette journée de la première semaine, où il avait commencé à me parler en signes, n'avait été que le début. Tous les deux jours ou presque, il arrivait avec quelques signes supplémentaires, me posant des questions comme : *Tes devoirs durs ?* ou *Bien dormi ?*

Je le corrigeais quand il faisait une erreur – ce qui arrivait souvent – et ne lui adressais qu'un mot ou deux en réponse. Je suis sûre que les expressions accompagnant mes gestes n'étaient jamais très enthousiastes, mais cela n'avait pas l'air de le décourager.

Je voyais suffisamment Beau au quotidien pour m'être fait une idée assez précise de sa vie. Beau était la star d'Engelmann grâce à son travail au sein du bureau des élèves et grâce à ses résultats scolaires, et il le savait. Il avait même cette façon « mec cool » de s'asseoir en classe, la jambe droite étendue devant lui, penché en arrière sur sa chaise.

Son monde et le mien appartenaient à deux systèmes solaires différents. C'est pourquoi je ne pouvais m'empêcher de penser que je constituais pour lui une sorte d'effort humanitaire – un bon point sur son CV ou dans une lettre de motivation pour s'inscrire à l'université. *Regardez comme je suis génial, j'aide une camarade sourde !*

Un jour, vers la fin septembre, je revenais des toilettes après le cours de littérature historique, que j'avais en commun avec Beau, et je l'ai trouvé en train de discuter avec Kathleen. Ils étaient à deux ou trois mètres de moi, et comme Kathleen me tournait le dos, je n'ai pas pu voir sa réponse à la question de Beau : « Alors pourquoi… Maya… pas ? »

J'ai foncé droit sur eux, très énervée que Beau veuille parler de moi en mon absence.

Qu'est-ce qui se passe ? ai-je signé à Kathleen en haussant les sourcils.

Beau m'a gratifiée d'un : *Salut*, mais j'ai feint de l'ignorer, attendant la réponse de Kathleen.

Il demande pourquoi tu ne discutes pas par signes avec lui, a-t-elle fini par répondre en se détournant de Beau.

J'ai levé les yeux au ciel si haut qu'ils ont failli disparaître à l'arrière de ma tête.

Qu'est-ce qu'il en a à faire ? ai-je signé. Je savais qu'avec sa connaissance limitée d'ASL, Beau ne comprendrait pas ce que je disais, mais j'ai jugé prudent de signer à toute allure, au cas où. *Il est pas occupé avec ses amis, là ? Ou ses cours ?*

Pendant une seconde, Kathleen a paru avoir envie de sourire, mais son visage est resté impassible lorsqu'elle a répliqué en désignant Beau d'un geste de la tête : *Pas mauvais en signes.*

Rien à faire, ai-je rétorqué. *Jamais demandé qu'il apprenne la langue des signes. Allez, en classe maintenant.*

O-K, a signé Kathleen. Elle s'est tournée vers Beau : « À plus tard », a-t-elle dit, en accompagnant sa parole d'un geste.

J'ai pris le couloir comme une flèche sans attendre Kathleen, mais je l'ai retrouvée à mes côtés une fois passé l'angle. Nous nous étions assises pour la dernière heure de cours de la journée, chimie, avec M. Burke, quand Kathleen a décidé de signer : *B-E-A-U est un gentil garçon, pas vrai ?*

J'ai enfoncé la mine de mon crayon dans ma feuille, creusant les lignes du gribouillis que je réalisais dans les marges. Un haussement d'épaules indifférent a été ma seule réponse.

Kathleen a repris ses signes avec prudence : *Pourquoi tu ne veux pas signer davantage avec lui ? Il a l'air enthousiaste.*

M'en fiche, ai-je répliqué. *Je signe avec N-I-N-A, ça me suffit.*

C'est vrai, a approuvé Kathleen avec un hochement de tête. *Mais un nouvel ami ne peut pas faire de mal.*

Je ne veux pas de nouvel ami, ai-je répondu d'un geste ferme. *Je suis ici pour les cours, pas pour un garçon.*

Kathleen paraissait souhaiter prolonger cette conversation, mais elle a élevé les paumes en signe de défaite quand M. Burke a fait clignoter les lumières, sa nouvelle manière de réclamer l'attention de la classe. J'ai été contente de mettre ce sujet de côté et j'ai espéré qu'il ne reviendrait jamais sur la table.

Le lendemain de cet accrochage avec Beau, Nina et moi étions à table, plongées dans l'une de ces conversations que nous menions moitié par signes, moitié par la lecture sur les lèvres.

« Veux-tu... moi... ? » m'a-t-elle demandé en attaquant la salade qu'elle avait apportée.

« Pardon ? » ai-je demandé tout haut, perplexe. J'étais incapable de remplir les trous que j'avais ratés.

Beau s'est penché vers moi, avec un geste de la main pour attirer mon attention. Il s'est mis à signer lentement ce que Nina avait dit, luttant un peu pour trouver les bons mots.

Elle demande si tu... Beau a froncé les sourcils, se mordant la lèvre d'un air concentré. Je remarquais la même expression déterminée dans ses yeux verts à chaque fois qu'il essayait de signer.

... veux la retrouver...

« Veux la retrouver ce week-end ? » ai-je deviné, et Beau a signé : *C'est ça.*

« Pour... de mi-semestre... Monsieur... », a dit Nina.

J'échouais au jeu de lecture sur les lèvres, alors je me suis tournée vers Beau et j'ai signé : *Devoirs ?*

Il a acquiescé, ajoutant : *Pour W-E-L-L-S. M-I-S-E-M-E-S-T-R-E.*

Le devoir de mi-semestre en histoire américaine consistait à présenter l'importance d'un événement majeur qui s'était produit dans l'Amérique du vingtième siècle. Je n'étais pas sûre de savoir comment allait se passer ma moitié de l'exposé en langue des signes, puisque je n'allais définitivement pas employer ma voix pour ça. C'était déjà assez éprouvant pour les nerfs de passer un oral quand on entendait parfaitement.

« Bien sûr, ai-je dit à Nina. On pourrait faire ça. »

« Génial ! a dit Nina avec un immense sourire. Tu veux... chez moi ? »

Accepter sa proposition valait mieux que de l'inviter à la maison. Le gros des cartons était déballé, mais Connor luttait toujours pour s'adapter. Le déménagement à une altitude plus élevée compliquait sa respiration, ce qui l'obligeait à vivre sous oxygène en permanence ; il détestait cela. Depuis qu'il y était contraint, il était grognon la plupart du temps ; un petit caprice éclatait dès que nous devions changer sa bouteille ou lui mettre une nouvelle canule.

Lorsque nous étions à la maison, il s'accrochait à moi et voulait regarder des dessins animés. J'avais donc du mal à faire mes devoirs ou mes tâches ménagères, mais j'étais prête à tout pour que

Connor puisse se reposer tranquillement. Si cela signifiait veiller tard pour finir mon travail, ça ne me posait aucun problème de faire plus d'une cafetière le matin.

Non pas que cette situation ennuierait Nina, mais n'empêche, ce n'était pas l'environnement idéal pour les devoirs de mi-semestre.

Bien sûr, ai-je signé à Nina.

« Je te… mon adresse », m'a dit Nina en tapotant sur son téléphone. J'ai hoché la tête.

Nina et moi échangions beaucoup par texto, surtout au sujet des devoirs, mais nous nous amusions aussi à commenter les côtés ridicules que nous saisissions parfois chez nos camarades, ou à parler de nos projets d'études supérieures. Elle m'avait témoigné tout son soutien quand je lui avais dit être déterminée à intégrer le meilleur programme possible de thérapie respiratoire.

Il m'avait fallu beaucoup plus de temps que je ne l'aurais souhaité pour écrire la lettre de motivation à inclure dans mon dossier de candidature à Cartwright, mais Mme Stephens était contente du résultat. La semaine précédente, nous avions envoyé le dossier, et je pensais ne pas réussir à dormir jusqu'à la réception de la réponse du bureau des admissions. C'était probablement une bonne chose que j'aie des examens de mi-semestre sur lesquels me concentrer.

Mon regard est tombé sur Beau alors que j'entamais le sandwich au beurre de cacahuète et à la confiture que j'avais apporté de chez moi. Comme toujours, Jackson était assis à côté de lui. La star de baseball du lycée et son ami discutaient de je ne sais quoi ; mais Beau paraissait avoir l'esprit ailleurs. Il tripotait l'emballage de son sandwich, et vu ses mouvements de lèvres épisodiques, il répondait à Jackson par monosyllabes.

Beau a levé les yeux lorsque Jackson lui a donné une bourrade amicale pour l'inviter à participer à la conversation. Il a haussé les sourcils en constatant que je l'observais, et je n'ai pas réussi à détourner le regard avant qu'il ait signé : *Qu'est-ce qui ne va pas ?*

Rien, ai-je répondu. J'ai ajouté, en faisant au plus simple : *J-A-C-K-S-O-N parle beaucoup.*

Beau a froncé les sourcils et signé en secouant la tête : *Je comprends pas.*

J'ai montré Jackson du doigt et porté la main à ma bouche pour mimer un moulin à paroles, et cette fois, Beau a compris. À sa manière de pincer très fort les lèvres tandis que des pattes d'oie se dessinaient au coin de ses yeux, il devait s'efforcer de ne pas éclater de rire.

Ouais, a-t-il signé avec un hochement de tête vers Jackson. *C'est son truc préféré.*

Nos signes n'avaient pas échappé à Jackson, dont les yeux faisaient des allers-retours entre nous ; il semblait mal à l'aise. Lorsqu'il s'est penché vers Beau, j'ai saisi des bribes de ce qu'il disait, quelque chose comme : « Est-ce que vous pouvez éviter... moi... ici. »

Il était clairement un peu ennuyé.

« Ne t'inquiète pas... nous ne faisions que... » a répondu Beau, mais son sourire narquois démentait l'excuse.

J'ai levé les paumes en l'air, en faisant de mon mieux moi aussi pour éviter de sourire. C'était le côté amusant d'un dialogue entre deux interlocuteurs parlant la même langue – ou du moins des éléments de cette langue – et l'employant au milieu de personnes qui ignoraient ce qui se disait.

Nina m'a soudain mis la main sur l'épaule, et j'ai levé les yeux lorsqu'elle m'a montré le plafond. La cloche avait dû sonner :

autour de nous, tout le monde se levait de table, ramassant déchets et sacs. Je me suis rendu compte que Beau et moi étions restés assis là à nous sourire, et je ne savais pas pourquoi.

Je détournai rapidement le regard et rassemblai mes affaires, prête à m'enfuir. J'avais un cours d'art, que je ne partageais heureusement pas avec Beau. J'étais tout sauf une artiste, mais c'était le seul moment de la journée où je pouvais me détendre.

J'ai dit au revoir à Nina et je suis allée en classe avec Kathleen, qui m'attendait près de mon casier. Le cours avait lieu dans un atelier qui ressemblait un peu à un entrepôt, avec des sols en béton et de hauts plafonds. Des années d'œuvres d'art d'élèves couvraient chaque centimètre carré des murs.

Kathleen a commencé à interpréter lorsque le professeur, Mme Phillips, s'est levée et a contourné son bureau pour se placer devant la classe.

Aujourd'hui, nous faisons un autoportrait, a signé Kathleen. *Dessine ce que tu penses être.*

Qui suis-je ? Voilà une question à laquelle je ne pouvais plus répondre simplement. J'avais des ambitions pour mon avenir, mais qui suis-je aujourd'hui ? Une fille sourde brusquement parachutée au milieu d'un monde d'entendants auquel j'étais certaine de ne plus appartenir. Je tournais et retournais la question dans ma tête en rassemblant un tas de fusains sur l'étagère des fournitures et en sortant mon carnet d'esquisses. Kathleen m'avait expliqué que Mme Phillips nous autorisait à nous servir de tout ce que nous voulions dans l'atelier pour réaliser l'autoportrait. Mes camarades, plus ambitieux, se munissaient de mottes d'argile ou de pinceaux et de toiles vierges.

J'ai feuilleté mon carnet jusqu'à une page blanche, ignorant toujours comment j'allais m'y prendre. Mme Phillips voulait un autoportrait. Cela signifiait-il une représentation de ce que je voyais dans un miroir, ou quelque chose qui montrerait ce que je me sentais être de l'intérieur ?

Mme Phillips s'est arrêtée à ma table alors que je traçais au fusain des lignes épaisses, tout en boucles, complètement au hasard.

Elle a sollicité Kathleen pour interpréter sa question : *Qu'est-ce qui ne va pas ?*

Perdue ? a ajouté Kathleen en me montrant du doigt.

Oui, ai-je répondu très vite. *Complètement perdue.*

Le froncement de sourcils de Mme Phillips s'est accentué quand Kathleen lui a traduit ma réponse. Elle a demandé : « Comment… aider ? »

J'ai dû réfléchir un instant avant de signer : *Je sens que je ne me connais pas.*

L'air songeur, Mme Phillips a tiré un tabouret pour s'asseoir en face de moi. Kathleen est restée à proximité.

« C'est… normal… partie de la vie, a dit Mme Phillips, le menton dans les mains. Ne t'inquiète pas… Prends ton temps. »

Elle s'est penchée sur la table pour saisir les fusains posés à côté de mon carnet. Elle les a regardés, de nouveau perdue dans ses pensées.

Tu te vois en noir et blanc ? a signé Kathleen quand Mme Phillips a repris la parole.

Non, ai-je répondu. *Je ne sais pas.*

J'aimais la couleur. J'adorais la couleur. C'est pour cela que j'avais tant de reproductions de van Gogh et Picasso sur les murs de ma chambre. Les couleurs, on n'a pas à les entendre. Quand je regardais leurs œuvres, je ne ratais rien.

Mme Phillips s'est levée et a traversé l'atelier jusqu'aux étagères industrielles massives où elle rangeait toutes les fournitures artistiques connues de l'humanité. Elle a fouillé un peu avant de revenir avec deux plateaux de peinture aux couleurs vives.

« Essaie… celles-là », a-t-elle dit en tapotant les plateaux.

O-K, ai-je répondu, hésitante.

Je n'étais pas mauvaise en esquisses, mais je n'avais jamais essayé la peinture. Ce cours d'art était censé être pour débutants, alors j'espérais que Mme Phillips ne s'attendait pas à ce que je réalise la prochaine *Nuit étoilée*.

Elle m'a offert un sourire rassurant avant de s'en aller à la table suivante pour voir comment les choses avançaient.

Je suis restée assise, les yeux rivés sur le plateau de peinture plein de rouges, verts et bleu vif, puis j'ai fini par me lever pour aller chercher le dernier chevalet qui se trouvait dans un coin de l'atelier, à côté d'une pile de toiles. Je pouvais au moins essayer.

10

Un petit déjeuner de pancakes aux pépites de chocolat m'attendait sur la table lorsque je suis descendue comme une zombie ce samedi matin, encore à moitié endormie. Connor était en train d'engloutir les siens. Il m'a saluée gaiement de la main lorsque je me suis affalée sur la chaise voisine.

Maman a sursauté comme une comédienne quand elle m'a vue, une main sur le cœur. Elle a signé : *Réveillée avant midi ? Waouh !*

Très drôle, ai-je répliqué en levant les yeux au ciel. *Café ?*

Cuisine, a répondu Maman.

Elle avait mis un tas de pancakes et du sirop devant ma place quand je suis revenue de la cuisine avec un mug de café fumant et ma crème de noisette préférée.

Journée bien remplie aujourd'hui ? ai-je signé.

Maman a secoué la tête en attaquant sa propre pile de pancakes. *Connor veut une journée films*, a-t-elle signé avec un mouvement de tête vers mon petit frère, qui continuait à s'empiffrer. *J'essaie le télétravail. Tu es occupée ?*

Je redoutais de lui faire part de l'invitation de Nina à travailler chez elle pour le projet de mi-semestre du cours de M. Wells. Maman et moi n'avions pas beaucoup discuté d'amitiés possibles avec des entendants, et je ne savais pas si elle serait contente ou anxieuse pour moi.

Je peux emprunter la voiture ? ai-je demandé en toute hâte.

Maman a eu l'air stupéfaite et a signé : *Pourquoi ?*

J'ai expliqué : *Une amie m'a demandé de travailler avec elle aujourd'hui pour nos examens de M-I-S-E-M-E-S-T-R-E. Nous sommes en binôme.*

Un grand sourire a éclos sur le visage de Maman qui a signé : *Amie ? Même amie qu'avant ?*

Oui, ai-je signé avec un soupir. *Nous sommes en classe ensemble.*

Maman m'a bombardée de questions comme : *C'est qui ?* et *Nom ?* et *À quoi elle ressemble ?*

N-I-N-A, ai-je répondu. *Tu l'as rencontrée. C'était mon mentor à la rentrée.*

Je vois, a signé Maman avec le même sourire enthousiaste. *Merveilleux. Tu lui as donné un nom signé ?* a-t-elle ajouté avec curiosité.

J'ai secoué la tête en signant : *Non.* Je n'avais pas prévu de devenir assez proche de quiconque pour lui donner un nom signé, mais Nina se révélait être une vraie bonne amie. Elle pourrait probablement en avoir un.

Tu devrais, m'a dit Maman.

J'ai haussé les épaules. *Peut-être.*

Contente que tu aies une amie, a signé Maman, et soudain, une expression plutôt intéressante est apparue sur son visage en même temps qu'un sourire. *Et le garçon ?*

Ma bouchée de pancake s'est coincée dans ma gorge, et j'ai failli m'étouffer. J'ai volé son lait à Connor et avalé une grande gorgée pour la faire passer.

Je comprends pas, ai-je signé quand j'ai pu respirer de nouveau. *Y a pas de garçon.*

Le sourire de Maman s'est teinté d'ironie.

Le garçon qui a signé « À plus » ce jour où tu m'attendais après les cours.

Je ne voulais pas mentionner le nom de Beau à Maman parce que je n'allais jamais m'en sortir. Maman ne m'avouait jamais franchement qu'elle s'inquiétait parce que j'allais avoir dix-huit ans fin janvier et que je n'étais jamais sortie avec quiconque, mais je la soupçonnais fortement d'y penser régulièrement. C'était une conversation que je voulais éviter à tout prix.

Le grand garçon, a signé Maman quand je me suis remise à croquer bouchée après bouchée. *Mignon.*

Je sais pas, ai-je signé de nouveau.

Maman s'est recalée sur sa chaise, et j'ai deviné qu'elle poussait un soupir d'exaspération.

Ça ne peut pas te faire de mal de rencontrer un garçon, m'a-t-elle dit, son expression passant de la curiosité à la gravité.

Je suis bien sans garçon, lui ai-je dit honnêtement.

Maman a levé les mains en l'air et signé : *Bien. Mais une relation ne te ferait pas de mal.*

Je suis retournée à mes pancakes, pour en finir avec tout ça. En plus, Maman savait tout aussi bien que moi que je préférerais sortir avec un garçon sourd – l'ouïe, ou l'absence d'ouïe, était un point commun important à partager avec quelqu'un – et autant que je sache, il n'en existait pas à Engelmann.

Maman a tapé sur la table devant mon assiette, et quand j'ai levé les yeux, elle a signé : *Sortir avec un garçon entendant n'est pas un mal.*

J'ai secoué la tête, en donnant de violents coups de fourchette dans mes pancakes. *Je suis concentrée sur les cours*, ai-je signé après avoir pris une énorme bouchée. *Devoirs, études supérieures. Pas de temps pour un garçon.*

Elle a fini par laisser tomber, et signer : *Tu peux emprunter la voiture.*

Merci, ai-je répondu, soulagée d'avoir classé l'affaire.

Connaissant Maman, je savais qu'elle y reviendrait tôt ou tard, surtout si elle revoyait Beau en venant me chercher à la sortie du lycée. Mais pour l'instant, je refusais d'y penser.

J'ai aidé Maman à faire la vaisselle du petit déjeuner, puis je suis montée pour prendre ma douche et m'habiller tout en finissant mon café. Nina m'avait dit de venir quand je voulais, mais plus tôt nous nous mettrions au travail, mieux ce serait.

M. Wells était un peu tête en l'air, mais des rumeurs couraient sur le fait qu'il notait sévèrement, et une mauvaise note à un examen de mi-semestre était la dernière chose dont j'avais besoin pour gâcher mon bulletin.

Je reviens dans l'après-midi, ai-je signé à Maman en attrapant les clés dans son sac sur le comptoir de la cuisine.

Elle était sur le canapé en train de regarder un film avec Connor, qui avait déjà l'air de s'endormir. En le voyant, j'ai senti une onde de tristesse me traverser. C'était dur pour lui. Je suis sûre que Maman y avait déjà pensé, mais il était peut-être temps de demander de l'aide, de faire les démarches pour obtenir un nouvel auxiliaire de vie à domicile pour Connor.

Nous irons au parc tout à l'heure, a signé Maman pendant que j'enfilais ma veste.

Super, ai-je répondu avec un sourire forcé. Une nouvelle journée froide d'automne s'annonçait, mais ça ferait du bien à Connor de sortir prendre l'air.

À plus tard, ai-je signé, et je me suis penchée pour déposer un baiser sur le front de Connor. Il m'a répondu par un vague salut de la main, écartelé entre son film et sa fatigue.

Le trajet jusque chez Nina a duré dix minutes. La plupart des maisons de son quartier semblaient huppées, les pelouses étaient bien entretenues, et les voitures dans les allées coûtaient plus cher qu'une année d'études à l'université. Au bout d'un cul-de-sac, Nina habitait une maison brune à un étage avec une balançoire et une rangée de plantes en pot menant à la porte d'entrée.

Je remontais l'allée vers le porche quand la porte s'est ouvert à la volée. Nina est sortie sur le seuil, habillée aussi joliment qu'elle l'était toujours au lycée.

Elle m'a fait entrer en signant : *Salut*.

Jolie maison, ai-je signé en observant autour de moi.

Le décor était tout en couleur crème, des tons doux, avec du mobilier en cuir dans le salon et une impressionnante télé à écran plat fixée au-dessus de la cheminée. Nina n'avait jamais évoqué les métiers de ses parents, mais j'étais prête à parier qu'ils étaient très bien payés.

« Je te laisse... chaussures », a dit Nina en désignant une impeccable étagère à chaussures à côté de la porte.

En me déchaussant, j'ai été gênée de montrer mes chaussettes dépareillées aux motifs de dessins animés, mais Nina n'a pas semblé les remarquer. Je l'ai rejointe au coin d'un couloir qui nous éloignait du salon.

J'ai supposé que nous allions nous installer sur le comptoir énorme dans la cuisine, où se trouvaient le cahier d'histoire et le manuel de Nina ; j'ai donc déposé mon sac au pied d'un des tabourets.

Nina nous a pris des bouteilles d'eau dans le réfrigérateur, et je l'ai vue dire « Coucou » quand elle a refermé la porte.

J'ai regardé par-dessus mon épaule. Une femme, qui était à l'évidence la mère de Nina, en tenue de sport aux couleurs vives, entrait dans la cuisine. Elle avait les cheveux de la même couleur que Nina, tirés en une queue de cheval haute, et des lunettes semblables, à monture carrée.

« Maman, c'est... » disait Nina en me désignant. « Elle est... »

Mon attention s'est trouvée déviée quand la mère de Nina s'est tournée vers moi en signant avec un sourire chaleureux : *Bonjour. Enchantée de te rencontrer.*

Pareil, ai-je répondu, stupéfaite. *Vous connaissez la langue des signes ?*

Un peu. Cours à l'université.

J'ai répondu avec une certaine excitation : *Cool !*

Je m'appelle J-A-C-K-I-E, a repris la mère de Nina. Puis elle a dit en riant : « Et c'est... fini ».

Je me suis occupée de sortir mes affaires de classe pendant que Nina discutait avec sa maman. Elle m'a rejointe au comptoir après le départ de Jackie.

« Prête ? » m'a demandé Nina en attrapant un surligneur. « Maman est partie... jogging et Papa... travail. »

« Nous sommes seules ? » ai-je deviné en m'asseyant sur le tabouret haut voisin du sien.

Nina a hoché affirmativement la tête. « Tant mieux. Mon frère est parti... Stonybrook... à New York. »

Cool, ai-je signé en ouvrant mon manuel.

« ... frère... genre... génie », a dit Nina en plaçant le sien devant elle. « Moins de pression... moi. »

« Tu veux aller à New York, toi aussi ? » ai-je demandé, curieuse d'en apprendre un peu plus sur Nina.

Elle a frissonné d'un air dramatique et secoué la tête. « Non... préfère le Colorado. Près... maison. »

Je ne pouvais pas dire que je préférais le Colorado après y avoir passé moins de deux mois, mais je comprenais le désir de rester tout près de chez soi. Maman et Connor – c'étaient eux, mon chez-moi.

Pareil, ai-je signé avec un petit sourire. « Et donc, dans quelle université veux-tu aller ? »

Nina a levé un doigt pour me faire signe d'attendre, puis elle s'est mise à épeler très soigneusement : *B-O-U-L-D-E-R.*

L'effort qu'elle a fourni pour épeler a fait s'élargir mon sourire, alors j'ai signé : *Pour ?*

« Histoire », a-t-elle dit à voix haute. « ... veux... travailler... musées… »

Elle a conclu sa phrase par un mot que je n'ai pas très bien compris, alors j'ai imaginé qu'elle avait dit vouloir devenir conservatrice, ou directrice, ou quelque chose comme cela.

Merveilleux, ai-je signé.

« Bon, au travail, a dit Nina avec un sourire heureux, en tapotant son manuel du doigt. Je te promets... goûter... »

L'heure suivante est passée vite, mais nous n'avons guère avancé. Nina et moi froncions les sourcils en scrutant nos livres. Nous avions restreint la liste et discuté de la manière de faire une présentation, mais nous n'arrivions pas à choisir un sujet final.

« Qu'est-ce... nous... faire ? Le... siècle... énorme », a dit Nina tandis qu'elle griffonnait des notes sur la moitié d'une page pour répertorier les événements célèbres disséminés à travers le vingtième siècle.

Elle a attrapé le morceau de brouillon dont nous nous servions pour échanger des messages quand la parole ou les signes ne suffisaient pas, et elle a écrit : « Comment se passaient les exposés dans ton ancien lycée ? »

J'ai haussé les épaules, ne sachant que répondre. « Comme partout, je suppose ? »

À part le fait d'être en langue des signes.

Nina a repoussé son manuel avec une grimace. Sautant de son tabouret, elle s'est dirigée vers le réfrigérateur. *Manger*, a-t-elle signé.

J'ai regardé l'heure sur mon téléphone et constaté qu'il était près de midi. Difficile de croire qu'au bout de deux heures, nous n'avions pas encore choisi un sujet pour notre exposé.

« On a le temps, ai-je dit à Nina en lui emboîtant le pas. On va finir par trouver. »

En chaussettes, j'ai senti le sol vibrer quand Nina a claqué la porte du réfrigérateur après y avoir pris un yaourt. Elle a déchiré l'opercule, attrapé une cuiller dans un tiroir et elle s'est mise à manger. Son expression acerbe était encore là quand elle a balancé le yaourt vide à la poubelle.

« Tout va bien ? » lui ai-je demandé, hésitante.

Nina s'est effondrée sur le comptoir de la cuisine, le visage entre les mains. « J'ai toujours... difficultés à l'école. J'ai envie... notes parfaites. Et... j'adore l'histoire... mais quand même... tous les cours... importants. Besoin... réussir cet examen. »

J'avais l'impression que cette conversation allait s'engager sur un terrain plus personnel, et pourtant, la franchise de Nina me mettait étrangement à l'aise pour parler. Ce n'était donc pas si dérangeant.

« Je ressens la même chose, ai-je dit. Littéralement tout le temps. »

Parfois, j'avais le sentiment de me pousser à bout en essayant de réussir tous les devoirs, tous les examens. Quelque part, je m'étais convaincue qu'avoir des notes parfaites était le seul moyen d'intégrer un programme de TR réputé et de faire ce dont je rêvais depuis des années. Le fait que je ne sois jamais complètement réveillée avant la quatrième heure, lorsque deux de mes cours de spécialités étaient terminés, ne m'a pas aidée. Veiller tard chaque soir pour finir une montagne de devoirs me rendait groggy toute la matinée, malgré de multiples tasses de café.

« Maman est... et Papa... médecin, me disait Nina. Grosses pointures... Il faut que je... bonne école. Boulder... pas... facile. »

« Nina, je pense que tu n'auras aucun mal à entrer à Boulder, lui ai-je dit, en espérant que ma voix sonnait ferme et confiante. Tu es plus qu'intelligente. Ça ira. »

« Merci, mais je pense... entrera... avant moi », a répliqué Nina.

Me voyant la dévisager d'un air perplexe, sans comprendre de qui elle parlait, elle a épelé : *B-E-A-U.*

« Quoi ? » ai-je dit en essayant de réprimer un froncement de sourcils, comme à chaque fois que quelqu'un évoquait Beau.

« Il veut... Yale, a dit Nina. C'est tout ce que son père... pour lui. » Le coin de ses yeux s'est plissé parce qu'elle riait. Elle a ajouté : « Je pense que... nous entendons... bien. Nous sommes l'un et l'autre... perfectionnistes. »

Je savais Beau intelligent, mais l'Ivy League[4] ? Je n'ai pu m'empêcher d'être un peu impressionnée.

« Mais au moins mes... pas de pression sur moi... comme le père de Beau, a repris Nina avec un petit hochement de tête. Tout ce qu'il essaie de faire, c'est... »

« D'essayer de quoi ? », ai-je questionné, tout à coup soucieuse de savoir ce qu'elle avait dit sur Beau.

Nina a levé un doigt pour me demander d'attendre, et elle est allée chercher notre brouillon sur le comptoir. Elle a pris son temps pour écrire un message qu'elle m'a ensuite tendu.

Le père de Beau est très exigeant en ce qui concerne l'université. La moitié de sa famille est allée à Yale, alors c'est ce que son père veut pour lui aussi. Je crois que ça le rend malade parfois, de penser à ce qui se passera s'il n'est pas admis. Je ne pense même pas qu'il ferait partie du bureau des élèves si son père ne lui avait pas dit que ça ferait bien dans son dossier de candidature.

Je ne savais pas comment répondre au message de Nina.

Je pouvais au moins comprendre la pression ressentie par Beau, même si dans mon cas, c'était moi qui me mettais cette pression. Mais cette information s'accordait mal avec ce que je savais de Beau. Il paraissait toujours si sûr de lui, confiant même, lorsqu'il signait et luttait visiblement pour trouver le bon mot. Mais si quelqu'un d'autre lui dictait sa vie, peut-être ne maîtrisait-il pas tout, comme je le pensais.

Qu'est-ce qui ne va pas ? a signé Nina quand je me suis enfin arrachée à son message.

Rien, ai-je répondu du tac au tac.

4. L'Ivy League désigne un groupe de huit universités privées aux États-Unis, connues pour leur excellence et leur prestige (NdT).

Elle m'a fixé un long moment, lèvres serrées comme si elle s'empêchait de parler.

« Quoi ? » lui ai-je demandé, mal à l'aise.

« Rien. » Elle m'a décoché un sourire si radieux que ce brusque changement d'humeur m'a fait l'effet d'un coup de fouet.

« Alors, tu... bal de rentrée... ? »

Je n'avais pas besoin d'entendre pour savoir ce qu'elle demandait. J'ai crié : « Non ! » avant même qu'elle ait terminé de parler. « Je te l'ai dit à cette foire du club des élèves que je n'aimais pas danser, tu te rappelles ? »

Rejetant la tête en arrière, Nina a éclaté de rire. Je ne voyais pas ce qu'elle trouvait drôle.

« Eh bien, le bal de rentrée sera plus... que les devoirs », a-t-elle dit en montrant d'un mouvement de tête le bazar de manuels et de feuilles de notes sur le comptoir.

« Le bal de rentrée, mieux que l'examen de M. Wells ? Impossible ! » ai-je décrété fermement.

Je crois que ça a fait rire Nina encore plus fort.

« Allez, Maya, on... terminer, a-t-elle dit. Mais d'abord... besoin de manger encore. »

« Ouais, ai-je approuvé. La nourriture d'abord. Toujours. Mais je crois avoir une idée pour notre exposé. »

J'étais assez sûre qu'aucun lycéen ne préférait travailler à un examen de mi-semestre plutôt que d'échanger sur la fête de rentrée, mais l'obtention de bonnes notes se trouvait au-dessus de la danse sur ma liste de priorités.

De plus, j'étais assez sûre d'avoir en tête une idée qui pourrait rendre mes camarades un peu plus familiers de la langue des signes.

11

Même si j'avais réussi à détourner Nina d'une discussion sur le bal de rentrée, ça n'a fait que repousser l'échéance au lundi suivant. À Engelmann, tout semblait subitement tourner autour du bal. J'étais un peu stupéfaite de ne pas l'avoir remarqué plus tôt. Des bannières et des prospectus scintillants aux couleurs vives ornaient tous les couloirs, et quelqu'un avait même lancé un compte à rebours dans la cafétéria.

Toute cette excitation autour du bal de rentrée ne cessait de me rappeler un bal désastreux que j'avais vécu en première à Pratt. En plein milieu d'un cours de maths, Jake Perkins, un garçon pour qui j'avais eu un coup de cœur à cette époque, m'avait demandé d'être sa cavalière, avant de me laisser tomber pour une autre fille au milieu du bal. J'ai passé le reste de la soirée à faire la potiche en m'apitoyant sur mon sort. Je n'avais pas envie de renouveler l'expérience, et d'ailleurs, aurait-il pu en être autrement au bal de rentrée d'un lycée pour entendants ?

J'aurais dû être préoccupée par les examens à venir, et en un sens je l'étais vraiment, mais j'avais du mal à faire abstraction du bal avec tant de rappels partout. Même Beau, qui prétendait ne pas être doué pour la danse, participait aux discussions sur le sujet, l'air sincèrement enthousiaste.

J'étais assise en face de lui au déjeuner, lui prêtant probablement plus d'attention que je n'aurais dû, alors qu'il parlait avec Jackson. Beau parlait beaucoup avec ses mains, même lorsqu'il ne signait pas, et le regarder était parfois plus intéressant que tout ce qui se passait à Engelmann.

Beau ne me faisait pas complètement face, donc je ne pouvais pas en être certaine, mais j'avais l'impression de l'avoir vu prononcer le mot « bal » au moins une ou deux fois.

Jackson était plus facile à déchiffrer, et c'était peut-être grossier de ma part de le penser, mais ce type avait une grande gueule : lire sur ses lèvres ne demandait pas beaucoup d'efforts. Mon intérêt a été piqué au vif quand je l'ai vu dire : « … devrais demander à Erica… bal ».

Il devait parler de l'Erica que j'avais rencontrée à la foire du club des élèves. Je la croisais parfois dans les couloirs, et elle me saluait par politesse, mais nos relations se limitaient à cela puisque nous n'avions aucun cours en commun.

Beau s'est borné à lever les yeux au ciel en disant quelque chose comme « … n'aime pas… comme ça. »

Ainsi, Beau n'aimait pas Erica ? C'était… intéressant. Elle paraissait être le genre de fille avec qui il pouvait avoir envie de sortir, lui qui était président du bureau des élèves et tout ça.

Lorsque Beau m'a jeté un coup d'œil une seconde plus tard, j'ai vite détourné le regard et tenté d'engager une conversation en signes avec Nina. J'étais bien plus gênée de me faire surprendre en train de lire sur les lèvres quand c'étaient celles de Beau que je surveillais.

Le déjeuner terminé, tandis que Kathleen et moi nous dirigions vers le cours d'art de Mme Philips, je ne cessais de penser à Erica et de me demander pourquoi Jackson estimait que Beau devrait lui demander d'être sa cavalière, si bien que je ne captais pas grand-chose de ce que Kathleen signait. Elle devait me parler du bal, elle aussi. Je ne pouvais pas lui reprocher d'être si gentille et joyeuse, parce que parfois, voir un visage amical était un soulagement, mais mon interprète devait-elle vraiment montrer autant d'intérêt pour un bal scolaire ?

Un jour pareil, j'avais hâte de me mettre au travail sur mon autoportrait plutôt que de me concentrer sur tout ce qui se passait autour de moi. Jusqu'à présent, j'avais réussi à tracer une silhouette décente de quelqu'un sur ma toile, mais je me demandais comment faire pour que ce quelqu'un soit moi.

Une fois dans l'atelier, j'ai filé vers les étagères de fournitures et pris les peintures vives que Mme Phillips m'avait suggéré d'utiliser la semaine précédente. J'avais redouté de toucher aux couleurs par crainte de tout gâcher, mais la date de remise de ce travail approchait vite.

J'ai choisi divers pinceaux et un gobelet d'eau pour les nettoyer, puis j'ai posé ma toile sur un chevalet au fond de la salle. Je ne voulais pas que les gens me regardent travailler, mais je sentais la présence de Kathleen derrière moi, qui observait par-dessus mon épaule pendant que j'inspectais les couleurs sur le chevalet devant moi.

Quand j'ai levé les yeux vers elle, elle a signé : *Couleur aujourd'hui ?*

J'ai haussé les épaules.

Peut-être, ai-je répondu. *Je ne sais pas.*

Kathleen s'est tapoté les lèvres du doigt, songeuse. Ses yeux balayaient ma toile.

Je me suis sentie froncer les sourcils en la voyant signer : *Bleu*, au bout d'un moment, le doigt tendu vers la couleur correspondante.

Pourquoi ? ai-je demandé, perplexe.

Kathleen a incurvé son index et a tapé deux fois le haut de son oreille, signe qui veut dire « appareil auditif ». *Toi, non ?* a-t-elle ajouté en signes, les sourcils haussés.

« Un point pour elle », ai-je pensé.

Mes appareils auditifs étaient bel et bien un élément important de moi-même, et je trouvais la couleur bleu néon magnifique. À mon avis, ce ne serait pas trop difficile de l'incorporer dans mon autoportrait.

O-K, ai-je signé au bout d'un moment. *J'essaie.*

Kathleen m'a offert un sourire radieux en levant les pouces, et puis cet instant a été gâché par sa question suivante : *Tu veux essayer la danse ?*

Son expression était si sérieuse que je n'ai pas eu la force de signer un *Non* franc. Alors j'ai de nouveau opté pour : *Peut-être.*

Le bal ne serait probablement pas trop horrible si Nina et Beau étaient là. Ils connaissaient un peu la langue des signes. Et, au moins, je savais que les bals de rentrée n'étaient jamais comme ceux que l'on voit à la télévision – personne ne se lance dans des danses ou des chansons chorégraphiées, il n'y a pas de déclaration d'amour embarrassante de la part du roi du bal.

Au moins, je savais que je ferais une potiche acceptable.

Nina a fini par vaincre ma résistance à l'égard de cette soirée. Elle était vraiment très insistante ; elle me garantissait que le bal d'Engelmann était toujours un bon moment et que le comité du bal – dont elle était fière d'être membre – concoctait un bon spectacle. Tout ceci était très bien, mais j'avais encore de sérieux doutes sur le fait que je finirais par m'amuser.

Mais j'ai quand même accepté parce que c'était agréable de passer du temps avec une amie hors des devoirs et des travaux scolaires. Nina avait tant fait pour que je me sente chez moi à Engelmann ! Si elle voulait que je l'accompagne au bal, comment pouvais-je refuser ce signe d'amitié ?

Un sourire d'un kilomètre de long fendait le visage de Maman quand elle m'a emmenée chez Nina, ce samedi en début de soirée, quelques heures avant le bal. Connor était sur le siège arrière, absorbé par un jeu vidéo. Il avait encore beaucoup de temps devant lui avant de braver les bals lycéens.

À un feu, juste avant d'arriver, Maman s'est tournée vers moi et a signé : *Tu sais, je t'achète une robe neuve si tu veux.*

Je déteste le shopping, lui ai-je rappelé. Acheter des vêtements, c'était pire que tout, ça n'avait jamais été mon passe-temps favori. *Je vais emprunter une robe à N-I-N-A, c'est bien.*

Le shopping, c'est amusant, a contredit Maman.

Parfois, ai-je répondu.

Maman s'est garée dans l'allée des Torres, et la porte d'entrée s'est ouvert à toute volée une seconde plus tard. Nina est venue nous accueillir en bondissant d'un pas guilleret.

Maman a baissé la vitre pour saluer Nina, qui s'est penchée à l'intérieur de la voiture et m'a dit bonjour avec un geste joyeux de la main. J'ai essayé de lui sourire en retour, mais je ne savais toujours pas quoi penser de ce bal maintenant qu'il était si proche.

« Je promets... amuser », disait Nina à Maman, et celle-ci riait en hochant la tête. « Les bals de rentrée... toujours drôles ».

Nina a ensuite jeté un coup d'œil sur la banquette arrière et a salué Connor, qui a réussi à lui rendre la pareille sans lever les yeux de sa Nintendo 3DS.

J'ai attrapé mon sac et rapidement embrassé Maman avant de quitter la voiture, en promettant de la tenir au courant tout au long de la nuit. Elle a signé : *À plus tard* en bâillant, et je suis restée là pendant un moment, à l'observer. Ce n'était pas quelque chose que je faisais souvent, mais ce bâillement avait attiré mon attention.

Maman avait des cernes sous les yeux et ses cheveux étaient gras, tirés en arrière en un chignon désordonné. Les rides autour de ses yeux et de sa bouche, creusées à force de rire et de sourire, étaient accentuées comme si elle avait vieilli plus vite que la normale.

Je me sentais à la fois coupable et triste de voir Maman si mal en point. Elle ne prenait pas soin d'elle, et je savais que c'était parce qu'elle consacrait tout son temps et toute son énergie à Connor, veillant en permanence sur sa santé et son confort, en plus d'être l'unique soutien financier de notre famille. Et j'étais là, moi, sa fille, qui ne lui avais certainement pas facilité la vie, à faire un esclandre sur ce déménagement dans le Colorado et à râler sans cesse sur le lycée pour entendants.

Il fallait que je me rattrape, d'une façon ou d'une autre.

Eh, a signé Nina une fois dans l'entrée de sa maison alors que je venais de me déchausser. *Ça va ?*

« Oui, ai-je répondu à voix haute, en serrant mon sac sur mon cœur. Je pensais juste à autre chose. »

« Ne t'inquiète pas, m'a dit Nina en m'emmenant vers l'escalier. Le bal sera... tu vas adorer... promis. »

« C'est sûr. Ça va être génial. »

Nina m'a entraînée dans sa chambre à l'étage, et j'ai compris en entrant qu'elle avait fait de longs préparatifs en vue du bal. Toutes sortes de produits de maquillage étaient soigneusement alignés sur sa commode, avec un fer à friser branché, de multiples produits capillaires sortis, et une poignée de robes disposées en ordre sur son lit.

« Je pense qu'on... même taille, m'a dit Nina tandis que je posais mon sac par terre. J'ai sorti... robes que tu... aimer. »

Je me suis approchée du lit. Elle me proposait quatre robes qui étaient toutes plus stylées que tout ce que j'avais jamais porté. L'une d'elles était violette avec plein de dentelle, et un peu trop décolletée à mon goût, deux autres étaient noires et simples, mais elles allaient sans doute m'arriver au-dessus du genou parce que j'étais plus grande que Nina, et la dernière était jaune ; elle faisait un peu plus robe d'été que tenue de bal. Il m'a semblé qu'elle serait parfaite pour moi.

« Celle-ci, ai-je dit en caressant le tissu des doigts. Je l'aime bien. »

« J'en étais..., a répondu Nina avec un grand sourire. Essaie-la ! »

J'ai pris la robe, et Nina m'a montré, dans le couloir, la salle de bains où j'allais pouvoir me changer. J'ai soigneusement plié mon jean et mon t-shirt et je les ai déposés sur le meuble du lavabo pour essayer la robe. La salle de bains regorgeait de serviettes, savons et pots-pourris extravagants, et je ne voulais pas mettre le bazar là-dedans.

Nina avait raison de dire que nous faisions la même taille. La robe m'allait parfaitement, cintrée à la taille et tombant à quelques centimètres de mes genoux. J'ai regardé mon reflet dans le miroir de la salle de bains avant d'aller me montrer à Nina. Je me reconnaissais encore, c'était une bonne chose. À mon avis, mes appareils auditifs bleu néon s'accordaient mal avec le jaune de la robe, mais il n'y avait rien à y faire.

« Je le savais ! » Nina a applaudi et exécuté une petite danse quand je suis retournée dans sa chambre, mes vêtements calés sous mon bras. « Tu es… jolie ! »

« Merci », ai-je répondu, gênée.

« Maintenant… toi, a dit Nina en me conduisant à la chaise qu'elle avait placée devant un miroir dressé sur son bureau. Je vais d'abord… cheveux. »

J'ai ôté mes appareils, que j'ai posés sur le bureau avec précaution, puis j'ai donné à Nina mon feu vert pour détacher mes cheveux. Je me suis servie du miroir pour lire sur ses lèvres lorsqu'elle s'est mise à parler.

« Je ne savais pas… si longs ! » s'est-elle exclamée en s'attaquant à quelques nœuds avec un peigne.

« J'aime bien les garder attachés. Sinon, ils s'emmêlent beaucoup avec mes appareils. »

J'ai donné à Nina la permission de me coiffer et de me maquiller à sa guise, et je l'ai laissée opérer son tour de magie. Jamais je n'avais pris la peine de faire quoi que ce soit de mes cheveux le matin à part une queue de cheval, et depuis le jour où Melissa m'avait offert un maquillage désastreux en première, je ne voyais pas non plus l'intérêt de me maquiller.

J'ai fait exprès de ne pas me regarder dans le miroir pendant que Nina travaillait, me concentrant plutôt sur la pizza que sa mère nous avait achetée pour le dîner. Nina devait avoir des trésors de patience que je n'avais pas soupçonnés, car elle a réussi à boucler mes cheveux fabuleusement bien, ce que Melissa avait déclaré impossible.

Nina y est allée doucement avec le maquillage et a utilisé du gloss pour rendre mes lèvres plus brillantes que d'ordinaire.

« Je sais que tu... inquiète, m'a-t-elle dit en me voyant inspecter mon reflet dans le miroir plus longuement que je n'aurais dû. Mais je te promets... super moment. »

Je n'étais pas habituée à me voir avec du fard à paupières ou du mascara, mais ils rendaient mes yeux plus lumineux, et mes lèvres étaient d'un rose brillant. Je paraissais... différente, et pourtant toujours moi-même. Pas laide, rien de tel, mais peut-être un peu déformée – à l'image de mon autoportrait.

« Sûr », ai-je dit en remettant mes appareils auditifs en place sans croiser son regard. « Un super moment. »

12

Le parking d'Engelmann était bondé à notre arrivée. Nina a passé quelques minutes à explorer toutes les rangées en quête d'une place. Elle chantait la chanson qui passait à la radio. Elle avait monté le volume assez fort pour que je sente tout le siège vibrer sous moi, ce qui ne m'aidait pas à retrouver mon calme.

Nous avons finalement trouvé une place tout au fond. J'ai laissé Nina ouvrir la marche vers le lycée, avec le sentiment d'être son ombre maladroite. Elle était sublime avec sa robe fourreau rouge, ses boucles d'oreilles dorées et sa queue de cheval. Elle avait un look simple et élégant, et sa démarche révélait une assurance que j'essayais d'imiter en traversant le parking. Ce n'est pas parce que j'étais une boule de nerfs que tout le monde devait le savoir.

Une fois à l'intérieur, Nina a donné nos billets à la réceptionniste, qui avait la malchance d'être le chaperon de la soirée, puis elle s'est faufilée dans le gymnase, impatiente de danser. Des guirlandes de lumières scintillantes tombaient du plafond, et une multitude de ballons noirs et bleu foncé décorait la salle. Presque tout le monde était déjà en train de danser ou de se goinfrer aux buffets situés au fond du gymnase.

Nina m'a crié quelque chose, mais l'éclairage était trop tamisé pour que je puisse lire sur les lèvres. M'attrapant par le poignet, elle m'a fait traverser la piste de danse jusqu'aux tables du buffet, et j'ai vite saisi pourquoi. Beau était là.

Je me sentais gênée et mal à l'aise dans une robe aussi belle, mais j'ai cru percevoir que Beau l'était aussi dans son pantalon de soirée et sa chemise rouge impeccablement boutonnée. Il fronçait les sourcils en mangeant un cookie, jetant un regard oblique et furieux à un couple qui dansait non loin de lui avec un peu trop d'ardeur.

Quand il nous a vues, il a laissé tomber le deuxième gâteau qu'il tenait à la main, et a avalé tout rond le reste du cookie. Il faisait trop sombre pour que j'en sois certaine, mais je crois qu'il rougissait.

Nina l'a salué d'une bourrade amicale sur l'épaule et a dû faire un commentaire sur son apparence, d'après la manière dont il s'est mis à triturer son col de chemise. Il a tourné les yeux vers moi en répondant à Nina, et il s'est interrompu.

J'ai failli me mettre à me tortiller sous son regard. Pourquoi me regardait-il ainsi ? Comme un défi, je lui ai rendu son regard fixe, en signant : *Qu'est-ce qui se passe ?*

Beau n'a pas eu l'air de réfléchir à deux fois avant de faire le signe : *Belle*, mouvement circulaire des doigts autour du visage, puis il m'a désignée de l'index.

Je n'ai pas eu d'autre idée de réponse que de signer : *Stupide*, en le montrant du doigt à mon tour.

Beau a souri de ma réaction et a signé : *Merci*.

Je t'en prie, ai-je répliqué.

Je ne savais pas comment prendre le fait que Beau me trouvait belle. Les yeux fixés sur moi, il ne faisait guère attention à ce que lui disait Nina. Je me sentais à la fois flattée et désireuse qu'il arrête ça. Je n'avais jamais été très remarquée par les garçons, qu'ils soient sourds ou entendants. Ce qui se passait était bizarre. Encore plus bizarre était cette sensation étrange qui s'emparait de moi sous le regard de Beau, faisant se recroqueviller mes orteils.

Content que tu sois là, a signé Beau.

Son expression authentiquement heureuse m'obligeait à penser qu'il était sincère.

À présent, je ne savais plus si j'avais envie de pouffer de rire ou de me cacher le visage, embarrassée. Mes joues étaient en feu, mais au moins, l'éclairage faible l'empêchait de le voir.

Plutôt que de signer quelque chose que Beau ne pourrait pas comprendre, j'ai dit : « Je ne ferai rien de plus ce soir. »

Pareil, a-t-il signé. Il a essayé d'enchaîner avec d'autres gestes, et j'ai mis un moment à deviner qu'il tentait de me demander si j'aimais danser, mais il a buté sur le dernier signe, les lèvres serrées de nouveau.

J'ai essayé de réprimer un grand sourire en lui montrant le signe qui désigne la danse – la pointe de l'index et du majeur effectuant de petits pas en avant et en arrière plusieurs fois au-dessus de la paume.

Non, ai-je ensuite ajouté. *Je déteste la danse.*

Pareil, a-t-il répondu, son grand sourire revenu.

Nina avait les mains sur nos deux avant-bras pour attirer notre attention. Elle a dit : « Les amis... danser ? »

Beau et moi avons éclaté de rire.

Nina était décidée à entrer sur la piste de danse, ce qui m'a poussée à m'esquiver aux toilettes. Je m'y suis cachée et j'ai joué à

Fruit Ninja sur mon téléphone. Pas vraiment ce qu'on est censé faire pendant un bal de rentrée, mais plus j'arriverais à tuer le temps, moins il m'en resterait pour danser.

Au bout d'un quart d'heure, je me suis dit que je ne pouvais pas prolonger mon isolement. Nina était tout à fait capable de venir me traquer jusqu'ici et de me traîner sur la piste. Et comme c'était elle mon chauffeur, je ne pouvais pas me permettre de m'enfuir de bonne heure.

J'ai fini par retourner vers le gymnase, mais en prenant tout mon temps. J'étais encore assez loin et je sentais déjà les basses faire vibrer le carrelage – pas assez pour percevoir un rythme clair, mais assez pour deviner qu'il s'agissait d'une chanson entraînante et rapide. Alors que je songeais à me trouver une autre cachette, je me suis arrêtée en apercevant Beau.

Il s'était apparemment éclipsé, lui aussi, et était partiellement caché derrière la montagne de vestes et de chaussures posées sur les tables pliantes où la réceptionniste avait vérifié nos billets. Je le voyais dans un coin, trahi par ses cheveux en bataille et ses longues jambes étendues devant lui.

Il avait un livre ouvert sur ses genoux. Perdu dans sa lecture, il grignotait distraitement un cookie. Je suis restée là à l'observer si longtemps que cela devenait gênant, mais j'éprouvais une fasciation étrange à le voir en dehors de son milieu naturel. Il continuait à tourner les pages l'une après l'autre, en se servant de cookies dans la pile constituée sur une serviette à côté de lui. Il semblait indifférent aux bruits qui l'environnaient, comme s'il s'était déconnecté de tout – chose que j'aimais faire, moi aussi.

Je me suis rapprochée de quelques pas, sans qu'il lève les yeux de son livre. Je voyais le titre entre ses doigts : *Contes de Canterbury*.

Ce gars lisait le livre au programme de notre cours de littérature historique, au bal.

« Tu es vraiment en train de lire Chaucer au bal du lycée, là, tout de suite ? » lui ai-je demandé, incrédule.

Beau a levé les yeux, surpris, et a hoché la tête en signant : *Oui.*

« Pourquoi ? »

Beau avait sans doute beaucoup d'amis qui se demandaient où il était, et plus d'une fille désireuse de danser avec lui. Probablement Erica, dont Jackson avait parlé l'autre jour, pour ne citer qu'elle. « Tu ne veux pas rester avec tes amis ? Ou t'occuper de trucs pour le bureau des élèves ? »

Oublie, a signé Beau en secouant légèrement son livre. *C'est pour mes devoirs.*

« Et alors ? Les devoirs, tu auras toujours le temps de les faire demain. »

Il a répondu par un léger sourire et a signé : *Vrai. Mais je préfère maintenant.*

Je me suis installée par terre à côté de lui sans vraiment y penser, et j'ai attaqué un cookie pris dans la pile sur la serviette.

« Nina m'a dit que tu t'inquiétais beaucoup pour les cours », lui ai-je dit entre deux bouchées.

La conversation que j'avais eue avec Nina le week-end précédent, lors de notre tentative désordonnée de construire un exposé pour notre examen d'histoire, avait été pour le moins éclairante.

Lèvres pincées, Beau a refermé d'un coup sec les *Contes de Canterbury*, et il a de nouveau signé : *Vrai.*

J'ai terminé mon cookie et me suis resservie en fronçant les sourcils. Pourquoi Beau n'utilisait-il pas sa voix ? J'appréciais les signes, mais il me semblait que Beau éprouvait les mêmes sentiments à signer que moi à me servir de ma voix. C'était bizarre et peut-être inconfortable, mais nous le faisions quand même tous les deux.

J'ai décidé d'employer le même mode de communication que lui. De plus, le fait de ne pas utiliser nos voix nous permettait de continuer à manger des cookies.

Pourquoi t'inquiéter pour les cours ? ai-je signé.

J'ai dû m'y reprendre à deux fois avant qu'il comprenne. Il a mis une minute ou deux à préparer sa réponse. C'est tout juste si je ne voyais pas vrombir les engrenages de son cerveau tandis qu'il cherchait les signes qu'il lui fallait pour s'exprimer.

J'ai besoin d'entrer dans une bonne U-N-I-V-E-R-S-I-T-É, a-t-il fini par signer en prenant ensuite un nouveau cookie.

Je sais. Y-A-L-E.

Oui. Comment tu sais ?

Beau était si étonné que ses sourcils s'étaient rejoints.

N-I-N-A me l'a dit. Que tu es très intelligent.

Il a fallu que j'épelle « intelligent », et il s'est empourpré quand il a compris.

Peut-être, a-t-il répondu.

Ce n'est pas un mensonge, ai-je signé en essayant de réprimer un sourire. *Tu sais que tu es intelligent.*

Beau a haussé les épaules en balayant un peu de glaçage du cookie tombé sur son pantalon.

Je me suis penchée vers lui et lui ai donné une petite bourrade du coude pour attirer son attention. *Qu'est-ce qui ne va pas ?* ai-je signé quand il m'a enfin regardée.

Il a commencé à épeler le mot « rien », mais je l'ai arrêté pour lui montrer le bon signe. *Rien* est un signe un peu bizarre qui demande de tracer la lettre *O* avec les doigts puis de secouer la main d'avant en arrière.

Beau a reproduit le signe : *Rien.*

Mensonge, ai-je rétorqué.

Pourquoi ne pouvait-il pas me dire avec simplicité ce qui lui pesait ?

Bien, a-t-il signé très vite. *Ce n'est pas un mensonge. C'est vrai.*

J'ai affiché une grimace perplexe, façon Sherlock Holmes, yeux plissés et menton dans la main.

Cela a fait rire Beau, et l'espace d'une fraction de seconde, j'ai rêvé de savoir quel son rendait ce rire. Ses fossettes sont apparues, et j'ai senti mon estomac faire un énorme bond.

Je déteste l'école, a signé Beau lorsque son rire s'est éteint. *Je n'aime pas.*

Pareil. Mais la loi dit que nous en avons besoin.

Je sais. Mais je...

Il a fait une pause, se mordant la lèvre, peinant à me faire passer son message.

« Mais quoi ? » ai-je demandé à haute voix parce que cela me paraissait plus simple ainsi.

Les signes de Beau n'étaient peut-être pas exceptionnels, mais il essayait néanmoins de communiquer avec moi. Il en connaissait davantage que Nina. Je pouvais bien le retrouver à mi-chemin, non ?

« Je ne sais pas... veux... ma vie », a-t-il dit, l'air agité, en attrapant un nouveau cookie. Notre réserve s'amenuisait vite.

« Tu ne sais pas ce que tu veux faire de ta vie ? » ai-je répété en espérant avoir compris.

Oui, a-t-il signé.

C'était insolite – du moins à mes yeux – de ne pas avoir de projets. J'avais déjà en tête de devenir inhalothérapeute avant même de devenir sourde. Cette ambition m'avait toujours habitée, et il était étrange de penser à ce que je vivrais aujourd'hui si je n'avais pas eu cette révélation lors d'une journée passée à l'hôpital avec Connor quand il avait à peine quatre ans.

« Je pense que c'est normal, ai-je dit à Beau après un instant de réflexion. Tu as, quoi ? Dix-sept, dix-huit ans ? Rien ne t'oblige à avoir déjà tracé tout ton plan de route. »

J'ai deviné que Beau se remettait à rire, mais ce n'était pas un rire joyeux comme le précédent.

Mon père pense que, a-t-il signé, en fronçant les sourcils de plus en plus. *Il veut que je...*

Nina m'avait dit que le père de Beau était plus exigeant à propos de l'université que la plupart des parents, mais il m'a semblé que les désirs de son père l'exaspéraient vraiment. Comme les expressions faciales sont éloquentes, parfois !

« C'est toi qui vas devoir prendre ces énormes emprunts pour financer tes études, non ? Tant qu'à faire, à toi de choisir ton cursus universitaire. »

« Peut-être », a répondu Beau. « Je... à... Yale. Mon père ne... si ce n'est pas le cas. »

J'avais toujours bénéficié du soutien sans faille de Maman, et sur ce point, j'avais donc du mal à me mettre dans la peau de Beau.

« Et alors ? ai-je fini par dire. Ce n'est pas à lui de vivre ta vie. »

Beau a écarquillé les yeux et ouvert les lèvres comme s'il allait parler. Mais au même instant, j'ai poussé une exclamation de stupeur, parce que des mains s'étaient posées sur mes épaules.

J'ai essayé de me libérer, de pivoter sur moi-même pour voir qui se trouvait derrière moi, mais je n'ai fait que me cogner douloureusement la tête sur la rangée de casiers voisine.

Jackson était là ; il a reculé d'un pas sous le regard noir dont je l'ai foudroyé. J'avais le cœur qui battait la chamade et la respiration inégale. Je ne supportais pas que les gens me prennent ainsi par surprise, de dos.

À chaque fois que cela se produisait, c'était comme si l'une de mes plus grandes peurs se réalisait. Je vivais des flashs de ce scénario sombre : quelqu'un se faufilant derrière moi, tard le soir, au moment où je marche vers ma voiture dans un parking vide, sans que je puisse le détecter. J'en suis incapable parce que, privée de l'ouïe, il y a des choses qui m'échappent dans mon environnement.

« Pardon », a dit Jackson en ouvrant de grands yeux.

« Ne fais pas ça, ai-je rétorqué d'un ton mordant. Ne me surprends pas comme ça. »

« Pardon, a répété Jackson, et il avait peut-être l'air sincère, mais ça ne changeait rien au fait qu'il m'avait fait une peur de tous les diables. Je venais juste… ce que vous faisiez. Tu voudrais… danser ? »

Sérieux ?

Beau s'est levé. Il ne paraissait plus frustré ou triste, comme quelques instants auparavant, mais en colère. « Idiot. Pourquoi tu… »

Jackson a levé les paumes comme s'il se rendait. « C'est ma faute. Je n'ai pas… »

Eh, ai-je signé à Beau pour attirer son attention alors qu'il semblait vraiment sur le point de se lancer dans une diatribe contre Jackson. *Stop*.

Jackson s'est interrompu au milieu d'une phrase, et une expression curieuse a envahi ses traits tandis qu'il me regardait faire des signes à Beau. Je n'ai pas prêté attention à ce regard fixe. Non seulement parce qu'il me gênait – comme si on ne me dévisageait pas assez dans ce stupide lycée – mais aussi parce que je soupçonnais fortement Jackson d'être un peu plus qu'un dragueur, comme Nina l'avait présenté.

J'avais vu une fille lui opposer un refus catégorique en cours d'histoire américaine, mais ça ne l'avait pas arrêté. Soit il était exceptionnellement bouché, soit c'était le genre de type qui ne prenait pas un « non » pour une réponse. Et un gars pareil n'était pas quelqu'un dont je recherchais la compagnie.

Pourquoi tu es ami avec lui ? ai-je signé à Beau. *Il n'est pas très gentil.*

Beau a eu l'air troublé. *Pas une mauvaise personne*, a-t-il signé en choisissant soigneusement ses signes. *Il...*

Quoi ? ai-je répliqué. J'étais un peu plus en colère que je ne l'aurais cru. Mes mains tremblaient. *C'est l'ami cool dont tu penses avoir besoin ?*

Pas vrai, a-t-il répondu, après que j'ai dû me répéter. *J'ai besoin...*

Je n'avais aucune envie de rester dans le coin assez longtemps pour découvrir ce dont Beau avait besoin. J'étais fatiguée d'être l'objet du regard intéressé de Jackson. La danse me paraissait encore préférable au fait de m'attarder entre ces deux-là.

À plus tard, ai-je signé à Beau et, juste parce qu'il était à ma portée, j'ai attrapé le dernier de ses cookies avant de m'éloigner d'un pas déterminé.

Je me suis laissée tomber sur les gradins du gymnase et j'ai mangé le dernier cookie, heureuse d'échapper au bruit de la danse qui battait son plein. Je sentais toutes les vibrations de la musique s'enfoncer dans les gradins, mais c'était assez facile d'en faire abstraction.

J'avais cru tenir une véritable conversation avec Beau, signée et parlée, et maintenant je commençais à me demander si je ne m'étais pas trompée. Et je ne voulais pas me tromper.

Beau était le seul garçon entendant de ce lycée qui avait pris l'initiative d'apprendre quelques signes pour essayer de me parler. Il ne parlait pas couramment l'ASL, loin de là, mais je m'étais sentie plus proche de lui dans le couloir, à signer en mangeant des cookies, que de tous les garçons sourds que j'avais rencontrés à Pratt.

Et après la discussion que nous venions d'avoir, je ne pensais pas pouvoir ignorer ce fait plus longtemps. Le garçon entendant avec tous ses livres, celui qui était destiné à Yale, semblait aussi vulnérable et effrayé que je l'étais la plupart du temps dans ce lycée.

Je me suis redressée en voyant une paire de pieds nus se diriger vers moi. À mon grand soulagement, c'était Nina qui s'approchait.

Ça va ? a-t-elle signé.

Bien.

« Où est Beau ? » a-t-elle dit en regardant tout autour.

Sais pas, ai-je signé en haussant les épaules.

Nina a laissé tomber avec le même haussement d'épaules. « Tu... danser ? »

« Oui, ai-je répondu, animée du sentiment de n'avoir rien à perdre. Dansons. »

J'ai laissé Nina m'entraîner sur la piste. Malgré mon hésitation préalable, je n'ai pas mis longtemps à m'abandonner à ce rythme que je n'entendais pas, et à me lâcher.

13

Beau avait dû dire quelque chose à Jackson après notre accrochage du samedi soir dans le couloir. Le lundi suivant, je n'ai senti aucun regard insistant venant de Jackson pendant le cours d'histoire américaine, et il ne m'a pas jeté le moindre coup d'œil au déjeuner. C'était un soulagement, mais une curiosité stupide m'avait poussée à me demander si Beau avait sorti son couplet : « Laisse la pauvre sourde tranquille. »

Dès que cette pensée m'avait traversée, je l'avais écartée. Même si je me posais encore une interminable liste de questions à son sujet, il fallait bien admettre que Beau était un gars authentiquement gentil.

J'aurais pu passer beaucoup plus de temps à m'interroger sur les mystères qui entouraient encore Beau, mais avec les examens de la semaine suivante et l'incident du bal, il me fallait reléguer à l'arrière-plan ma conversation avec lui.

Notre exposé approchant à grands pas, Nina et moi passions tous nos moments libres à la bibliothèque à faire des recherches et à nous entraîner à la présentation. Nous avions décidé de présenter un événement majeur du vingtième siècle… mais pas l'un de ceux qui figuraient dans notre manuel d'histoire. « Deaf President Now[5] » (DPN) a marqué un tournant décisif pour la communauté sourde dans les années 1980. DPN était une protestation menée par les étudiants à l'université Gallaudet (la première université américaine ouverte aux sourds et aux malentendants) contre la nomination d'un énième président entendant qui ne connaissait même pas la langue des signes.

À cette époque, en cent vingt-quatre ans d'histoire, Gallaudet n'avait jamais eu de président sourd. Plus d'un siècle s'était écoulé, et jamais un responsable n'avait été à même de comprendre ainsi les étudiants, d'une manière qu'aucun entendant ne peut le faire. Il a fallu des journées de manifestations et une marche de milliers de personnes sur le Capitole pour que soient entendues les requêtes des étudiants sourds.

Je souhaitais, grâce à notre présentation sur DPN, faire comprendre à mes camarades de classe que ce n'est pas parce qu'une personne est sourde qu'elle n'est pas capable de mener une vie réussie et riche de sens. J'espérais que cette présentation inciterait les gens à me traiter comme une personne normale, comme je l'avais été à Pratt.

J'avais donc de quoi être stressée par la présentation devant M. Wells, mais en plus de ça, il y avait l'examen de chimie de mi-semestre avec M. Burke. La chimie est une matière essentielle dans le domaine médical, et j'étais à la limite d'un A-/B+ dans ce cours. Un examen réussi me permettrait d'obtenir un A ; dans le cas contraire, ma moyenne serait plombée.

Stressée ? a signé Kathleen à notre entrée en salle de chimie.

5. « Un président sourd maintenant ».

Un peu.

Si l'examen avait consisté en un questionnaire à choix multiples, j'aurais été sereine, mais M. Burke avait annoncé la semaine précédente qu'il nous évaluerait en nous faisant faire un TP. Les travaux pratiques me stressaient. Il y avait beaucoup trop d'occasions de se tromper. Mon binôme, Eli Collins, n'avait jamais l'air enthousiaste à l'idée de partager ces TP avec moi, ce qui rendait les choses pour le moins imprévisibles.

Je me suis assise à côté d'Eli, qui tapotait sans cesse son crayon sur la table. L'air plus nerveux que moi, il m'a à peine gratifiée d'un signe de tête.

Une fois M. Burke prêt, nous avons enfilé tabliers de laboratoire et lunettes de protection, et nous avons reçu le feu vert pour commencer. *Vous avez 5-0 minutes*, a signé Kathleen d'une main, en parcourant notre feuille d'instructions.

« Béchers, a dit Eli en désignant d'un mouvement de tête la table où étaient posées nos fournitures. Tu... maths ».

« D'accord », ai-je dit en prenant place sur le tabouret.

Il était plus difficile que je ne l'aurais pensé de partager mon attention entre le TP et Eli. Toutes les trente secondes, mon regard passait de lui aux équations sur lesquelles j'essayais de travailler, pour vérifier que je ne manquais rien de ce qu'il pourrait me dire.

Kathleen était là, mais elle se tenait à deux mètres de nous afin de nous laisser la place de travailler.

Je me disais : « Tu peux te débrouiller sans que Kathleen intervienne sans arrêt. Jusqu'à présent, tout va bien. » Je tapotais sur la table avec mon crayon en effectuant mes équations. *Attention, génie des maths.*

Depuis le début du TP, Eli n'avait d'yeux que pour les tubes à essai. Il prenait les mesures d'un mélange de bicarbonate de soude et de vinaigre, et manipulait le capteur de pression. Jusqu'à présent, les choses allaient bien.

Crayon fermement serré entre mes doigts, je résolvais les équations à toute allure en appuyant sur le papier pour que chaque chiffre, chaque lettre soient parfaitement lisibles.

Je n'avais aucun moyen de savoir combien de temps s'était écoulé quand la main de Kathleen s'est soudain posée sur mon épaule, puis Eli m'a attrapée par le bras pour me mettre debout. Il m'a montré du doigt le bécher rempli de la solution de bicarbonate de soude qui débordait sur la table, se répandant sur le côté et dégoulinant par terre.

Kathleen signait : *O-K, tout va bien, pas de mal*, mais Eli ne le prenait pas ainsi.

« Je t'avais dit... surveiller... capteur de pression ! » Il devait hurler sur moi, son visage était écarlate. « C'est quoi... ton problème ? »

« Je suis désolée... » La voix qui montait de ma gorge et sortait par ma bouche me donnait une drôle d'impression.

Tout le monde nous fixait du regard. Oubliés, les TP : mes camarades regardaient Eli m'accabler de reproches.

« Je veux... autre partenaire », a-t-il dit à M. Burke, qui s'employait à éponger rapidement la paillasse.

J'étais pétrifiée, les pieds vissés au sol. Je ne savais pas quoi faire. Eli piquait sa crise, les gens nous dévisageaient, et c'était ma faute. J'avais fait rater l'expérience et probablement aussi flingué l'examen, tout cela parce que je n'avais pas entendu Eli me dire de surveiller ce stupide capteur de pression.

« Eli, calme-toi, a dit M. Burke, en tenant un amas d'essuie-tout trempé. Nous allons... avoir nettoyé. Vous... repasser l'examen. »

J'avais presque oublié la présence de Kathleen à un mètre de moi jusqu'à ce qu'elle s'approche d'Eli. Elle n'avait pas l'air très contente.

Pourquoi tu ne m'as pas demandé d'interpréter ? a-t-elle signé, tout en semblant élever la voix, comme pour rivaliser avec celle d'Eli, vu ses sourcils haussés et sa bouche qui s'ouvrait en grand. *Tu sais que M-A-Y-A est sourde, tu penses qu'elle t'entend ? Pourquoi tu n'as pas attiré son attention ?*

« Tout… bien », a dit M. Burke lorsqu'il est revenu après avoir jeté l'essuie-tout. L'un de mes camarades de classe avait emporté dans l'évier voisin le bécher qui débordait. « Je les laisserai… l'examen. »

« ... pas le sujet ! » a dit Kathleen en oubliant de signer en même temps.

M. Burke n'a pas répondu ; il s'est tourné vers moi et, tendant le bras, m'a tapoté la main d'un geste réconfortant. Il n'avait pas l'air fâché.

« Tout va bien, Maya, a-t-il dit. Ne t'inquiète pas. »

Je savais que j'étais sur le point de verser des larmes de frustration, et je ne voulais pas m'effondrer devant la classe. J'ai vite signé : *Toilettes*, à Kathleen, en ôtant lunettes et tablier. D'un pas vacillant, je me suis dirigée vers les toilettes au bout du couloir. Respirer me faisait mal à la poitrine. Mes yeux me faisaient mal aussi à cause de l'effort qu'il me fallait faire pour retenir les larmes qui menaçaient de couler.

Je n'avais aucune idée de l'endroit où j'allais ni de ce que j'étais censée faire, mais mettre le plus de distance possible entre ce laboratoire et moi me semblait être la meilleure idée que j'aie jamais eue. En moins de deux minutes, j'ai quitté le couloir des sciences, traversé la moitié du lycée et pénétré dans la classe de Mme Phillips.

Je savais peut-être inconsciemment que l'atelier serait libre puisque Mme Phillips devait y préparer ses cours. Je l'ai trouvée assise devant l'une des tables de travail. Elle réalisait une esquisse et n'a pas levé les yeux jusqu'à ce que je m'approche et que je tapote du doigt sur la table.

« Je peux peindre ? » ai-je demandé en désignant le coin de la pièce où elle rangeait nos autoportraits.

Pour une raison que j'ignore, ma requête n'a pas paru surprendre Mme Phillips. Plutôt que de m'assaillir de questions, elle a dû lire sur mon visage des explications suffisantes, et a simplement hoché la tête en souriant. Elle a fait un geste vers la pile de toiles comme pour me dire : « Vas-y ».

J'ai éteint mes appareils après m'être installée avec un gobelet d'eau et de la peinture fraîche, ne souhaitant rien de plus, pour l'instant, que d'être laissée tranquille dans mon monde de silence. Assise devant mon autoportrait à moitié terminé, je me suis demandé si je voulais le finir ou le gâcher avec un tas de peinture. Il était maladroit, et toutes les couleurs que j'avais tenté d'incorporer semblaient ternes.

J'avais déjà du mal à réfléchir correctement, alors il était vain d'essayer de choisir les couleurs à utiliser ou les éléments du tableau à travailler. Ma seule idée fixe était la suivante : et si cet examen de chimie était un avant-goût de ce qui se passerait quand je travaillerais comme inhalothérapeute dans un hôpital ?

Le bicarbonate n'était qu'un ingrédient alimentaire ; ce n'était donc pas la fin du monde. On pouvait le nettoyer et l'oublier. Mais que se passerait-il si un patient dont j'étais responsable souffrait d'insuffisance respiratoire et que je n'entendais pas les alarmes ? Cette personne pourrait mourir, et ce serait ma faute.

Pour réussir à décrocher un emploi dans un hôpital, il allait me falloir des années de travail acharné afin de faire mes preuves, obtenir mon diplôme universitaire et effectuer des stages. Ensuite, voir tout cela s'écrouler en un instant parce que je n'étais pas capable d'entendre une simple alarme ? Cette idée était terrifiante.

Quelqu'un m'a effleuré l'épaule. J'en ai sursauté, et j'ai failli pousser un gémissement en levant les yeux vers la personne qui se tenait là, fixant mon autoportrait sur le chevalet.

« Qu'est-ce que tu fais ici ? »

Les yeux rivés sur mon autoportrait, Beau a mis une éternité à s'en détourner pour me regarder.

C'est toi ? a-t-il signé en désignant la toile d'un geste de la tête.

Oui, ai-je répondu en serrant fort entre mes doigts le pinceau que tenait ma main gauche.

J'aime, a commenté Beau avec son sourire et ses fossettes, et une nouvelle fois, j'ai eu l'impression de craquer intérieurement.

Voyant que je ne réagissais ni par mots ni par signes, Beau s'est figé : *Qu'est-ce qui ne va pas ?*

Rien, ai-je répondu ; mais je n'ai pas pu effectuer ce signe sans être prise d'un tremblement de lèvres.

Beau a haussé un sourcil. Il refusait clairement de prendre ma réponse au sérieux. À la manière dont sa poitrine s'est soulevée, j'ai deviné qu'il poussait un soupir. Il est allé prendre un tabouret à la table voisine et s'est assis à côté de moi.

Qu'est-ce qui ne va pas ? a-t-il répété.

J'ai éludé sa question : « Qu'est-ce que tu fais ici ? Tu ne devrais pas être en classe ? »

« Je suis… bureau… pendant cette heure. Je dois courir… pour Mme… »

Devant mon regard stupéfait, il a épelé avec ses doigts : *C-O-M-M-I-S-S-I-O-N-S.* J'ai senti s'échapper un autre soupir lorsqu'il a signé de nouveau : *Qu'est-ce qui ne va pas ?*

« Demande-moi encore une fois ce qui ne va pas, je te jure... »

Beau a fait une pause, puis un grand sourire a fendu son visage tandis qu'il reprenait : *Qu'est-ce qui ne va pas ?*

Je n'ai pas pu m'empêcher de rejeter la tête en arrière et de rire, mais je l'ai immédiatement regretté : déséquilibrée, j'ai failli tomber de mon tabouret.

Beau m'a regardée avec un petit sourire et a attendu que j'aie fini de grommeler pour dire : « Sérieusement. Tu peux... ce qui s'est passé ? »

Je n'avais pas envie de déballer mon histoire, mais je n'avais pas l'énergie nécessaire pour continuer à me chamailler avec lui.

« Je viens de passer mon examen de chimie », ai-je commencé, et j'ai senti ma voix s'enrouer.

Beau a haussé les sourcils comme pour dire : « Et alors ? »

« Ça ne s'est pas bien passé. En fait, ça a été un vrai désastre, pour être honnête. »

Pourquoi ? a signé Beau du tac au tac, en se penchant en avant avec intérêt.

« Je crois que mon binôme, Eli Collins, a oublié que j'étais sourde. Il m'a demandé de surveiller le capteur de pression que nous faisions fonctionner pour cette solution de bicarbonate de soude, mais voilà, évidemment, je ne l'ai pas *entendu* me parler. »

Il a fallu une demi-seconde à Beau pour comprendre la suite de ma petite histoire triste, et il a commencé à froncer les sourcils, lèvres pincées. Ce n'était pas la peine de lui expliquer comment tout avait dérapé après cela.

Au lieu de signer, Beau a mimé quelque chose comme une explosion, et à voir ses joues se gonfler, j'ai su qu'il avait ajouté une sorte d'effet sonore.

« C'est ça », ai-je dit en réprimant un petit sourire.

Beau a secoué la tête d'un air dégoûté. « Eli est un… »

« Un quoi ? » J'ai signé : *Répète.*

Il fait un signe de main évasif. « Peu importe. Maya, ce n'était pas… faute. »

J'ai haussé les épaules. « Peut-être que si, ou pas. Mais tu ne peux pas nier que c'est arrivé uniquement parce que je n'entends pas. »

Il n'en fallait pas plus pour ébranler ma confiance en moi, qui n'était déjà pas des plus solides au départ.

« Sérieusement, dit Beau. Oublie Eli. »

« Il veut un nouveau binôme pour les TP, donc ça ne devrait pas être un problème », ai-je répondu en levant les yeux au ciel.

Bien, a signé Beau, en ajoutant : « Tu es mieux... sans... »

« C'est sûr. »

Beau m'a tapoté le genou pour que je le regarde dans les yeux, et il a signé : *Tu es intelligente. Ne t'en fais pas.*

Je m'en fais beaucoup, ai-je signé.

Pareil, a acquiescé Beau avec un sourire en coin. *Ça ira mieux bientôt.*

Bientôt ? J'ai failli me mettre à rire. Je ne me voyais pas devenir moins inquiète dans un avenir proche. Ce ne serait pas avant la fin de l'université, au plus tôt.

Nous sommes restés assis quelques instants ; je faisais tourner mon pinceau dans de la peinture verte. J'ai repris :

Tu fais des progrès en signes.

Beau a semblé surpris : *Vraiment ?*

J'ai acquiescé, réprimant mon envie de sourire. *Tu t'entraînes beaucoup ?* lui ai-je demandé.

Comme il ne comprenait pas, j'ai dû épeler « entraînement » ; il a haussé nonchalamment les épaules en signant : *Peut-être.*

J'hésitais à l'interroger, mais cette question me taraudait depuis si longtemps.

Pourquoi apprends-tu les signes ? ai-je signé lentement sans croiser son regard.

Beau est resté assis à me regarder, la tête penchée sur le côté. Le suspense est retombé d'un coup quand il s'est contenté de se frotter le nez avec deux doigts – signe qui veut dire « amusant ».

Et nous sommes restés là, sans signer ni parler ; c'était à la fois étrange et... apaisant. Normal, presque. Comme si nous étions amis.

Beau a brusquement levé les yeux et bondi sur ses pieds en désignant le plafond d'un doigt : « La cloche a sonné », m'a-t-il dit.

À plus tard, ai-je répondu par signes. *Je reste.*

Pour ? a-t-il demandé en montrant mon autoportrait.

« Je me sens... inspirée », ai-je répondu.

Amuse-toi, m'a-t-il dit en accompagnant ce signe d'un geste d'au revoir.

Un sourire m'est venu quand j'ai pivoté sur moi-même pour faire face à la toile.

Cette fois, tandis que Beau s'éloignait, il me semblait avoir hâte de le retrouver.

14

« Attends. Comment ça, tu dois partir ? »

Nina s'est retournée vers moi, les mains jointes dans le dos, l'air toute penaude. Il lui a fallu plus d'une minute pour épeler « décathlon académique » alors que j'attendais impatiemment à côté de mon casier.

« Notre exposé pour Wells a lieu demain », ai-je insisté.

À moins de vingt-quatre heures de cette présentation en cours d'histoire, tenant lieu d'examen de mi-semestre, Nina assurait devoir s'en aller pour un décathlon académique quelconque ? Elle était du plus grand sérieux pour ce qui était du travail scolaire ; pourquoi n'avait-elle jamais évoqué cet événement ? Après la débâcle de l'examen de chimie, je ne pourrais pas survivre à un autre échec.

« Voilà... truc, a dit Nina. J'ai parlé... M. Wells... parce que le partenaire de Beau... avec moi aussi, il... »

Je me suis tournée vers Kathleen, ayant désespérément besoin de son interprétation.

Nina s'est lancée dans une explication qui incluait une solution mise au point pour notre exposé du lendemain. J'ai appris que ma partenaire me laissait tomber pour aller à un décathlon académique à Greeley, à plus d'une heure de route. Apparemment, le binôme de Beau, Kyle Matthews, lui faisait le même coup. M. Wells avait accepté que Nina et Kyle lui rendent une rédaction pour remplacer l'exposé, et il avait trouvé cette folle solution : Beau et moi formions maintenant un binôme. Apparemment, nous avions le choix entre présenter l'exposé préparé par Nina et moi, ou celui que Beau et Kyle avaient fait.

Nina n'arrêtait pas de signer : *Pardon.* Elle m'a dit : « Prévenu M. Wells… risquait d'arriver, mais… pensais pas… finale… dernière minute… une autre école s'est retirée… »

J'ai commencé à m'éloigner, me coupant du reste de l'explication de Nina.

Je pouvais être sereine quant au fait que Beau prenait ses notes très au sérieux et qu'il voulait faire une présentation aussi professionnelle et bien préparée que possible, mais c'était tellement à la dernière minute ! Et si Beau n'avait rien à faire du thème de notre présentation ? Je ne le supporterais pas.

Décidément, l'univers conspirait contre moi.

J'ai sursauté ; Nina venait de m'attraper l'avant-bras, et le serrait doucement.

« … bien, a-t-elle dit. … confiance totale… »

Vrai, a signé Kathleen vers qui je me suis tournée. *Donne une chance à B-E-A-U.*

Je me suis mordu la lèvre pour éviter de pousser un soupir écœuré.

Beau méritait sans doute une chance, oui. Je ne comprenais pas tout à fait les raisons pour lesquelles il voulait apprendre la langue des signes, mais il devenait assez bon dans ce domaine. Et c'était drôle de parler avec lui, d'ennuyer Jackson au déjeuner avec nos signes exagérément dramatiques et nos gestes du doigt vers lui.

Si la langue des signes l'intéressait à ce point, peut-être se mettrait-il assez vite à l'exposé sur DPN.

« D'accord, ai-je dit à Nina. Mais tu as une dette envers moi. »

« OK », a-t-elle répondu en me serrant la main.

« Ce n'est pas vraiment nécessaire », ai-je dit à Beau, bras croisés, sur le parking du lycée.

La voiture de Beau était la plus belle du coin, et j'hésitais à y monter de peur d'abîmer sans le faire exprès les sièges en cuir que je devinais à travers les vitres teintées. Quel que soit le métier du père de Beau, de toute évidence, il gagnait très bien sa vie.

Ne t'inquiète pas, a signé Beau en me regardant par-dessus le toit de sa voiture. *Je suis un conducteur sûr.*

« Ce n'est pas le problème, ai-je dit, les lèvres pincées. C'est cette présentation stupide. »

Beau a hoché la tête en signe d'assentiment, et je n'ai saisi que quelques mots au vol : « ... on peut... ton idée... »

Je n'ai pas pris la peine de répondre et je me suis installée sur le siège passager en bouclant soigneusement ma ceinture. Au lieu de m'assaillir de questions lorsque je lui avais envoyé un texto pour l'informer de mon changement de programme, Maman avait paru ravie que je travaille avec « quelqu'un d'autre » pour mon projet scolaire.

Mon plan était de forcer Beau à rester dans l'allée pendant que j'allais courir chez moi attraper mon ordinateur qui contenait la présentation PowerPoint. Ensuite, nous irions directement à la bibliothèque.

À un feu rouge, non loin de chez moi, j'ai jeté un coup d'œil sur la banquette arrière pour achever mon inspection de la voiture. Je n'ai pas été surprise de découvrir la gigantesque pile de livres qui occupait la majeure partie de l'espace. Je voyais des étiquettes de la bibliothèque sur la plupart des livres, dont certains étaient en piètre état. Avant de reprendre ma position, j'ai aperçu quelques titres comme *Le Vieil Homme et la Mer* d'Ernest Hemingway et *Le Meilleur des mondes* d'Aldous Huxley.

« J'aime lire », a dit Beau en me surprenant à lorgner sa collection.

« J'ai remarqué », ai-je répliqué avec un petit sourire.

Il entrait dans mon allée, et m'a regardée après s'être garé.

Ma mère, a signé Beau en jetant un coup d'œil à ses livres dans le rétroviseur. *Toujours avec un livre.*

Comme ? ai-je demandé avec curiosité.

Lorsqu'il a épelé les mots « Harry Potter », j'ai signé : *Yeah !* car qui n'aime pas Harry Potter ? J'avais enfin trouvé un sujet sur lequel Beau et moi pouvions être totalement d'accord.

« Elle m'emmenait... bibliothèque..., a poursuivi Beau avec sa voix. Elle adorait les livres. »

« Et toi aussi », ai-je avancé.

Oui, a signé Beau en hochant la tête.

« Je parie que ça la rend heureuse. »

« Impossible... savoir. »

Beau a ôté les clés du contact, les a retournées dans ses mains. Il a fallu que je me rapproche pour lire la suite sur ses lèvres.

« Elle est morte... quelque temps. »

J'ai senti mon cœur cogner douloureusement dans ma poitrine. Je me suis rendu compte que Beau m'avait parlé plus d'une fois de son père, mais jamais de sa mère. Il ne m'était jamais venu à l'esprit que c'était parce qu'elle était décédée. Je comprenais encore mieux tous ses livres et sa lecture. C'était une façon pour lui de garder un lien avec sa mère. J'avais fait la même chose à l'âge de huit ans quand mes parents avaient divorcé. J'avais conservé l'une des vieilles cravates à carreaux de mon père, soigneusement pliée dans ma commode.

Désolé, ai-je signé, puis j'ai répété le mot à haute voix.

Le mot et le signe me semblaient inadéquats, mais je ne savais pas quoi faire d'autre.

Pas de problème, a signé Beau, mais son sourire forcé ne m'a pas convaincue. *C'est du passé.*

Beau a soudain fait un signe poli de la main. Je me suis sentie pousser un cri de surprise quand j'ai regardé autour de moi et que j'ai vu Maman dans l'allée. Elle tapait du doigt sur le pare-brise en arborant un sourire éclatant.

« Eh bien, tu l'auras deviné, c'est ma mère », ai-je dit inutilement.

Je me suis retenue d'ajouter : « Ma mère qui est de retour étonnamment tôt. »

Je suis sortie de la voiture, les mains crispées à mon sac, essayant de garder mon aplomb. Je voyais bien que Maman se méprenait, et qu'un interrogatoire parental dans les règles de l'art m'attendait.

Beau est sorti à son tour. Il s'est présenté et a serré la main de Maman. Mon estomac a fait un looping quand j'ai vu Maman lui faire signe de la suivre en montrant la maison.

Stop, ai-je signé à l'attention de Maman en espérant que Beau ne regardait pas. *Nous allons à la bibliothèque, on reste pas.*

Bien, a signé Maman d'un air léger, et comme au jour de la rentrée à Engelmann, elle a ajouté : *Sois gentille.*

Je les ai précédés, soucieuse de prendre mon ordinateur et de décamper le plus vite possible. Ce n'était probablement pas la meilleure idée de laisser Maman derrière avec Beau, mais des petits sacrifices sont parfois nécessaires. J'ai fait un signe à Connor qui regardait des dessins animés sur le canapé, ses devoirs étalés sur la table basse devant lui, et j'ai grimpé l'escalier pour attraper mon ordinateur sur mon lit et enrouler le chargeur.

Beau attendait près de la porte d'entrée, et j'ai raté la dernière marche, non parce qu'il avait parlé avec Maman et Connor, mais parce qu'il se tenait devant l'autoportrait fait dans le cours de Mme Phillips, que Maman avait tenu à accrocher dans le salon.

Cela ne m'avait pas dérangée outre mesure que Beau m'ait surprise à peindre alors que la toile n'était pas achevée et que j'y essayais un tas de couleurs. Mais là, c'était différent. Finalement, le résultat n'était pas si mauvais à mes yeux. J'avais été agréablement surprise, et je pense que Mme Phillips l'avait été aussi.

Il y avait toujours le contour imprécis d'une personne au milieu, en noir. Sans sa main tendue qui tenait deux appareils auditifs bleu néon, on n'aurait pas su que c'était moi. L'autre main masquait les yeux, voilant l'explosion de couleurs vives qui couvraient le reste de la toile et ruisselaient autour de la personne comme des cours d'eau.

Cela semblait être la meilleure façon de décrire une chose importante dans ma vie – il me suffisait de retirer mes appareils, de fermer les yeux, et le monde m'appartenait. Il n'y avait pas de limites à mon imagination lorsque j'étais seule avec l'univers. Et je n'avais que dix-sept ans ; comment aurais-je pu savoir qui j'étais vraiment à ce moment-là ? La silhouette informe qui me représentait avait donc un sens.

Prête ? a signé Beau quand je suis arrivée à sa hauteur.

Oui, ai-je répondu.

Beau a continué à scruter ma toile. Je me mordais la lèvre, impatiente de le voir s'en détourner. Je commençais à me sentir trop vulnérable ainsi, devant Beau qui examinait mon autoportrait de si près. Il se trouvait face à une représentation de ce que j'avais vraiment fini par penser de moi, et je m'attendais à ce qu'il en fasse la critique.

Pour finir, il s'est contenté de signer : *C'est beau.*

Merci, ai-je répondu avec embarras.

Maman nous a raccompagnés, tout sourire. Lorsque Beau a tourné le dos pour ouvrir la porte, elle a signé : *Attention*, comme si elle pensait que je devais être en état d'alerte maximale parce que j'allais travailler sur un projet scolaire avec un garçon.

Promis, ai-je répondu.

J'ai fait un signe d'au revoir à Connor et suis sortie de la maison en courant derrière Beau, mon ordinateur sous le bras.

Bibliothèque, O-K ? ai-je signé à Beau une fois dans sa voiture, ceinture attachée.

Beau a fait une drôle de tête en consultant l'horloge du tableau de bord, et il a secoué la tête.

La bibliothèque est fermée, a-t-il signé en montrant l'horloge. *Il est 4 heures.*

« Tu rigoles », ai-je pensé en regardant l'horloge à mon tour ; elle affichait : 04 h 03.

« Tu n'es pas en train de suggérer qu'on s'installe à la maison pour travailler ? ai-je demandé d'un ton brusque. J'étais sûre qu'il y avait une note de panique dans ma voix, même si je ne l'entendais pas. Je veux dire, ma mère… »

Beau a pincé les lèvres, et je me suis rendu compte une seconde plus tard que c'était pour réprimer un sourire. Ce n'était pourtant pas drôle du tout. Ma mère n'était pas une maman poule, mais elle avait perfectionné au plus haut degré l'art de couver ses œufs.

Quand Beau a signé : *D'accord pour chez moi ?* j'ai senti la chaleur m'envahir les joues. Aller travailler chez Beau pourrait très bien signifier que nous ne serions que tous les deux. Seuls.

« Hum. »

« Ne t'inquiète pas », a-t-il dit très vite, les joues aussi pourpres que devaient l'être les miennes. Ce n'est pas qu'il pensait au fait que nous serions seuls ensemble, ou quoi que ce soit… si ?

« ... promets... pas... et nous aurons... »

J'ai signé : *Comprends pas*, en secouant la tête, et Beau a passé une minute à réfléchir intensément à quelque chose, j'ignorais quoi. Ensuite, il a signé : *Tu me fais C-O-N-F-I-A-N-C-E ?*

Ce n'était pas ce à quoi je m'attendais, mais j'ai signé : *Oui*, sans même prendre le temps de la réflexion.

Je lui faisais bel et bien confiance, même si j'étais très loin de le connaître aussi bien que j'en avais envie à ce moment-là. Étrange.

Beau m'a offert ce que j'ai supposé être un sourire encourageant avant de démarrer et de sortir de l'allée en marche arrière.

Le trajet a duré moins de dix minutes, mais j'ai senti croître mon appréhension lorsque Beau a dépassé l'angle d'une rue où toutes les maisons qui bordaient les trottoirs ont commencé à devenir beaucoup plus grandes.

Toutes les pelouses étaient soigneusement entretenues, même si l'on était au cœur de l'automne. Les maisons avaient toutes deux étages et leurs façades à la peinture impeccable étaient plus qu'intimidantes. Je n'ai pas été très surprise lorsque Beau s'est garé dans l'allée d'une maison digne d'orner la couverture d'un magazine d'architecture de luxe. C'était un élégant édifice couleur stuc sombre, entouré de la même pelouse immaculée. Un chemin éclairé menait à la porte d'entrée.

Les mains crispées sur mon ordinateur, j'ai senti le moteur s'éteindre. Beau me regardait d'un air réservé, comme s'il était aussi nerveux que moi de m'inviter chez lui. Même si j'avais à cœur de réussir cet examen, je ne pouvais m'empêcher de me demander ce que Beau pensait de tout cela, d'être seul avec moi, s'il pensait qu'il allait se passer quelque chose… ou même si je voulais qu'il se passe quelque chose.

« Quel est le métier de ton père, déjà ? » ai-je demandé en me tournant vers Beau.

C-H-I-R-U-R-G-I-E-N pour enfants, a signé Beau en prenant son temps, puis il a ajouté à haute voix : « Il travaille... hôpital pédiatrique. »

Je connaissais très bien les hôpitaux pédiatriques. Connor fréquentait souvent celui du New Jersey et il se rendait maintenant à celui qui se trouvait près d'Aurora.

« Waouh, ai-je répondu. C'est impressionnant. »

Les lèvres de Beau se sont pincées de nouveau. Il a attrapé son sac à dos posé au pied de la banquette arrière, et fourré ses clés dans sa poche. Il était clair que la discussion sur son père était close.

À mon tour, j'ai pris mon sac et mon ordinateur, et je me suis dirigée vers la porte d'entrée à côté de Beau, en me demandant dans quoi j'allais mettre les pieds.

15

Dans l'entrée, Beau m'a fait signe d'enlever mes chaussures et d'accrocher ma veste dans la penderie. J'ai pris mon temps pour inspecter la maison des Watson pendant que Beau me faisait entrer au-delà du vestibule. Un architecte d'intérieur avait dû passer par là pour essayer de rendre les lieux accueillant et chaleureux, avec des couleurs chaudes et des meubles de luxe.

Sauf qu'il manquait encore quelque chose.

Il n'y avait aucune photo d'aucune sorte. Les murs étaient complètement vides : pas de cliché de Beau avec ses parents, ni la moindre de ces embarrassantes photos d'école primaire. Il n'y avait même pas de certificats ou de médailles académiques de Beau ; or je savais qu'il en avait beaucoup.

Ça m'a rendue triste.

Dès qu'on franchissait la porte de chez nous, il n'y avait quasiment plus d'espace vide, vu toutes les photos de famille, œuvres artistiques et pièces de céramique arc-en-ciel que Maman insistait pour accrocher. Notre maison était pleine – ou désordonnée, pour être précise – et l'on voyait que des gens vivaient là et s'étaient approprié l'espace.

Beau m'a emmenée dans une cuisine ultra-contemporaine, donnant sur un salon spacieux orné d'une grande cheminée en marbre, avec un éclairage d'ambiance, des meubles en cuir et tout un étalage de plantes artificielles en pot. Il y avait déjà quelqu'un dans la cuisine, et ce n'était pas le père de Beau.

La femme qui se trouvait devant l'évier, en train de mettre des tasses et des assiettes dans le lave-vaisselle, était petite et ronde, avec des cheveux gris bouclés. Elle portait un t-shirt violet trop grand, un jean et des chaussures de sport. Elle s'est retournée à notre arrivée et a adressé un sourire chaleureux à Beau. Je n'ai pas compris ce qu'elle lui disait. Elle a sursauté en me voyant et s'est saisi d'un torchon pour s'essuyer les mains, puis elle s'est approchée pour me saluer.

D-A-N-A, a signé Beau en désignant la femme à qui je serrais la main. *Elle nous aide parfois à la cuisine et au ménage.*

Cette Dana n'a pas sourcillé en voyant Beau faire des signes. Elle s'est contentée de sourire et d'articuler très clairement : « Enchantée ! »

Je me suis demandé si Beau lui avait déjà parlé de moi.

« Moi aussi », ai-je dit à haute voix.

« Vous... goûter ? » nous a demandé Dana à tous les deux.

« Bien sûr, dit Beau. Merci. »

Je n'allais pas décliner l'offre – comment refuser de la nourriture ? – alors j'ai remercié Dana et suivi Beau dans le salon pour commencer à m'installer, prête à travailler sur le projet.

Une amie de la famille ? ai-je signé à Beau en montrant Dana après avoir allumé mon ordinateur.

Il a acquiescé, un sourire aux lèvres, puis il a signé : *Elle nous a aidés quand ma mère est morte. Mon père est toujours occupé.*

Je regardais Dana s'affairer dans la cuisine. Elle préparait un plateau de bâtonnets de céleri avec du beurre de cacahuète et des raisins secs, et je l'imaginais en train de fredonner quelque chose, une chanson de Disney peut-être. Dana paraissait être l'une de ces personnes qui sont tout simplement heureuses.

Même si je commençais à ressentir un pincement au cœur à l'idée que Beau et moi n'allions pas être seuls, j'étais contente de la présence de Dana.

Nous l'avons tous deux remerciée lorsqu'elle nous a apporté le plateau avec des verres d'eau. Elle nous a souhaité bonne chance pour notre projet avant de retourner finir la vaisselle.

« OK, ai-je dit à Beau en ouvrant le PowerPoint sur mon ordinateur. Voici ce que nous avons préparé. »

La présentation comportait une douzaine de diapositives et l'essentiel des informations que Nina et moi avions rassemblées sur DPN, principalement à partir de sources trouvées sur Internet. Pour le reste du monde, je doutais que DPN ait assez d'importance pour bénéficier ne fût-ce que d'une petite mention dans l'histoire, mais cette affaire était tellement riche de sens ! Elle avait marqué un tournant dans le mouvement pour les droits des personnes handicapées. Elle avait révélé l'énergie et les capacités des personnes sourdes. Elle avait créé un précédent pour la nomination des futurs présidents de Gallaudet et avait permis aux étudiants d'avoir enfin leur mot à dire.

Beau a pris son temps pour examiner chaque diapositive à mesure que je les affichais. À la cinquième, il s'est penché en avant, une certaine fascination dans les yeux, le menton dans la main. À la fin du diaporama, il s'est redressé et s'est donné une claque sur la cuisse.

« Qu'en penses-tu ? » ai-je demandé en espérant ne pas paraître trop anxieuse.

« Brillant », a répondu Beau en levant le pouce.

J'ai signé : *Super*, ne sachant pas trop quoi faire ou dire d'autre.

« ... y a... reportages ? » m'a demandé Beau, en signant ensuite : *Des vidéos, peut-être ?*

Sais pas, ai-je répondu. Nina ne s'était pas trop préoccupée de chercher autre chose que les faits essentiels autour de DPN. *Essaie Y-O-U-T-U-B-E.*

Beau a haussé les épaules, grignotant distraitement un bâtonnet de céleri tout en se penchant pour afficher YouTube sur mon ordinateur. Il signait quelque chose de sa main libre, mais je n'ai même pas eu l'idée d'y prêter attention : je venais de constater qu'il était assis vraiment tout près de moi.

Si près que je lui découvrais une cicatrice de varicelle près de l'œil gauche. Ses cheveux commençaient à boucler juste derrière les oreilles, et il sentait les épices et la cannelle. Il fronçait les sourcils en se concentrant sur YouTube, mais ça ne lui allait pas si mal. C'était même mignon.

« Tu es tellement stupide, Maya », ai-je pensé à l'instant où j'ai pris conscience que je m'étais penchée vers Beau sans le vouloir, pour inhaler un peu plus son parfum séduisant.

Deux mois s'étaient écoulés depuis la rentrée et aujourd'hui, seulement, j'étais prête à admettre que mes sentiments pour Beau dépassaient de plus en plus le stade de l'amitié.

J'ai senti un bruit de surprise s'échapper de ma gorge lorsque Beau a touché mon genou ; mon cerveau a soudain compris qu'il essayait d'attirer mon attention depuis un certain temps.

Ça va ? a signé Beau d'un air alarmé. « ... t'avoir perdue. »

« Toilettes ! ai-je lâché, rêvant aussitôt qu'un trou apparaisse dans le sol et m'engloutisse. Je veux dire, je peux aller aux toilettes ? »

J'ai été reconnaissante que Beau ne se mette pas à rire de ma question embarrassante : il s'est contenté d'acquiescer d'un signe de tête. D'un pas légèrement vacillant, il m'a emmenée à la salle de bains qui donnait sur le couloir.

Je n'avais pas vraiment besoin d'y aller – les lieux étaient tout aussi agréables, sinon plus, que chez Nina, avec des serviettes de luxe et des savons décoratifs –, mais j'avais besoin de quelques minutes pour émerger de mon étrange stupeur.

« Reprends le contrôle, ai-je marmonné après m'être aspergé le visage d'eau froide en me séchant avec un ravissant essuie-main. Tu es ridicule. »

Avoir été assise sur le canapé à côté de Beau, si près que je sentais le moindre de ses mouvements, m'avait rendue bien trop consciente de sa présence. Je n'avais jamais été aussi préoccupée par un garçon – entendant ou sourd – et là, ça s'avérait être une distraction majeure, alors que je devais me préoccuper de ce stupide examen de mi-semestre.

Après quelques minutes dans la salle de bains, je suis retournée dans le salon, mais je me suis arrêtée sur le seuil en voyant Beau assis, la jambe droite tendue devant lui, son pantalon remonté jusqu'au genou. Il s'asseyait toujours ainsi pendant les cours, mais cette fois-ci, il pressait ses doigts le long de son tibia comme pour masser la peau. Même de loin, je voyais une cicatrice qui balafrait toute la partie inférieure de sa jambe. Lisse et rose, elle devait dater de plusieurs années, mais d'après la façon dont Beau la massait, elle devait rester douloureuse.

J'ai dû faire un effort pour me rappeler la tâche qui nous attendait. Je suis entrée dans le salon en veillant à frapper lourdement le parquet pour annoncer ma présence. Il me semblait que Beau souhaitait rester discret sur cette cicatrice, et je voulais lui donner le temps de se redresser paisiblement.

Quand j'ai repris place à côté de lui sur le canapé, son pantalon couvrait sa jambe. Beau se forçait à sourire, sans que ses fossettes apparaissent.

« Trouvé quelque chose ? » ai-je demandé en montrant mon ordinateur.

« ... quelques vidéos », a-t-il répondu.

Je me suis rapprochée pour regarder Beau lancer le reportage qu'il venait de visionner. L'un des étudiants à l'origine de la manifestation était interviewé, ainsi qu'une actrice sourde respectée qui avait reçu un diplôme honorifique de Gallaudet. Le président entendant dont l'élection avait provoqué le tumulte initial s'exprimait également.

Pendant toute l'interview, je me suis sentie désolée pour l'étudiant et l'actrice. Le présentateur leur compliquait la tâche, même si c'est lui qui leur posait toutes les questions sur la manifestation et sur les résultats qu'ils espéraient. Ils avaient l'air frustrés, sans cesse interrompus lorsqu'ils tentaient une explication signée. J'étais toujours ennuyée par la même chose.

Trop long, ai-je jugé à la fin de l'interview.

C'est vrai, a acquiescé Beau. « Mais peut-être... reportage de... »

Sais pas, ai-je répondu. Je craignais déjà qu'il soit difficile de capter l'intérêt de la classe pendant dix minutes.

« On va faire en sorte que ça rentre », a dit Beau en hochant fermement la tête.

Et c'est ce que nous avons fait, en réduisant la vidéo à une minute et demie, avec surtout des images du défilé étudiant vers le Capitole et des portes fermées de l'université. Beau a opéré un tour de magie informatique pour insérer la séquence dans le PowerPoint.

Puis nous avons achevé l'exposé, vérifié la bibliographie, créé des fiches pour nous répartir la présentation. Nous étions tellement absorbés l'un et l'autre que nous avons eu un choc lorsque Dana – je n'avais même pas conscience qu'elle était encore là – a allumé les lumières du salon et pénétré dans notre champ de vision. Elle parlait à Beau, alors je me suis redressée contre le canapé, étirant mes bras en l'air.

Lorsque Dana a fini de parler, Beau s'est levé d'un bond pour se tourner vers le vestibule. J'étais tellement habituée à le voir s'empourprer sans cesse que j'ai été surprise de voir ses joues prendre la couleur de la cendre. Ses lèvres ont formé les mots « Bonsoir, Papa » : c'était la pièce manquante dont j'avais besoin.

Beau était la réplique de l'homme qui enlevait son manteau et ses chaussures dans l'entrée, avec une trentaine d'années de moins. L'homme arborait un air autoritaire et des vêtements bien repassés. Ses cheveux grisonnants étaient coiffés en arrière de façon quelque peu sophistiquée. Il s'est présenté comme le Dr Watson lorsqu'il s'est approché de moi, la main tendue.

« Enchanté », ai-je dit, un sentiment de malaise me parcourant la moelle lorsque le regard du Dr Watson s'est fixé sur mes appareils auditifs.

« Devoirs ? » a dit le Dr Watson en désignant notre bazar sur la table basse.

J'ai vu Beau commencer : « Oui, nous… » mais je n'ai rien saisi de la suite. Il gardait les mains levées comme s'il voulait signer sa conversation avec son père, mais son air malheureux donnait l'impression qu'il ne savait pas comment signer ce qu'il disait.

Je pouvais au moins compatir avec Beau sur ce point. Signer et utiliser sa voix en même temps quand on apprend la langue des signes est difficile, mais je détestais ce sentiment que j'avais d'être un peu exclue de la discussion.

Quelque chose que Beau a dit a fait hausser un sourcil au Dr Watson, qui s'est avancé d'un pas pour regarder de plus près notre PowerPoint toujours affiché sur mon ordinateur. La diapositive visible était celle où nous énumérions les quatre requêtes des manifestants, et soit le Dr Watson avait perfectionné l'art de l'impassibilité, soit il n'était pas impressionné par ce qu'il voyait.

« Intéressant, a-t-il enfin dit. Mais... pense que la Peur rouge[6] aurait pu... »

J'ai volontairement détourné le regard pour ne pas avoir à lire la fin de la phrase sur ses lèvres. Je m'attendais à ce que certains de mes camarades soient indifférents à notre sujet, mais je n'avais pas envie d'être témoin de cette indifférence chez le père de Beau.

Je regardais plutôt Beau, des questions se formant dans mon esprit tandis que j'observais son comportement face à son père. Il ne semblait pas aussi confiant qu'au lycée, pas aussi sûr de lui. Les mains le long du corps, il gardait le regard fixé sur un point du mur au-dessus de la tête de son père.

Bien sûr, le père de Beau avait l'air intimidant, mais qu'est-ce qui poussait Beau à se comporter de la sorte, comme s'il essayait de rentrer en lui-même ?

Je pense que c'est son air constipé qui m'a poussée à utiliser ma voix pour dire : « Eh bien, nous avons presque fini. Tu veux bien me ramener chez moi, Beau ? »

Beau a sauté sur mes mots comme sur une bouée de sauvetage. Après un hochement de tête enthousiaste, il a dit au Dr Watson : « ... bientôt rentré. »

6. *Red Scare*, la Peur rouge, désigne une époque où l'anticommunisme a été très fort aux États-Unis.

« … prudent », a répondu le Dr Watson, et j'ai pressenti la froideur de sa voix à voir son expression soudain austère. Celle-ci a disparu lorsqu'il m'a jeté un coup d'œil avec un bref signe de tête poli.

Beau est passé à l'action, se dépêchant de sauvegarder la présentation, d'éteindre mon ordinateur et de rassembler nos notes. J'ai tout rangé soigneusement dans mon sac et suivi Beau dans l'entrée pour attraper mes chaussures après avoir salué Dana. Celle-ci avait observé tout l'échange avec une expression qui ressemblait à de la tristesse. Ce n'était sûrement pas la première fois qu'elle était témoin d'une scène de ce genre.

Après avoir franchi et refermé la porte de la maison, Beau s'est immédiatement tourné vers moi en signant : *Pardon. Mon père, il…*

Tout va bien, ai-je répondu.

J'ai répété la même chose à voix haute, car Beau ne paraissait pas convaincu. « Je comprends. Ton père a l'air exigeant. Il nous a pris par surprise. »

Beau a esquissé un sourire malheureux accompagné d'un hochement de tête, en signant : *Vrai.*

Il semblait un peu plus détendu maintenant qu'il y avait une certaine distance entre nous et son père, sa posture n'était plus aussi crispée. Je me suis demandé s'il réagissait toujours comme ça en présence de son père, comme s'il avait été surpris en train de commettre un délit. « Ce n'est pas parce que Beau est… gêné par moi », ai-je pensé en m'installant sur le siège passager.

Non, impossible que ce soit le cas.

Pas vrai ?

16

Tout va bien, répétait sans cesse Kathleen le lendemain, tandis que nous nous rendions au cours de M. Wells. *Vous êtes au point, tous les deux.*

Je sais, ai-je répondu.

Quoiqu'il ait pris ce projet la veille au soir en cours de route, Beau était prêt. Il se tenait devant la classe, et je l'ai trouvé en train de connecter mon ordinateur au projecteur de M. Wells.

J'ai posé mon sac au pied de mon bureau et sorti la pile de fiches que nous avions préparées la veille. Beau tenait absolument à inclure tous les détails importants pour défendre notre cause et semblait encore plus impliqué que Nina.

« Faites que tout se passe bien », me disais-je en rejoignant Beau, les doigts crispés sur les fiches.

Kathleen me suivait. Comme M. Wells, elle avait l'air impatiente de nous écouter. Elle se rappelait avoir vu les journaux évoquer DPN ; apparemment, cela avait été un facteur déterminant dans sa décision de faire des études d'interprétariat. Mes camarades ne seraient peut-être pas intéressés par la présentation, mais Kathleen, si ; cela m'aidait de savoir qu'elle serait là pour assurer l'interprétation avec un sourire encourageant si j'en avais besoin.

Prêt, a signé Beau en me montrant mon ordinateur.

Cool, ai-je répondu en inspirant profondément.

M. Wells a eu la gentillesse de faire clignoter les lumières pour nous indiquer qu'il était prêt à nous écouter, et j'ai senti mon estomac dégringoler quelque part aux alentours de mes genoux.

C'était maintenant ou jamais.

J'ai saisi Beau par le bras au moment où il allumait le projecteur, notre présentation tout près de prendre vie, et j'ai signé : *Je ne veux pas utiliser ma voix*.

« Par solidarité », avais-je envie d'ajouter.

Beau n'a pas eu l'air surpris. Il a répondu : *Je comprends*.

Merci, ai-je dit, et il a souri. Ses fossettes n'ont pas apaisé mes nerfs.

Prenant les devants – ce n'était pas pour me déplaire – Beau s'est lancé dans l'introduction que nous avions répétée la veille pendant notre session chez lui. Je n'avais pas besoin de Kathleen pour interpréter cette partie, car je savais ce que Beau disait. Il a présenté la première diapositive, un assemblage de photos prises pendant les manifestations, le défilé vers le Capitole et devant les portes fermées de Gallaudet.

Lorsque mon tour est arrivé, j'ai passé les fiches à Beau afin d'avoir les mains libres pour signer. Kathleen m'a fait un signe de tête encourageant, accompagné d'un autre sourire lumineux, et j'ai respiré un peu plus librement.

« Tu peux y arriver », me suis-je dit avec confiance.

Mes mains tremblaient affreusement en exécutant les premiers signes, mais ça s'est amélioré ensuite. Mon regard faisait des allées et venues constantes entre Kathleen et Beau, et quelque chose dans leurs expressions me donnait l'énergie de poursuivre.

À la moitié de la diapositive sur la réaction des médias, je me suis demandé si toutes mes inquiétudes n'avaient pas été vaines. Quelques élèves étaient penchés en avant avec intérêt, comme Beau la veille, et personne ne chuchotait derrière ses mains ou n'essayait de cacher un rire. Même si certains n'étaient pas attentifs, au moins ils n'étaient pas moqueurs.

Lorsque Beau est passé à la diapositive suivante, qui montrait la séquence reconstituée à partir de l'interview trouvée sur YouTube, Jackson a levé le doigt et attendu qu'on lui donne la parole. Je pensais que sa question serait destinée à Beau, mais quand Kathleen s'est approchée pour interpréter, j'ai constaté qu'il s'adressait à moi.

L'intervention de Jackson a fait hésiter Kathleen. Ses lèvres se sont pincées, sa posture est devenue rigide. Elle n'était manifestement pas satisfaite de la question de Jackson, mais son rôle d'interprète l'obligeait à me transmettre l'information, quels que soient ses sentiments personnels.

En quoi c'est important pour le monde réel ? a signé Kathleen tandis que Jackson restait là à me fixer d'un regard curieux.

Le monde réel ? ai-je répété, et ces signes sur mes doigts me semblaient bizarres, dans ce contexte du moins.

J'étais presque sûre de savoir à quoi Jackson faisait allusion, et c'est à contrecœur que j'ai regardé Kathleen me traduire ses propos.

La plupart des gens ne sont pas sourds, a signé Kathleen ; je la regardais, elle, et non Jackson. *En quoi c'est important pour nous ?*

Je n'ai pas réussi à trouver une réponse cohérente, alors j'ai signé à Beau : *Lance la vidéo.*

Beau a appuyé sur « Play » sans hésiter.

Ce n'était pas l'interview occupant la moitié de la vidéo qui m'intéressait, mais la compilation de scènes au début, qui montrait les réactions du monde entier face à l'initiative de DPN, et tout le soutien qui convergeait de partout vers Washington en faveur des étudiants de Gallaudet, qu'ils soient sourds ou entendants.

Beau a appuyé sur « Pause » en me voyant signer : *Stop*. J'ai écarté Kathleen qui s'apprêtait à interpréter, et je me suis adressée moi-même à Jackson.

« Comme tu peux le constater, il y a dans le monde plus de personnes sourdes que tu ne l'imagines. Et plus de personnes entendantes impliquées dans cette affaire que tu ne le penses. »

« Ouais, mais... » a dit Jackson en levant les mains.

« Mais quoi ? ai-je répliqué. Parce que mon monde est un peu différent du tien, il serait moins important ? Je sais ce que c'est que de faire partie du monde des entendants parce que j'ai été entendante. Mais je sais aussi ce que c'est que de faire partie du monde des personnes sourdes parce que je le suis maintenant. Tout le monde n'a pas cette chance, et ce président entendant ne l'a pas eue. Peu importe à quel point tu essaies de comprendre quelque chose, il te manque parfois ce lien personnel avec la cause, quelque chose que tu n'atteindras peut-être jamais, et qui fait toute la différence. C'est pour cela que c'est important dans le monde réel. »

Je n'avais jamais été du genre à faire des discours militants pour la cause des personnes sourdes, mais dans le cas présent, je sentais que c'était justifié. Ce n'est pas parce que vous ne comprenez pas une chose qu'elle a moins d'importance.

Jackson a mis un temps fou à répondre ; j'ai eu la naïveté de penser qu'il allait laisser tomber le sujet, mais il s'est tourné maladroitement sur son siège pour parler à Kathleen, m'empêchant de lire sur ses lèvres.

Bien, mais c'était il y a 3-0 ans, a interprété Kathleen, les yeux fixés sur moi et pas sur Jackson. *Maintenant, la technologie aide les sourds à entendre et les gens à marcher et bien plus. Le passé ne compte plus.*

« Je suis presque à peu près sûre que M. Wells ne serait pas d'accord avec toi sur ce point, dis-je sans pouvoir m'empêcher de lever les yeux au ciel. Le passé est important. Deaf President Now a montré au monde que les personnes sourdes n'ont pas besoin d'être infantilisées, mais ce n'est qu'une infime partie du mouvement pour les droits des personnes handicapées, tu sais. »

J'étais lancée, prête à continuer, à dire ce que je pensais vraiment, pour une fois. Peu m'importait ce que tous mes camarades de classe diraient sur cette affaire.

« Certains estiment même que le mouvement pour les droits des personnes handicapées a commencé à Denver, où des personnes en fauteuil roulant se sont enchaînées à des bus pour protester contre le manque de transports accessibles. Mais même à cette époque, il faudra attendre des années avant que l'ADA[7] ne soit adoptée. L'histoire est écrite par tout le monde. »

Je suis restée devant la classe, attendant une réaction de Jackson ou d'autres élèves, mais rien n'est venu. Je gardais les lèvres serrées pour ne pas laisser échapper de souffle bizarre, et mon cœur battait encore inconfortablement dans ma poitrine.

J'ai ensuite regardé Beau et j'ai été surprise de le voir sourire. Lorsque j'ai signé : *Qu'est-ce qu'il y a ?* il s'est contenté de son haussement d'épaules habituel, puis il a répondu : *Rien*, et levé un pouce. Je n'ai pas pu creuser la question avant la fin du cours, lorsque j'ai éteint mon ordinateur. Il avait été difficile d'assister aux

7. « Americans with Disabilities Act », loi votée en 1990.

trois autres présentations en me demandant si mes camarades chuchotaient des commentaires sur tout ce que j'avais balancé à Jackson.

Eh, ai-je signé en tendant la main pour saisir le bras de Beau qui passait, son sac jeté sur une épaule. Il s'est tourné vers moi.

J'ai fait une mauvaise présentation ? ai-je questionné.

Non, s'est-il empressé de signer en secouant la tête. *Tu as été merveilleuse.*

Sûr ? ai-je insisté, sceptique.

Beau s'est approché d'un pas, et j'ai choisi d'ignorer la façon dont mon cœur bégayait sottement dans ma poitrine.

« Ils ont entendu... » a-t-il dit en me montrant du doigt.

« Ils m'ont entendue ? » ai-je demandé, en espérant l'avoir compris.

Beau a hoché la tête.

« Oui. Ils t'ont entendue. »

17

Une semaine après la confrontation qui avait eu lieu dans la classe de M. Wells, Kathleen m'a rattrapée à l'instant où Maman se garait sur le parking à la sortie du lycée, impatiente de nous apprendre qu'un groupe d'adolescents sourds allait se réunir dans un café local. Maman n'avait pas hésité à dire à Kathleen que nous y serions, et maintenant je ne savais pas si j'étais censée être ravie ou terrifiée à l'idée de rencontrer des personnes sourdes de mon âge pour la première fois depuis notre déménagement.

Pourquoi es-tu stressée ? a signé Maman en se garant devant le café où le groupe devait se réunir. *C'est merveilleux pour toi de rencontrer d'autres jeunes sourds.*

Pas stressée, lui ai-je répondu.

Excitée ?

Maman semblait excitée elle-même, malgré l'air épuisé qui ne quittait plus son joli visage depuis que nous avions emménagé ici. Ses cheveux bruns étaient parsemés de plus de mèches grises que dans mon souvenir. Comment réussissait-elle à partager son temps entre son bureau et le télétravail à la maison pour être avec Connor ? Cela restait un mystère pour moi.

Prête ? a signé Maman en montrant le café.

Oui, ai-je répondu en détachant ma ceinture.

Le café était bondé pour un jeudi soir. L'adresse était branchée, avec ce côté familial qu'aucun Starbucks n'a jamais eu. Il y avait des tables, des canapés et de vieux fauteuils un peu partout. Si Connor était venu, il se serait dirigé droit vers le damier géant et les autres jeux rangés sur des étagères dans un coin.

Maman et moi avons fait la queue pour acheter un thé chaud et un cookie à partager. Rassemblés autour du canapé le plus proche de la fenêtre, et occupant aussi les chaises voisines, se trouvaient une poignée d'adolescents et deux femmes : j'étais prête à parier que c'étaient les membres de ce nouveau groupe de jeunes sourds.

Je les ai montrés à Maman qui m'a souri et m'a encouragée à avancer. Chaque pas vers le groupe me semblait plus pesant que le précédent.

Pourquoi étais-je si stressée ? Ça allait être génial. J'allais peut-être même me faire un ou deux amis. Depuis le temps que nous avions emménagé dans le Colorado, il était grand temps que je me fasse un nouvel ami sourd.

Une femme vêtue d'un tricot aux couleurs vives, orné d'une dinde de Thanksgiving, s'est levée à notre approche : « Bonjour ! Je m'appelle… et vous… ? »

Maman lui a serré la main en souriant, et a dit quelque chose que je n'ai pas bien saisi.

La femme s'est ensuite tournée vers moi, et a vigoureusement serré ma main libre : « Comment t'appelles-tu ? »

M-A-Y-A, ai-je épelé avec mes doigts, ajoutant ensuite mon nom signé.

La femme m'a regardée, les sourcils froncés, la tête penchée de côté, jusqu'à ce que Maman intervienne et prononce mon nom à haute voix.

« Eh bien, je suis… connaître. Pourquoi ne pas… là ? » dit la femme en désignant une place libre sur le canapé à côté d'une fille profondément absorbée par son téléphone.

En soi, ce n'était pas si bizarre que la femme ne comprenne pas mes signes, mais si elle avait un enfant sourd, ne devrait-elle pas connaître l'ASL ? Ma propre mère s'était donnée à fond pour apprendre l'ASL avec moi.

Qui est-ce ? ai-je signé à Maman, voulant savoir qui était cette femme en train de prendre place sur une chaise voisine.

Assis par terre à côté d'elle se trouvait un garçon d'environ quatorze ans, plus intéressé par sa tablette que par son entourage. Ses cheveux bruns étaient coupés court, de sorte que je voyais clairement qu'il portait un implant cochléaire, la seule technologie d'assistance faisant l'objet d'un débat passionné au sein de la communauté sourde.

Les implants cochléaires sont un peu comme des appareils auditifs, dans la mesure où ils améliorent l'audition, mais leur mise en place implique une intervention chirurgicale irréversible et un suivi orthophonique important si l'on est sourd de naissance et qu'on n'a jamais développé d'aptitudes orales. Je me rappelais un cours d'histoire à Pratt où ma voisine avait un implant cochléaire, qu'elle éteignait la plupart du temps, en signant comme nous tous. Lorsque j'avais eu le courage de lui demander pourquoi elle n'utilisait jamais cet implant, elle m'avait répondu que c'était à cause de l'étrangeté des sons filtrés par l'appareil. Des craquements, comme si le bruit était traité par ordinateur et que tout sonnait électronique. C'est le mot qu'elle a utilisé : « électronique ».

Elle m'avait expliqué que cela la fatiguait aussi, parfois, de devoir traiter tous les bruits supplémentaires auxquels elle n'était pas habituée, et que ça lui causait des maux de tête. La rééducation orthophonique postopératoire avait également été une rude épreuve. Cette conversation avait suffi à me dissuader d'opter pour un IC. Je savais qu'ils faisaient beaucoup de bien aux gens, mais j'estimais que ce n'était pas la bonne solution pour moi.

Et je ne le dirais jamais à personne – ni par mots ni par signes – mais j'avais une peur bleue de l'opération nécessaire pour recevoir un implant cochléaire, même si l'intervention était plus courante qu'auparavant. J'avais déjà vécu prisonnière d'un hôpital, à combattre une méningite en perdant l'ouïe au passage. C'était plus que suffisant pour me faire développer une peur irrationnelle des hôpitaux. Ces jours comptaient parmi les pires de ma vie.

Maintenant que je regardais de plus près la poignée d'autres adolescents présents, je constatais qu'ils semblaient tous avoir quelques années de moins que moi. Il n'y avait qu'un second garçon, lui aussi équipé d'un implant visible. Il discutait avec sa voisine ; aucun des deux n'utilisait la langue des signes.

Les cheveux longs des trois autres filles m'empêchaient de voir si elles avaient des implants cochléaires, mais j'étais prête à parier que c'était le cas. Personne ne signait : c'était un indicateur important.

Maman m'a donné une petite bourrade en me montrant la femme qui s'était présentée. *Elle s'appelle J-O-A-N. Elle est ici avec sa fille C-A-S-E-Y.*

Joan, la femme au tricot orné d'une dinde, discutait avec animation, et sa fille Casey était apparemment celle qui avait un café à la main et bavardait avec l'un des garçons.

Et eux ? ai-je signé en montrant les autres.

Maman a mis quelques minutes à me présenter tout le monde. Le temps qu'elle ait fini, j'avais déjà une bonne idée de ce qui se passait. Il ne s'agissait pas d'un groupe d'enfants sourds, mais d'un groupe d'enfants qui, techniquement, pouvaient entendre… d'une manière très différente, cependant. Lorsque mon tour est venu de me présenter, j'ai refusé d'utiliser ma voix. Je voulais voir par moi-même si quelqu'un d'autre dans ce groupe, à part Maman et moi, connaissait la langue des signes.

Je m'appelle M-A-Y-A, ai-je signé. *Élève en terminale. Enchantée de vous rencontrer tous.*

Mes soupçons se sont confirmés. Une fois que Maman avait interprété ces mots, je n'ai reçu que quelques regards perplexes et quelques hochements de tête polis.

Joan est intervenue et Maman s'est mise à m'interpréter ce qu'elle disait. *Nous créons ce groupe pour que C-A-S-E-Y rencontre d'autres enfants munis d'IC. Le lycée fait peur, et…*

J'ai levé une main pour arrêter Maman et Joan au milieu de la phrase.

Je n'ai pas d'IC, ai-je signé en me désignant. *Ce sont des appareils auditifs.*

Joan s'est tournée vers Maman qui interprétait mes mots. Elle s'est rembrunie puis a fait un geste léger en disant : « C'est… OK. Je voulais juste… » Je n'ai même pas pris la peine d'essayer de lire la suite sur les lèvres. J'ai dévisagé Maman en signant : *Ce n'est pas un groupe pour sourds ?*

Maman a transmis ma question aux autres, et Casey, la fille de Joan, a répondu : « Oh, je ne suis pas sourde. »

Cette réaction m'a prise tellement au dépourvu qu'un seul mot m'est venu aux lèvres : « Quoi ? »

Casey a ramené un pan de ses cheveux en arrière pour montrer son IC couleur chair. Elle a tapoté du doigt dessus en disant : « Je ne suis pas sourde. J'entends bien… »

J'ai éprouvé un sentiment d'impuissance. Non, ce n'est pas le mot ; quelque chose de pire encore, comme de l'angoisse, sans que je puisse mettre un nom dessus. Le sentiment qu'il manquait quelque chose ; j'en éprouvais presque de la douleur physique.

Les implants cochléaires sont formidables, bien sûr, mais si on les enlève, on n'entend plus. Ce n'est qu'avec l'aide des technologies d'assistance que l'on peut entendre. Où est le problème à dire que l'on est sourd ?

Ils ne connaissent pas la langue des signes, ai-je dit à Maman en désignant le groupe.

Elle a acquiescé d'un bref signe de tête, tout aussi désarmée que moi. Elle s'est penchée vers Joan, et ce qu'elle a dit a fait hocher la tête à son interlocutrice.

« Elle ne voulait pas... dans sa bulle. On a pensé que... apprendre... parler », a dit Joan en jetant un coup d'œil à Casey, qui avait repris sa discussion avec son voisin.

Il n'y avait rien de mal à avoir un implant cochléaire. Bien sûr qu'il n'y avait rien de mal à cela. Mais il n'y avait rien de mal non plus à être sourd. Je n'arrivais pas à croire qu'on n'avait enseigné l'ASL à aucun de ces enfants.

Que se passerait-il si leur implant se cassait et qu'ils se retrouvaient sans moyen de communiquer parce qu'ils ne connaissaient pas les signes ? Tout le monde ne se promène pas avec un carnet et un crayon pour prendre des notes en permanence. N'est-ce pas une nécessité de connaître la langue des signes s'il y a la moindre chance que cela se produise ?

Eh. Maman m'a fait signe pour attirer mon attention. *Qu'est-ce qui ne va pas ?*

Rien, ai-je répondu.

Je n'avais plus rien à apporter à la conversation. Je me sentais tellement étrangère à ces jeunes équipés d'implants cochléaires, qui ne savaient pas signer. Même à Engelmann, je ne m'étais jamais sentie aussi déstabilisée.

Je suis restée assise sur le canapé, à boire mon thé qui avait refroidi, et j'ai rédigé un brouillon de message pour Melissa. C'était la seule confidente qui me comprendrait vraiment. Si ses parents en avaient eu les moyens, je parie qu'ils lui auraient offert un implant, mais même dans ce cas, il était impossible d'imaginer une Melissa ignorant la langue des signes. Cette langue faisait partie de son identité.

J'ai fini par lui envoyer un texto qui disait : Si tu avais un IC… tu signerais quand même ?

La réponse de Melissa m'est parvenue quelques minutes plus tard, alors que je finissais le cookie que Maman nous avait acheté.

OUI ! Mais je ne veux pas d'IC, donc aucune importance.

Je me suis sentie un peu mieux.

Une minute plus tard, un deuxième message de Melissa a fait vibrer mon téléphone.

Pourquoi cette question ?

On FaceTime plus tard ? ai-je répondu par texto, et Melissa a conclu par un grand émoji souriant.

Cette rencontre au café s'est enfin achevée. Il me semblait qu'elle avait duré bien plus longtemps que quarante-cinq minutes, et j'avais vraiment hâte de m'en aller. J'ai à peine fait un petit signe de la main avant de me précipiter vers la sortie.

Maman s'est attardée pour parler à Joan pendant que les enfants échangeaient des numéros de téléphone. Un violent accès de jalousie m'a tordu les tripes devant ce spectacle, et il m'a fallu une seconde pour m'en extraire. Nina et moi avions échangé nos numéros, non ? Je l'avais fait avec Beau aussi, même si ce n'était qu'à cause de notre exposé pour l'examen. Et si ces gamins tenaient tous le même raisonnement que Casey, qu'ils ne se considéraient même pas comme sourds, est-ce qu'ils voudraient être amis avec moi ? Est-ce que j'aurais encore droit à ces regards bizarres auxquels je m'étais habituée à Engelmann, ou est-ce qu'on feindrait carrément de m'ignorer ?

Maman est sortie du café quelques minutes plus tard, et je me suis ruée sur le siège passager à la seconde où elle a ouvert la voiture.

Sur le chemin du retour, nous n'avons rien signé.

Pour moi, tout était toujours silencieux, mais ce silence était complètement différent. Je voulais dire quelque chose à Maman, au moins essayer de lui dire ce que je ressentais, mais aucun mot et surtout aucun signe ne me venait à l'esprit.

Les lumières du salon étaient allumées quand Maman s'est garée devant la maison. À travers les rideaux fins, je voyais la baby-sitter embauchée par Maman pour la soirée. Elle était assise sur le canapé. Je n'étais pas sûre de savoir où était Connor, mais je devinais qu'il était assis près de la télévision, devant les dessins animés Spider-Man.

Qu'est-ce qui ne va pas ? a enfin signé Maman en me tapotant le genou.

Je me suis mordu la lèvre en inspirant profondément. Mon souffle a dû être bizarre, car Maman s'est penchée vers moi, les yeux écarquillés, inquiète.

Comprends pas, ai-je signé d'une main tremblante.

Immobile, Maman a attendu que je m'explique, tandis qu'en moi grandissait un sentiment de frustration. Je n'arrivais pas à comprendre pourquoi cette rencontre m'avait tant secouée. Je détestais les larmes de colère qui commençaient à couler sur mes joues.

Comprends pas, ai-je signé de nouveau en me forçant à poursuivre. *Pourquoi cette fille dit qu'elle n'est pas sourde ?*

Maman a paru souffrir tandis qu'elle réfléchissait à sa réponse. Elle a répondu par des signes lents : *Je ne sais pas.*

Elle a des IC, O-K, ai-je repris. *Mais pourquoi elle ignore la langue des signes ? Pourquoi ils l'ignorent tous ?*

Je ne sais pas, a répété Maman. *Certains parents pensent différemment.*

Tu veux des IC pour moi ? ai-je demandé, la question surgissant brusquement dans ma tête.

C'est toi qui sais mieux, a répondu Maman, et un sourire chaleureux a éclairé son visage. *Je veux pour toi ce que tu veux.*

Elle a marqué une pause, les yeux fixés sur le tableau de bord central. *Si tu veux des IC, peut-être qu'on…*

Non, ai-je signé rapidement pour l'arrêter avant qu'elle n'aille trop loin dans sa phrase. *Je n'en voudrai jamais. Il n'y a pas de mal à avoir des IC, mais ce n'est pas pour moi. Je m'aime bien sourde.*

Bien, a signé Maman un instant plus tard. Son sourire était assez large pour plisser les coins de ses jolis yeux bruns.

C'était un sourire que je n'avais pas vu souvent depuis que nous avions emménagé dans le Colorado. Aider Connor à s'adapter à cet endroit et à se rendre souvent à l'hôpital pour ses traitements respiratoires avait usé Maman. Mon attitude négative n'avait probablement pas aidé. En voyant le sourire de Maman maintenant, je me suis rendu compte qu'il m'avait manqué.

Il n'y a rien de mal à cela, a insisté Maman en me serrant le genou. *Il faut que tu t'aimes sourde.*

Promis, lui ai-je assuré.

Ne t'inquiète pas pour les enfants avec IC. Fais-toi des amis, sourds et entendants.

Oui, ai-je acquiescé après une pause.

Bien sûr, Melissa était mon amie la plus proche, même si elle vivait dans le New Jersey. Il m'arrivait aussi de recevoir sur Facebook des messages moins réguliers de la part d'anciens camarades de Pratt. Nina était mon amie. Elle comprenait si bien les signes qu'il m'arrivait d'oublier qu'elle entendait.

Passer du temps avec elle n'était jamais ennuyeux non plus, et elle faisait l'effort qu'il fallait pour apprendre à me connaître – moi, la nouvelle fille sourde bizarre accompagnée de son interprète.

Et puis il y avait Beau. Sa compagnie et nos dialogues signés étaient bien plus amusants que cette réunion pénible. Même le moment où je lui avais raconté mon désastreux examen de chimie avait été plus agréable que ne l'aurait été une minute supplémentaire dans ce café. J'avais rencontré des jeunes qui étaient censés être comme moi, et pourtant je me sentais dix fois plus à l'aise avec Beau, malgré notre communication parfois maladroite.

Jusqu'à présent, hormis Nina, je n'avais rencontré personne qui investissait autant d'efforts que Beau pour pratiquer la langue des signes. Ces deux-là étaient vraiment la seule raison pour laquelle j'avais parfois hâte d'aller au lycée.

Ça va ? a signé Maman en me rattrapant avant que j'aie pu monter dans ma chambre.

Oui, lui ai-je répondu. Même si c'était la dernière chose au monde que j'aurais eu envie de faire cinq minutes auparavant, je me suis sentie esquisser un sourire.

18

Deux semaines après la rencontre ratée au café, Connor, assis en tailleur sur le lit de Maman, pliait soigneusement l'un des pulls de cette dernière, devant le dessin animé du samedi matin. Maman courait partout dans la chambre, à ne plus savoir où donner de la tête. La veille, pendant le dîner, elle nous avait annoncé que son entreprise l'envoyait passer un week-end à Aspen, ville située à deux heures environ de Denver. Je me disais que ça tombait à pic. Maman avait besoin de se détendre et, même si nous n'étions qu'à quelques jours de Thanksgiving, je savais que ce serait de vraies vacances pour elle.

Tu es sûre que ça ira avec Connor ? a signé Maman d'une main, en sortant de la salle de bains avec des produits de toilette.

C'était probablement la dix-neuvième fois qu'elle me posait la question.

Oui, promis, ai-je répété comme je le faisais à chaque fois.

Si Maman était aussi nerveuse, ce n'était pas, à mon avis, parce qu'elle ne me faisait pas confiance pour surveiller Connor. C'est juste qu'elle s'inquiétait des traitements respiratoires réguliers dont il avait besoin ; pendant deux jours, elle ne serait pas là pour s'asseoir à son chevet pendant qu'il les subissait.

Elle semblait avoir déjà oublié qu'elle avait passé beaucoup de temps à m'expliquer chaque étape de la préparation du nébuliseur de Connor, à me détailler le remplacement de sa bouteille d'oxygène, les gestes à faire s'il commençait à avoir des difficultés à respirer ou à tousser au point de cracher du sang. Je connaissais sa routine sur le bout des doigts.

Eh. Tout ira bien, ai-je répété, et j'ai saisi les mains de Maman à l'instant où elle fermait à grand-peine son sac de voyage. *Promis.*

Maman m'a serrée dans ses bras, le menton sur ma tête.

O-K, a-t-elle signé avec un sourire tremblotant.

Connor et moi avons aidé Maman à transporter ses affaires jusqu'à la voiture que son entreprise avait louée pour elle. Nous avions besoin de garder le van au cas où il arriverait quelque chose.

À bientôt, a signé Maman après avoir longuement étreint Connor en le couvrant de baisers. *Les clés de la voiture sont dans la cuisine. Envoie-moi un texto au moindre besoin.*

Toujours, lui ai-je garanti.

Connor et moi sommes restés sur le perron et avons salué Maman, attendant qu'elle disparaisse dans la rue avant de rentrer.

« Qu'est-ce que tu veux faire aujourd'hui, minus ? » demandai-je à Connor en refermant la porte.

Il a levé un doigt pour me faire signe d'attendre, et s'est éloigné en trottinant, sa bouteille d'oxygène à la main, pour attraper notre carnet de notes. Revenu avec, il a écrit soigneusement son message sur une nouvelle page avant de me passer le carnet.

Je me suis assise à côté de lui pour le lire.

« Regarder Spider-Man. Pâtes au fromage pour le déjeuner. »

Je me suis mise à rire, j'ai lancé le premier Spider-Man et suis allée nous faire un saladier de pop-corn. J'avais été si occupée par mes devoirs, mes examens et mes soucis de candidatures universitaires que je n'avais pas passé autant de temps avec Connor que j'aurais dû le faire. Mon petit frère me manquait, même si nous vivions sous le même toit.

Nous avons passé l'après-midi et le gros de la soirée à regarder des Spider-Man, puis d'autres dessins animés Marvel. Entre les films et les dessins animés, nous avons sorti les jeux de société et joué au Monopoly et à Trouble ; les deux fois, j'ai laissé Connor gagner.

Comme promis, j'ai fait des macaronis au fromage pour le déjeuner et des restes pour le dîner, en terminant par une glace à la menthe et aux pépites de chocolat.

Je ressentais une douce chaleur à voir Connor si animé et enthousiaste pour la première fois depuis une éternité. Il avait eu plus de mal à s'adapter à l'emménagement dans le Colorado que nous ne l'avions imaginé.

À 21 heures, Connor était inerte sur le canapé. J'en ai conclu qu'il était temps d'éteindre la télévision et de le mettre au lit. Il m'a fallu de sérieux efforts pour lui faire monter l'escalier, lui enfiler son pyjama et le border.

Je l'ai embrassé sur le front en lui disant : « Je t'aime, minus. À demain ».

Je me suis réveillée en sursaut : quelqu'un me secouait. Je me suis assise dans mon lit, écartant de mes yeux mes cheveux en désordre. Connor se tenait là, une main agrippée à mon lit pour s'y soutenir, les doigts crispés sur les couvertures. Il ne portait pas sa canule et il n'y avait pas de bouteille d'oxygène en vue. À la lueur de ma lampe, j'ai découvert qu'une teinte bleuâtre avait envahi son visage.

« Qu'est-ce qu'il y a ? Qu'est-ce qui ne va pas ? J'ai demandé, me jetant à bas de mon lit. Dis-moi ce qui ne va pas. »

Je ne sais pas comment il a réussi à le faire, mais il a tapé ses deux index l'un contre l'autre, les mains tremblantes, le signe qui veut dire : « Je ne peux pas », et a fait un geste vers sa gorge.

Connor ne pouvait plus respirer.

19

Il y a des moments dans la vie où le temps s'accélère au lieu de ralentir.

Je ne sais pas comment j'ai pu descendre Connor jusqu'à la voiture, comment je me suis souvenue de prendre les clés et de chercher l'adresse de l'hôpital le plus proche, ni même comment j'ai pu démarrer et quitter le jardin.

Connor était sur le siège passager, attaché à la hâte, les bras pliés autour de ses jambes, la tête reposant sur ses genoux.

« Respire, Connor, continue de respirer, disais-je sans cesse, mais je n'étais pas sûre qu'il m'écoutait vraiment. Nous sommes presque à l'hôpital, c'est promis. Tout va bien se passer. Les médecins vont t'aider et tout ira bien. »

Tout va bien se passer.

Connor devait avoir un peu d'air dans ses poumons parce qu'il était encore conscient, mais je n'avais jamais vu mon petit frère dans un tel état. Je l'observais à chaque feu rouge, je lui serrais le bras, je lui disais que je l'aimais et que tout allait bien se passer, mais je ne savais pas ce qu'il comprenait et j'ignorais son degré de panique.

C'est un miracle que je n'aie pas provoqué d'accident sur le trajet de l'hôpital. Le volant a fait une embardée entre mes mains lorsque je me suis garée brutalement devant l'entrée des urgences. J'ai ôté ma ceinture si vite que le bord m'a brûlé la main.

J'ai ouvert la portière du passager et détaché Connor, le prenant avec précaution dans mes bras. Il était assez léger pour que je le porte, mais mes genoux s'entrechoquaient et j'avais le tournis. J'ai titubé sur quelques pas avant de retrouver mon équilibre. Lorsque je me suis retournée avec Connor dans les bras, des gens en blouse d'hôpital se ruaient vers moi. Quelqu'un arrivait avec un brancard, et quelqu'un d'autre essayait de m'enlever Connor.

Lire sur les lèvres n'est facile dans aucune situation, mais à ce moment-là, ce n'était même pas envisageable.

« Attendez, s'il vous plaît, mon frère… il a une mucoviscidose, il ne peut pas... » Personne ne semblait m'entendre.

« S'il vous plaît, pouvez-vous me dire ce qui se passe ? Je dois… »

Une infirmière m'a empoignée par le bras lorsqu'on m'a enlevé Connor, qu'on l'a allongé sur le brancard et qu'on lui a mis un masque à oxygène sur le visage. J'ai utilisé la manche de ma chemise pour m'essuyer les yeux, essayant de me débarrasser des larmes, mais sans succès. Je n'arrivais pas à m'arrêter de pleurer. Je n'arrivais pas à voir clair. Le visage de la femme était flou, mon regard ne parvenait pas à se focaliser dessus.

Je me suis libérée d'un geste et j'ai couru après les personnes qui transportaient Connor à l'intérieur. Je n'avais fait que quelques mètres dans les urgences avant qu'une autre infirmière ne me bloque le chemin. Je savais qu'elle parlait, mais je regardais, par-dessus son épaule, Connor disparaître derrière les doubles portes, juste après le bureau d'enregistrement.

« C'est mon frère, je dois l'accompagner, je dois… » J'ai essayé de contourner la femme afin de franchir les portes, mais elle s'est remise devant moi pour me barrer la route.

Ça a été mon point de rupture. J'ai senti le cri monter dans ma gorge. Je ne sais pas comment les mots sont sortis, mais la femme a fait la tête de quelqu'un qui recevait une gifle.

« JE SUIS SOURDE ! »

Elle a reculé d'un pas, mettant de la distance entre nous. Je suis restée là quelques instants, à essayer de reprendre le contrôle de ma respiration. Je n'avais sûrement pas l'air calme quand j'ai dit : « C'est mon petit frère. J'ai besoin d'être avec lui ! »

Je hurlais probablement, constituant un spectacle pour les personnes que je voyais derrière le poste d'accueil et qui nous observaient. « Où est votre VRI ? Les hôpitaux sont censés en avoir un ! »

L'interprétation virtuelle à distance est un système utilisé par les hôpitaux et les médecins parce qu'il coûte moins cher qu'un interprète. Il nécessite une caméra et un écran installés sur un chariot qu'on transporte d'une pièce à l'autre en fonction des besoins. Lorsque le système est activé, un interprète apparaît à l'écran pour permettre la communication entre le médecin et le patient.

Je ne sais pas combien de temps je suis restée dans la salle d'attente des urgences pendant qu'une infirmière cherchait partout le VRI. Après avoir vécu dans une folle précipitation, il n'était pas facile de me réadapter à ce temps ralenti.

Par une chance incroyable, j'avais pensé à attraper mon téléphone avant de quitter la maison en catastrophe, et j'ai envoyé un message à Maman. Il était un peu plus de 2 heures du matin, mais Maman gardait son téléphone sous la main dès qu'elle s'absentait. Elle était déjà assez inquiète à l'idée d'aller à Aspen. Elle allait répondre.

À l'hôpital ac Connor. Sais pas ce qui se passe. Ils cherchent VRI.

Je me suis affalée sur l'une des chaises inconfortables de la salle d'attente, la tête en arrière, les yeux fermés.

Pourquoi est-ce que ça arrivait ? *Pourquoi* ?

La réponse de Maman est arrivée au bout d'une minute.

Je suis en route.

Maman avait trois heures de trajet devant elle ; autant dire une éternité. Je me suis levée, j'ai fait les cent pas, je me suis rassise. Je suis allée boire à la fontaine à côté des toilettes. Je me suis rassise.

Combien de temps fallait-il pour dénicher un VRI ? Ils ne pouvaient pas être si occupés que ça à cette heure de la nuit.

Je me suis levée d'un bond lorsque j'ai vu la même femme qu'à mon arrivée traverser la salle d'attente, bloc-notes et stylo à la main.

Le badge épinglé à sa blouse indiquait qu'elle s'appelait Kelsey. Lorsqu'elle m'a tendu le bloc-notes, j'ai aussitôt décidé d'éteindre ma voix et de communiquer uniquement par ce bloc-notes.

Mon cœur s'est décroché quand j'ai lu ces mots de Kelsey :

« Notre VRI est cassé. »

J'ai écrit ma réponse d'une main tremblante : « Quoi ? »

Kelsey a repris le bloc-notes, a inscrit quelque chose, et me l'a redonné.

« Impossible d'établir une connexion Internet avec l'interprète. »

Ça devait être une blague.

J'ai écrit en majuscule, en soulignant les deux mots : « MAINTENANT ? QUOI ? Comment va mon frère ? »

Kelsey a serré les lèvres et plissé les yeux en me lisant. Elle a écrit sa réponse sur le bloc-notes et me l'a rendu.

« Avez-vous quelqu'un que vous pouvez contacter pour assurer l'interprétation en langue des signes ? »

C'était la poisse. Les hôpitaux sont censés avoir des VRI pour cette raison précise, si aucun interprète n'est disponible – et à cette heure avancée de la nuit, il était peu probable qu'on en trouve un.

Je n'avais aucune idée de ce que j'étais censée faire. Je n'avais pas le numéro de Kathleen, qui était de toute façon une interprète scolaire, formée pour travailler dans un cadre académique, pas dans une situation comme celle-ci.

Si, il y avait peut-être quelqu'un. Si Nina avait fait plus de progrès dans l'apprentissage des signes, je lui aurais envoyé un SMS, mais elle était moins douée qu'une autre personne de ma connaissance, et j'avais besoin de savoir ce qui se passait avec Connor.

C'était gonflé, et je ne pensais pas qu'il répondrait, vu l'heure – il y avait même un risque qu'il ne veuille plus me parler après cela, parce que c'était demander beaucoup à quelqu'un que l'on commençait à peine à connaître – mais je lui ai quand même envoyé le texto.

J'ai besoin de ton aide. Tu peux me rejoindre à l'hôpital ?

20

Il était un peu plus de 3 heures du matin quand Beau est entré à grandes enjambées aux urgences. Il portait encore le pantalon de survêtement et le t-shirt dans lesquels il avait dû s'endormir, sa veste et ses baskets avaient été enfilées à la hâte, et il avait les cheveux en bataille.

Mais il était là, et ses yeux m'ont immédiatement repérée.

Qu'est-ce qui s'est passé ? a-t-il signé en s'approchant, la mine inquiète.

J'ai dû faire un effort considérable pour ne pas lui sauter dans les bras et le supplier de me dire que tout allait bien se passer. J'ai dû respirer profondément à plusieurs reprises en me mordant la lèvre avant de pouvoir signer une réponse cohérente :

Mon frère. Il n'arrive pas à respirer.

Ton frère va bien ? Où est l'interprète pour t'aider ? a-t-il demandé, le doigt pointé vers le poste d'enregistrement.

J'ai signé : *Je ne sais pas*, à peu près dix fois, parce que je ne savais vraiment pas.

Je n'avais pas d'interprète, cela faisait plus d'une heure que nous étions arrivés à l'hôpital, et je n'avais toujours pas la moindre idée de ce qui se passait pour Connor. Et même s'il était en...

Beau m'a prise par la main et m'a emmenée vers le poste d'accueil. De sa main libre, il a tapé sur le comptoir pour attirer l'attention de Kelsey assise derrière son ordinateur. Avait-il pris cette habitude avec moi ?

J'ai vu Kelsey dire : « Qui… vous ? » Beau m'a épatée. Il a signé et parlé en même temps, disant : « Je lui traduis tout en signes. Qu'est-ce qui est arrivé à son frère ? »

Il a astucieusement évité de dire qu'il n'était pas interprète certifié, se bornant à expliquer qu'il était juste là pour tout me traduire en signes.

Kelsey a jaugé Beau comme si elle s'apprêtait à faire une objection, mais j'ai poussé un soupir de soulagement en la voyant répondre : « OK ».

Je peux le voir maintenant ? ai-je signé, parce que c'était mon idée fixe depuis une heure.

J'avais besoin de voir mon petit frère.

Beau a transmis ma question à Kelsey, qui a tapoté sur son ordinateur avant de secouer négativement la tête. J'ai eu l'impression d'être un ballon qu'on dégonfle.

Pourquoi ? ai-je demandé en ravalant un sanglot. *Pourquoi ?*

Je n'avais pas besoin de Beau pour interpréter la réponse de Kelsey : « Ils doivent d'abord le stabiliser… »

Je n'en pouvais plus. Je suis retournée vers les chaises de la salle d'attente et je m'y suis laissée tomber, recroquevillée en avant, la tête entre les mains. Mon corps tout entier palpitait de la douleur insolite d'un chagrin à la fois mental et physique. Une pensée a traversé mon esprit comme un éclair : « Si j'entendais, aurais-je pu accompagner Connor ? »

C'était une pensée stupide, je le savais. Mais je n'arrivais pas à m'en défaire.

Pour la première fois, je haïssais ma surdité. Je voulais juste savoir ce qui se passait sans avoir besoin d'un stupide interprète. Je voulais juste être avec mon petit frère. Et je détestais ce sentiment d'impuissance totale.

Je me suis forcée à lever les yeux parce qu'on me touchait doucement le bras. Beau s'était assis à côté de moi. Il me tendait la main. J'avais à la fois envie de le repousser et de l'attirer à moi.

Ça va ? a signé Beau.

J'ai soudain eu envie de m'excuser auprès de lui. Beau n'avait pas signé pour ça. C'était beaucoup lui demander – peut-être trop – mais le fait qu'il soit là, à côté de moi, sa main tendue comme pour que je la prenne, devait avoir un sens. Non ?

Non, ai-je répondu honnêtement. *Ça ne va pas.*

Désolé, a signé Beau. *Dur pour toi, je sais.*

Je me suis forcée à le regarder dans les yeux quand il m'a serré la main doucement.

Il va bien, a-t-il ajouté. *Ton frère.*

On n'en sait rien, ai-je fait remarquer.

Il a acquiescé d'un signe de tête et a repris : *Peut-être. Mais essaie de ne pas t'inquiéter.*

J'ai aspiré une grande bouffée d'air et penché la tête en arrière pour fixer tous les points beiges recouvrant les carrés blancs du plafond.

Ne pas s'inquiéter. Plus facile à dire qu'à faire. Ce n'était pas le petit frère de Beau qui gisait sur un lit d'hôpital et luttait pour respirer.

Lorsque la réceptionniste, Kelsey, est venue à nous dans la salle d'attente, je me suis redressée et j'ai serré le genou de Beau si fort que je l'ai vu grimacer. Je n'avais pas surveillé l'heure par crainte de devenir folle, et j'ignorais donc combien de temps s'était écoulé depuis la dernière fois que l'on m'avait interdit d'aller voir Connor.

C'était Beau que Kelsey regardait. Elle a dit : « ... dire... aller le voir maintenant. »

Je peux aller le voir ? ai-je aussitôt demandé à Beau. Il a hoché la tête en signant : *Oui.*

J'ai emboîté le pas à Kelsey qui nous a guidés vers les doubles portes par lesquelles Connor avait disparu lors de notre arrivée à l'hôpital. Je ne sais pas quand j'ai glissé mes doigts entre ceux de Beau, en lui broyant la main, mais quand je m'en suis rendu compte, je ne l'ai pas lâché.

Kelsey nous précédait dans un long couloir rempli d'équipements médicaux et de gens en blouse. À notre droite comme à notre gauche, des lits étaient isolés par des rideaux verts. Nous avons parcouru ce qui m'a semblé être la longueur d'un terrain de football. Enfin, vers le bout du couloir, Kelsey s'est arrêtée et a ouvert les rideaux d'un lit.

La main de Beau s'est détachée de la mienne quand j'ai fait un pas en avant, les yeux fixés sur Connor. Il paraissait si petit dans ce gigantesque lit d'hôpital, vêtu d'une blouse disproportionnée, un tube respiratoire soigneusement inséré dans sa gorge. J'ai choisi de me concentrer sur le fait que Connor respirait, pas sur son air malheureux, voire inconscient.

Ma main tremblait lorsque j'ai essayé de signer : *Il va bien ?*

Beau a dû comprendre ma question, car je l'ai vu parler à Kelsey, mais la réponse a été évasive : *Le docteur va passer, il expliquera.*

Kelsey a refermé les rideaux en partant, nous laissant seuls avec Connor. J'avais l'impression d'avoir pris racine dans le sol. Mon esprit surchauffait à essayer d'assimiler tout ce qui s'était passé en si peu de temps. J'ai dû faire un effort pour mettre un pied devant l'autre et aller me pencher sur Connor.

Je suis restée là, mes doigts enveloppant la minuscule main de Connor, jusqu'à l'instant où les rideaux se sont rouverts, livrant passage à un homme aux cheveux blancs, vêtu d'une blouse de médecin. Il tenait un dossier sous le bras. Beau, qui s'était assis sur l'unique chaise de l'autre côté du lit, s'est levé à l'arrivée de l'homme.

Celui-ci s'est présenté à Beau, et ils se sont serré la main, avant de s'approcher. J'ai vu Beau dire : « S'il vous plaît... Lentement », et l'homme a acquiescé.

Docteur W-E-S-L-E-Y, a signé Beau en désignant l'homme, et j'ai hoché la tête, me présentant à mon tour en langue des signes.

Qu'est-ce qui s'est passé ? ai-je demandé en montrant Connor. Beau a écouté un moment avant de se tourner vers moi. *Il a...* Il s'est interrompu sitôt sa phrase commencée, puis il a épelé des doigts : *C-O-L-L-A-P-S-U-S P-U-L-M-O-N-A-I-R-E.*

Un collapsus pulmonaire est toujours possible dans une mucoviscidose, mais le fait que ce soit arrivé à mon frère – sachant que ça peut être mortel – dépassait mon entendement. J'aurais pu perdre mon frère ce soir-là.

J'ai serré plus fort la main de Connor, sans me soucier de la nouvelle vague de larmes qui menaçait de me noyer.

Il va bien maintenant ? ai-je signé d'une main, sans quitter des yeux le visage de Connor.

Beau a dû agiter la main pour attirer mon regard, et il a signé : *Oui, mais il doit rester ici quelques jours.*

Il m'a expliqué qu'une infirmière allait bientôt passer pour installer Connor dans sa chambre, à un autre étage. J'ai attendu que le Dr Wesley nous quitte pour signer à Beau : *Merci pour ton aide.*

Aucun problème, a-t-il répondu avec un faible sourire.

Rentre chez toi maintenant, ai-je ajouté.

Je serai à jamais reconnaissante à Beau de s'être dérangé pour venir m'aider au milieu de la nuit, mais je voulais rester seule avec mon petit frère, à présent. Je ne me voyais pas cesser de pleurer de sitôt, et je détestais qu'on me voie pleurer. Beau m'avait assez regardée le faire.

Je peux rester ? a signé Beau. *Attendre avec toi l'arrivée de ta mère*, a-t-il ajouté devant mon air sceptique.

J'ignorais pourquoi il ne sautait pas sur l'occasion de s'en aller. C'était forcément gênant et inconfortable.

J'ai renoncé à comprendre son raisonnement et signé : *O-K.*

Je vais aux toilettes, m'a dit Beau en ouvrant les rideaux. *Je reviens vite.*

Beau a disparu, je me suis installée avec précaution sur le lit de Connor, en veillant à ne pas déranger les tubes ou les fils auxquels il était relié. Le lit était largement assez vaste pour nous deux et je me suis allongée à côté de lui. Il s'est inconsciemment tourné vers moi dans son sommeil quand j'ai posé ma tête sur l'oreiller à côté de lui.

« S'il te plaît, va bien, ai-je chuchoté. *S'il te plaît.* »

21

J'ai dû m'endormir, car lorsque j'ai rouvert les yeux, j'ai été éblouie par une lumière crue qui ne m'était pas familière. Tout était flou quand je me suis redressée, et au bout de quelques secondes, j'ai pris conscience que je n'étais plus aux urgences avec Connor.

Je me trouvais dans une chambre d'hôpital terne : murs beiges, vieux mobilier vert. Connor dormait toujours dans le lit, le tube respiratoire en place. Maman était à côté de lui, affalée sur un siège, le menton dans les mains, les yeux fermés.

J'ai quitté en titubant le fauteuil étroit où l'on m'avait installée et je me suis dirigée vers Maman en écartant mes cheveux de mon visage. Elle a ouvert les yeux en m'entendant marcher, et elle s'est redressée, en clignant des yeux pour chasser le sommeil.

Ça va ? a-t-elle signé.

Oui, ai-je menti. Je me sentais courbaturée de partout, avec des élancements dans le crâne.

Tu es arrivée quand ?

À l'aube. 5 h 3-0.

Il est quelle heure ? ai-je demandé en cherchant une horloge des yeux.

Maman a tiré son portable de son sac et a signé : *8 h 2-4*.

Comment avais-je pu dormir plus de trois heures ?

B-E-A-U était avec toi à mon arrivée, a signé Maman en rangeant son téléphone.

Ah oui. Beau.

Je... ne sais pas, ai-je commencé, voulant tout raconter à Maman. *Je ne sais pas ce qui s'est passé, je ne sais pas comment aider Connor, le VRI de l'hôpital ne fonctionnait pas, je...*

Maman m'a attrapé les mains et elle les a serrées très fort. Je savais qu'elle essayait juste de me réconforter, mais j'avais l'impression que j'allais m'effondrer.

Je ne t'en veux pas, a signé Maman après m'avoir relâché les mains. *Ce n'est pas ta faute.*

J'ai l'impression que c'est ma faute.

Maman a repris place sur le siège et m'a doucement fait asseoir à côté d'elle, passant un bras autour de mes épaules.

Tu as fait de ton mieux. Je sais que tu as eu peur, mais tu as aidé Connor. Il va bien.

J'ai laissé ma tête tomber sur l'épaule de Maman et j'ai fermé les yeux, avec l'envie que tout ce qui nous entourait s'écroule et disparaisse dans le néant. Je sentais les vibrations dans sa gorge et je savais qu'elle parlait, alors je me suis redressée pour mieux la voir.

Connor va bien, signait-elle, en me caressant la joue de sa main libre. *Je sais que tu ne le penses pas, mais tu es courageuse. Pas facile.*

Ce n'est... J'avais une main sur mon cœur, comme si cela pouvait faire disparaître le poids que j'y ressentais. Je voulais juste que les choses redeviennent normales.

Maman a haussé un sourcil, ignorant où je voulais en venir.

Je ne sais pas si je pourrai devenir inhalothérapeute, ai-je signé, les mains parcourues de tremblements. De perplexe, l'expression de Maman est passé à choquée.

Pourquoi pas ?

J'ai perdu la tête quand Connor ne pouvait plus respirer. Comment je pourrais aider les enfants souffrant du même problème si je ne peux pas communiquer ?

Il m'avait fallu des années pour arriver à apprivoiser ma surdité, à l'apprécier et à accepter tout ce qui en découlait. Mais maintenant, j'avais l'impression que c'était la seule chose qui m'empêchait de réaliser le rêve que je nourrissais depuis que j'étais enfant.

Je n'avais pas pu aider mon frère la veille au soir. J'étais paniquée et confuse, incapable de parler, de signer ou d'écouter. J'avais pleuré un million de fois en perdant le contrôle de moi-même. Si je ne pouvais pas aider Connor, comment pourrais-je aider qui que ce soit d'autre ?

C'est différent, a signé Maman fermement. *Les enfants dont tu t'occuperas ne seront pas ton frère. Ce sera différent.*

Tu es sûre ? ai-je demandé, sceptique. *Parce que je n'aime pas l'état dans lequel je suis.*

Je te comprends. Mais je crois en toi.

Je savais que Maman croyait en moi, mais pourquoi avais-je l'impression que ça ne suffisait pas ?

Tu ressentiras les choses différemment plus tard, a signé Maman après une courte pause. *Je te le promets.*

Je voulais croire en la promesse de Maman, mais à ce moment-là, cela me semblait impossible.

Maman m'a laissé le temps de retrouver un rythme normal de respiration, puis, se tournant de nouveau vers moi, elle a signé : *B-E-A-U est toujours là.*

« Quoi ? » ai-je dit à haute voix, tout en signant : *Vraiment ?*

Maman a hoché la tête et avalé une gorgée de café de la tasse posée sur la table de nuit.

Où ? ai-je demandé en me relevant rapidement.

Dans la salle d'attente, a répondu Maman en montrant la porte d'un signe de tête. Je suis sortie de la chambre le plus gracieusement possible pour m'élancer dans le couloir au pas de course, en suivant les panneaux qui menaient à la salle d'attente. À l'angle de la salle, j'ai pilé net en apercevant Beau.

Il était de profil et discutait avec une petite femme brune vêtue d'une blouse décorée sur le thème de Thanksgiving. D'après son langage corporel, sa mine détendue, le sourire poli sur son visage, Beau devait connaître cette infirmière.

J'étais assez proche pour saisir quelques mots de ce qu'il disait, comme « les cours sont bien », et peut-être « Yale ». J'étais sûre d'avoir l'air ridicule, plantée là, les yeux rivés à Beau, mais je n'allais pas m'approcher d'eux en pas chassés et m'immiscer dans leur conversation. Beau m'a remarquée un instant plus tard, et il a vite mis fin à sa conversation, en embrassant rapidement l'infirmière avant de se diriger vers moi.

Salut, a-t-il signé en me rejoignant au centre de la salle d'attente. *Comment vas-tu ?*

Répondre : *Bien*, aurait constitué un mensonge ; j'ai préféré signer : *Qu'est-ce que tu fais là ?*

Beau a cligné des yeux, confus, et il s'est servi de sa voix : « Je voulais m'assurer que… tu allais bien. »

J'ai fini par signer : *Tout va bien.*

J'essayais d'avoir une expression calme et posée, mais je n'étais pas sûre de réussir.

Ne mens pas, s'il te plaît, a repris Beau, l'air inhabituellement sombre. *Hier a été dur pour toi.*

Maintenant, ça va, ai-je répété en me mordant la lèvre. *Mon frère est sorti d'affaire. Tu as l'air fatigué. Rentre chez toi.*

Il a fait une grimace quand il m'a comprise, après m'avoir fait répéter. Il a dit avec des signes très hésitants : *Je t'attends.*

Pourquoi ?

Beau a mis du temps à me répondre. Des taches colorées parsemaient ses joues, et je le voyais déglutir avec peine.

Je… m'inquiète pour toi, a-t-il signé après une longue pause. *Je n'aime pas que tu sois triste. Je veux que tu ailles bien.*

J'ai feint d'ignorer les battements de mon cœur après cet aveu de Beau, et j'ai secoué la tête en signant avec insistance : *Je vais bien, vraiment.*

Beau avait l'air incrédule, mais il a fini par céder, avec un haussement d'épaules. *Si tu en es sûre*, a-t-il signé en souriant faiblement.

Aucune explication rationnelle ne m'est venue pour justifier mon geste, mais j'ai fait un pas en avant et serré Beau dans mes bras. Sans perdre de temps, il m'a enlacée à son tour. J'ai fermé les yeux, oublié notre environnement, et pendant une fraction de seconde, j'ai perdu de vue les quelques jours difficiles qui m'attendaient pendant la convalescence de Connor. Finalement, j'ai dû me résoudre à laisser Beau partir.

Rentre chez toi, ai-je signé en reculant d'un pas. *Il est temps de dormir.*

Beau a de nouveau haussé les épaules :

O-K. Tu me tiens au courant par texto ?

Oui.

22

Je n'ai pas envoyé de texto à Beau par la suite, ignorant délibérément tous les messages qu'il m'envoyait. Je n'écrivais à personne, sauf à Nina et Melissa de temps en temps, pour leur faire savoir que j'étais toujours en vie.

J'ai passé Thanksgiving à l'hôpital avec Connor, où les téléphones captaient mal, mais ce n'était pas vraiment la raison de mon silence radio.

J'avais peur de reparler à Beau. Même s'il s'efforçait d'apprendre la langue des signes, la barrière de communication entre nous était encore plus évidente qu'avant. Je lui vouais une reconnaissance éternelle pour ce qu'il avait fait à l'hôpital cette nuit-là, mais ça avait été un combat pour nous deux.

Et puis, il y avait aussi son père, entre autres. De toute évidence, Beau était intimidé par son lui, alors je ne pouvais qu'imaginer ce que le Dr Watson avait pensé du départ de Beau en pleine nuit pour venir à ma rescousse à l'hôpital.

Nos deux mondes étaient si différents. Voudrait-il un jour construire un pont entre les deux ? Même moi, je ne savais pas si je voulais le faire. J'ai donc choisi de me concentrer sur mes devoirs et sur ma famille, en répondant aux messages de Melissa et de Nina, juste assez pour faire savoir que j'étais en vie et que j'allais relativement bien. Tout le reste pouvait attendre.

Le lundi de la rentrée des vacances de Thanksgiving, je suis arrivée au lycée avec une multitude de papillons dans le ventre, dont je n'arrivais pas à me débarrasser. Mes paumes étaient moites à l'idée d'aller au cours de statistiques et de revoir Beau pour la première fois depuis cette nuit à l'hôpital. Mais j'ai évacué mon appréhension, la repoussant au fond de moi-même, avec mes nouvelles peurs au sujet du métier d'inhalothérapeute.

J'ai gardé pour moi les événements des vacances, ne mettant pas Kathleen au courant de ce qui s'était passé, faisant comme si tout était normal. J'avais un peu l'impression de mentir en affirmant à Kathleen que j'allais bien, mais comme ça allait être ma réponse automatique à tous ceux qui me poseraient la question, autant m'y habituer.

Lorsque Kathleen et moi sommes entrées dans la classe, presque tout le monde était déjà assis. J'ai pris ma place habituelle devant Beau, comme si rien n'avait changé pendant les vacances, et j'ai sorti mon manuel et mes devoirs.

On m'a tapoté sur l'épaule peu avant que Mme Richardson ne commence son cours.

J'ai ressenti quelque chose qui ressemblait fortement à de la culpabilité lorsque je me suis retournée pour regarder Beau et que j'ai vu l'inquiétude marquée sur son visage. J'avais feint de l'ignorer pendant toute la récréation, alors que je savais qu'il voulait juste vérifier que j'allais bien.

Qu'est-ce qu'il y a ? ai-je signé nerveusement.

Ça va ? m'a demandé Beau, et il s'est penché vers moi, bras tendu comme pour me toucher la main. J'avais peut-être envie qu'il le fasse.

Bien, ai-je signé rapidement. *Désolée. Fatiguée.*

Beau a hoché la tête, mais mon excuse a paru le laisser incrédule. Je me doutais qu'il ne tarderait pas à me reposer la question.

Et cela s'est produit alors que nous étions assis l'un en face de l'autre à notre table habituelle à la cafétéria pour le déjeuner. Encore un simple : *Ça va ?*

Oui, bien, ai-je répondu pour ce qui m'a semblé être la millième fois.

Nina et Kathleen m'avaient toutes les deux demandé la même chose.

Ton frère ? m'a ensuite signé Beau.

J'ai répondu d'un signe hésitant : *Mieux*.

C'était la vérité, au moins. Connor avait encore besoin de temps avant de se remettre complètement, et il n'était pas question qu'il retourne à l'école avant le prochain semestre. Un infirmier à domicile allait venir dans le courant de la semaine pour l'aider à la maison. Maman se renseignait déjà sur les programmes d'enseignement à domicile, mais je n'étais pas sûre que ce soit compatible avec ses obligations professionnelles. Ce n'est pas pour rien que ses employeurs l'avaient mutée à l'autre bout du pays : cela voulait dire plus de travail qu'auparavant.

Je commençais à penser que si je trouvais un emploi rémunéré, Maman aurait peut-être moins de soucis à se faire, que ça n'aurait alors pas tellement d'importance si son salaire diminuait un peu parce qu'elle abrégeait ses journées de travail de temps à autre pour rentrer à la maison. À cause du déménagement, je n'allais pas suivre le séminaire de fin d'études à Pratt, au cours duquel les futurs étudiants devaient établir des CV et apprendre à rédiger des lettres de motivation ; mais je me disais que je pourrais demander de l'aide à ma conseillère d'orientation, Mme Stephens, pour chercher un emploi.

Dans des circonstances normales, il ne me serait jamais venu à l'esprit d'abandonner Maman à la maison, alors que Connor avait besoin qu'on veille sur lui, mais grâce à l'arrivée de l'infirmier à domicile, elle bénéficierait d'un petit répit. Un soulagement temporaire pointait à l'horizon, et j'espérais pouvoir y contribuer grâce à un petit revenu complémentaire.

Bon, a signé Beau en hochant la tête. *Content.*

Pareil, ai-je répondu.

C'est le moment qu'a choisi Nina pour intervenir. Elle s'est penchée vers nous : « … tout va bien ? »

« Oui », ai-je répondu immédiatement, et Beau a acquiescé.

J'ai cru déceler une lueur de suspicion dans les yeux de Nina, mais elle s'est contentée d'un haussement d'épaules.

« Alors… réfléchissais… », dit-elle en posant son menton sur ses mains.

« … des devoirs… pour les examens ? »

C'était devenu une réaction automatique de regarder Beau quand je ne comprenais pas ce que Nina disait, et il a signé comme s'il s'y était déjà préparé : *Devoirs et révisions pour examens de fin de semestre.*

Je me suis sentie soupirer. La dernière chose dont j'avais envie, c'était d'étudier. J'aurais préféré camper devant la boîte aux lettres par une température négative pour guetter des nouvelles de Cartwright ou passer un maximum de temps à tenir compagnie à Connor.

« D'accord, dis-je. Quand et où ? »

Nous avons décidé de commencer à réviser après les cours dans un café local. Il s'appelait « Le Haricot Fumant » et, d'après Nina, c'était un endroit très fréquenté par les lycéens et étudiants en révisions. Pour y aller, Nina s'est retrouvée sur la banquette arrière de la voiture de Beau, une pile de livres de la bibliothèque de voyage de celui-ci sur les genoux.

Les lieux étaient déserts pour un lundi après-midi, et il n'a pas été difficile de trouver une table pour décharger nos livres et nos devoirs. L'atmosphère était apaisante, parfumée d'effluves de chocolat et d'espresso, et il y avait une agréable petite cheminée dans un coin. Beau a tenu à nous offrir des mokas à la menthe malgré notre insistance pour acheter nos propres boissons, puis nous nous sommes mis au travail.

Nous avons d'abord révisé la littérature historique. Notre professeur nous avait prévenus que notre examen final serait une rédaction de huit à dix pages sur les deux œuvres majeures étudiées ce semestre, *Beowulf* et les *Contes de Canterbury*. Je n'avais pas l'étoffe d'un écrivain et je préférais largement les chiffres aux mots, mais je n'ai pas pu m'empêcher de remarquer la façon dont le visage de Beau s'est illuminé lorsque nous avons commencé à parler de la rédaction.

Je me suis calée sur ma chaise et j'ai siroté mon moka pendant que Beau se lançait dans une longue critique de *Beowulf*. Rapidement, il a captivé Nina. Ses fossettes apparaissaient de temps à autre, lorsqu'une intervention de Nina le faisait sourire. Il semblait s'enthousiasmer sincèrement pour *Beowulf*, ce que je ne comprenais pas du tout, moi qui avais lutté pour ne pas m'endormir pendant la plupart des cours sur ce texte.

J'ai sursauté quand Nina m'a fait signe, en signant : *Eh*, et je me suis demandé combien de temps je m'étais perdue à regarder Beau. Je me suis sentie un peu mal.

Qu'est-ce qu'il y a ? ai-je signé en reposant ma tasse de moka vide.

Ça va ? m'a demandé Nina en haussant un sourcil.

« Oui, ai-je répondu en rêvant que les gens arrêtent de me poser la question. Je… réfléchis juste à la rédaction et à tout le reste. »

Beau a souri en levant maladroitement les pouces. « Tout se passera… bien. Promis. »

Il a signé : *Toilettes*, et s'est levé pour s'y rendre, à l'arrière du café. Il n'avait fait que deux pas lorsqu'il a fléchi un genou au sol. Il serait probablement tombé face contre terre s'il n'avait pas tendu un bras pour s'agripper à la table la plus proche.

Sans réfléchir, je me suis précipitée à ses côtés et me suis agenouillée devant lui. Nina était là aussi, elle disait quelque chose, tendait une main pour aider Beau à retrouver son équilibre.

« Eh, qu'est-ce qui ne va pas ? » ai-je demandé tout haut, sans penser à signer. Beau a repoussé la main de Nina ; avec une grimace, il a pris appui sur la table pour se redresser avec beaucoup de précautions. Ses genoux s'entrechoquaient tandis que nous nous levions tous les deux.

J'avais les mains en l'air, ne sachant pas si je voulais signer ou parler à Beau. Il s'agrippait toujours à la table, les yeux fermés. Ses lèvres formaient une ligne fine.

Mon sentiment d'impuissance a grandi lorsque j'ai regardé Nina, stupéfaite de lui découvrir une expression exaspérée plus que préoccupée. Elle paraissait fâchée contre Beau.

« Est-ce que… a pris… ? »

Le dernier mot de Nina comportait beaucoup de syllabes : impossible de comprendre ce qu'elle disait.

Beau a secoué la tête lorsqu'il a rouvert les yeux, mais c'est d'un air indéniablement doux qu'il a dit à Nina : « Merci pour… »

Elle lui a fait un petit sourire tout en levant les yeux au ciel. De l'épaule, elle a donné une petite bourrade à Beau.

Lorsque Beau a disparu aux toilettes, et que nous sommes retournées nous asseoir, alors seulement, je me suis rendu compte que le sentiment brûlant qui m'envahissait était de la jalousie. Beau ne m'avait jamais regardée comme il venait de regarder Nina, mais je n'avais aucune idée de la raison pour laquelle cela me dérangeait.

« Qu'est-ce qui ne va pas avec Beau ? » ai-je lâché.

Nina s'est essuyé les lèvres avec une serviette après avoir bu une gorgée de son moka, puis elle a répondu à ma question : « Beau… bien, a-t-elle dit. Il est… »

Elle s'est donné une petite claque sur la tempe, le signe de l'entêtement, qui désigne aussi l'âne.

« Beau est têtu », dis-je en fronçant les sourcils, et Nina a acquiescé.

Qu'est-ce que ça voulait dire ? Où était le rapport entre la situation présente et le fait que Beau soit têtu ?

« Qu'est-ce que tu veux dire par là ? » ai-je demandé au bout d'une minute, voyant que Nina ne détaillait pas.

C'est à lui de te le dire, a-t-elle répondu prudemment en langue des signes.

J'étais bien avancée, avec ça.

« Et vous deux, vous êtes… hum… » Je me suis enfoncée dans ma chaise, en réprimant l'envie de me couvrir le visage des mains tant j'étais gênée. « Je veux dire, toi et Beau… ? »

Nina a arqué un sourcil en reprenant son moka et elle a affiché un sourire malicieux que je ne lui avais jamais vu. Elle paraissait savoir exactement ce qui flottait dans mon cerveau.

« Moi… Beau ? Non… » Elle secoua la tête. « Nous sommes… amis. Il n'y a rien… »

Promis, a-t-elle signé, et je l'ai crue.

Elle s'est penchée en avant avec intérêt. À voir son expression curieuse, j'ai redouté ce qu'elle allait dire.

« Et toi… Beau… ? »

Heureusement, j'ai été sauvée par le retour de Beau. Je l'ai observé à la dérobée. À mon vif soulagement, il ne semblait pas souffrir autant que quelques minutes plus tôt. Il s'est assis, l'air mal à l'aise, en étendant la jambe droite devant lui dans une position insolite. Ce n'était plus vraiment une posture de type cool, il devait avoir mal.

C'était la jambe balafrée de l'énorme cicatrice que j'avais entraperçue la veille de l'examen de mi-semestre.

Ça va ? ai-je signé à Beau lorsqu'il a levé les yeux de son exemplaire de *Beowulf*.

Il a répondu : *Oui*, beaucoup trop vite. Je n'étais pas dupe.

Je me suis promis de creuser sans tarder la question. Cette résolution m'a été beaucoup plus facile que toutes celles que j'avais prises dernièrement.

23

J'étais assise par terre derrière la table de la cuisine avec Connor. Le visage pressé contre la porte vitrée, il regardait la neige tomber dehors. Il aurait vraiment dû se reposer après son traitement respiratoire, mais à la seconde où j'avais signé : *Neige*, il avait semblé prêt à exploser d'excitation et il s'était laissé tomber du canapé avec une énergie inattendue.

Il n'en était pas à ses premiers flocons, mais cette neige du Colorado était un peu différente de celle du New Jersey. La lumière du porche était allumée et éclairait l'arrière-cour d'une douce lueur. Plus la neige recouvrait le sol, plus les paillettes étaient nombreuses à danser dans la lumière.

« On... sortir ? » m'a demandé Connor en tapotant sur la porte.

« Hors de question, ai-je répondu. Profitons-en d'ici. »

Connor a fait la grimace, mais quelques secondes plus tard, il avait retrouvé son air ravi, sous l'enchantement de la neige.

J'ai senti des pas faire vibrer le sol ; ce ne pouvait être que Maman qui s'approchait de nous. Lorsque je me suis tournée dans sa direction pour me lever, elle entrait dans la cuisine avec des sacs de courses dans les bras et un sourire radieux sur le visage.

« Qu'est-ce qui se passe ? ai-je demandé d'un air suspicieux, en lui prenant deux sacs. Pourquoi tu fais cette tête ? »

Les mains prises, Maman ne pouvait pas signer. Je me suis penchée en avant pour lire sur ses lèvres : « … du courrier. »

Du courrier ?

J'ai espéré que le contenu des sacs de courses n'était pas fragile, parce que je les ai laissés tomber pour attraper le paquet de courrier coincé sous le bras de Maman. Je me suis précipitée sur la plus grande enveloppe, jetant le reste du courrier sur le comptoir. Je crois que j'ai étouffé un sanglot en voyant l'écusson de Cartwright sur l'enveloppe, adressée à Maya N. Harris.

« Ouvre… ! » m'a dit Maman en se balançant sur ses talons, les mains jointes devant elle, après avoir posé ses sacs de courses.

Les doigts tremblants, j'ai essayé d'ouvrir l'enveloppe le plus proprement possible. Maman s'est approchée pour regarder par-dessus mon épaule, et même Connor s'est joint à nous au moment où je sortais avec précaution la première feuille de papier de l'enveloppe. Les mots semblaient danser sur la page, ce qui les rendait difficiles à comprendre.

Une minute s'est écoulée lentement avant que les mots ne se mettent en place.

Maman m'a prise par les épaules, et quand j'ai enfin levé les yeux, elle avait les sourcils haussés, interrogateurs.

Je ne pensais pas être capable de trouver les mots pour parler, alors j'ai signé : *Oui.*

Oui ? répéta Maman, ses sourcils disparaissant dans ses cheveux.

Oui !

Je n'arrivais pas à y croire. Je n'arrivais pas à y croire. J'étais admise à Cartwright.

Kathleen se tenait là, au milieu de la classe de Mme Richardson, lisant et relisant la lettre d'admission de Cartwright. Chaque fois qu'elle l'achevait et revenait au début, son sourire s'élargissait.

Elle a fini par poser soigneusement ma lettre sur mon bureau et a signé : *Félicitations !* avant de me serrer dans ses bras. *Merveilleux, merveilleux*, a-t-elle ajouté en me relâchant.

J'ai probablement un peu trop répété : *Heureuse*, mais je doute qu'elle m'en ait voulu.

Dans quelques mois, diplôme, puis université ! a signé Kathleen avec son sourire éclatant.

Cette fois, son enthousiasme était contagieux. Je ne me rappelais pas la dernière fois où j'avais autant souri.

J'ai regardé autour de moi quand Kathleen s'est interrompue pour signer : *Salut*, à quelqu'un derrière moi. Je n'ai pas été surprise que ce soit Beau, entrant dans la classe. En revanche, j'ai été surprise que son nom s'envole de mes lèvres, que ma première réaction soit d'attraper ma lettre d'admission et de courir vers lui.

« Beau ! »

J'ai senti s'éteindre mon sourire extatique lorsque Beau s'est figé net, me fixant des yeux avec un mélange de confusion et de surprise.

Pardon, ai-je signé immédiatement, soudain consciente des regards curieux de nos quelques camarades de classe déjà assis.

« Non, a dit Beau en secouant la tête. Je ne t'ai jamais… dire mon nom… »

Répète, ai-je demandé, perplexe.

Il a fallu un moment à Beau pour signer : *C'est la première fois que je t'entends dire mon nom.* Mais il souriait maintenant et n'avait plus l'air d'un cerf pris dans le faisceau des phares. Cela signifiait-il qu'il était… *heureux*, lui aussi ?

Beau a fait un geste vers la lettre d'admission que je tenais serrée dans ma main.

Je me suis soudain souvenue de la raison pour laquelle j'avais couru vers lui.

Sans mot dire, je lui ai tendu le courrier. Il a eu l'air encore plus ravi que Kathleen, si tant est que ce fût possible. J'ai poussé un petit cri quand il m'a serrée dans ses bras, ce qui n'était pas totalement désagréable. Un peu surprenant, certes, mais une fois que je lui avais rendu son étreinte, je n'ai plus eu envie de le lâcher.

J'avais envie de me répandre en rires et non en larmes comme la première fois que je l'avais serré dans mes bras à l'hôpital. J'étais un peu étourdie par son odeur d'épices à la cannelle.

Lorsque les lumières ont clignoté pour signaler le début du cours, nous nous sommes dépêchés de nous asseoir ; j'ai plié la lettre d'admission et l'ai mise à l'abri dans mon sac. On m'a tapoté sur l'épaule tandis que Mme Richardson, penchée sur son ordinateur, essayait d'afficher les notes du jour sur le projecteur.

Beau a signé : *Félicitations*, lorsque je me suis retournée sur mon siège pour lui faire face.

Merci ! ai-je répondu en essayant d'étouffer mes petits rires. *Et toi, tu as eu une lettre de Y-A-L-E ?*

Beau était encore plus soucieux que moi d'entrer dans l'université qu'il visait, alors j'espérais qu'il avait reçu un courrier similaire.

Avec une moue amère, il a secoué la tête en signant : *Pas encore.*

Bientôt, lui ai-je affirmé, et je lui ai serré la main pour le réconforter.

Beau a souri, et avant que je ne puisse me perdre complètement dans ses fossettes, il a fait un signe de tête vers Mme Richardson. Je me suis vite retournée, mais n'ai pas réussi à effacer complètement mon sourire.

Mon bonheur d'être admise à Cartwright ne s'était toujours pas estompé au déjeuner. Communiquer avec Nina a été difficile, parce que je n'arrivais pas à choisir entre utiliser ma voix ou signer ; tout sortait dans un fouillis indescriptible. Kathleen a dû intervenir pour lui annoncer la nouvelle avant de s'excuser pour aller déjeuner à l'extérieur, puis j'ai montré ma lettre d'admission à Nina.

Félicitations ! a signé Nina en me passant le bras autour des épaules. *Merveilleux !*

Je sais, ai-je répondu, joyeuse.

« Est-ce… tu l'as dit à Beau ? » demanda Nina une fois la lettre rangée dans mon sac.

Mon regard s'est automatiquement porté sur Beau, assis à notre table habituelle, à côté de Jackson. Je me suis vite détournée lorsque Jackson, me surprenant à les regarder, m'a fait un de ses clins d'œil déstabilisants.

« Euh, oui, ai-je répondu à Nina. Il se réjouit pour moi, lui aussi. »

Nina et moi avons acheté des sandwichs et une barquette de frites à partager, et nous sommes allées nous asseoir. Je me suis retrouvée en face de Beau – j'étais toujours à côté ou en face de lui – et j'ai été surprise de voir le regard contrarié qui commençait à envahir ses traits. J'avais déjà avalé quelques bouchées de mon sandwich lorsque Jackson s'est penché vers Beau. Ce qu'il a dit n'a fait qu'accentuer le froncement de sourcils de Beau. Je n'ai pu que deviner : « … dérange pas si… » avant de devoir renoncer à essayer de lire sur les lèvres de Jackson.

Préférant me concentrer sur mon sandwich, j'ai attrapé un morceau de laitue flétrie. Je voulais savoir ce que Jackson disait, parce que cela énervait visiblement Beau, mais ce n'étaient vraiment pas mes affaires. Parfois, j'étais trop curieuse pour mon propre bien.

À la moitié de mon sandwich, j'ai vu Jackson se pencher vers moi en me faisant coucou, et j'ai immédiatement jugé cela suspect.

« Je peux t'aider ? » lui ai-je dit après avoir fini ma bouchée.

« … bien sûr, dit Jackson avec un sourire qui se voulait éblouissant. … je me demandais… »

Il n'a même pas eu le temps d'achever sa phrase que Beau l'a interrompu, en signant si rapidement que j'ai marqué un temps d'arrêt.

Répète, ai-je signé par réflexe – je ne pouvais pas l'avoir compris correctement.

Les joues de Beau sont passées du rose vif au rouge flamboyant lorsqu'il a refait les signes qu'il me semblait avoir déjà vus.

Tu me demandes de sortir avec toi ? ai-je demandé, les mots tombant de mes doigts.

Beau a acquiescé, le soulagement se peignant sur ses traits. Je me suis sentie pousser un soupir de soulagement, moi aussi.

Bien, ai-je dit. *La première fois, tu m'as demandé si je voulais divorcer.*

Beau a compris quand je lui ai épelé le mot avec les doigts. Il a écarquillé les yeux : *Non ! Pas ça. Je veux…*

Je me suis penchée sur la table pour lui prendre les mains, et je l'ai aidé à former la lettre *D* avec les doigts. J'ai ensuite rapproché ses deux mains afin que les extrémités de ses doigts se touchent au lieu de s'écarter, comme précédemment.

« C'est comme ça qu'on fait, lui ai-je dit. On réunit, on ne sépare pas. »

« D'accord », a-t-il dit avec un sourire timide.

Lorsqu'il a retiré ses mains des miennes – soudain, je ne voulais plus les lâcher – il a signé : *Tu veux sortir avec moi ?*

Je n'ai même pas pris le temps de réfléchir avant de répondre : *Oui.*

Après un long moment à sourire tous les deux comme des idiots, je me suis souvenue que Nina était assise juste à côté de moi. Nina, qui connaissait assez la langue des signes pour savoir exactement ce qui venait de se passer. Jackson aussi avait sans doute compris en voyant les regards niais que nous échangions, Beau et moi.

Quand j'ai jeté un coup d'œil à Nina, comme un enfant pris la main dans le sac, elle affichait un sourire en coin.

Elle a signé : *Enfin.*

24

Le sourire enjoué de Melissa s'affichait sur l'écran de mon iPad. J'étais assise par terre au milieu de ma chambre, entourée d'un fouillis de vêtements.

Je signais sans arrêt : *Peu importe*, en jetant de côté un chemisier que ma tante Caroline m'avait offert pour mon seizième anniversaire et que je n'avais jamais porté. *Ce que je mets ne compte pas.*

Melissa secouait la tête en signe de désaccord. Elle a répété : *Si !*

J'ai montré à Melissa un pull d'une jolie couleur dorée, et elle a fait une grimace, fronçant le nez.

Il fait froid ici, lui ai-je rappelé.

Je lui avais déjà envoyé une photo de la montagne de neige dans notre jardin.

O-K, a-t-elle fini par signer. *Ça va. Il faut de la couleur.*

Je me suis levée et j'ai ouvert le tiroir du haut de ma commode, fouillant un peu jusqu'à ce que je déniche ce que je cherchais. C'était un bonnet rouge avec une fleur tricotée sur le côté. Je le trouvais mignon, mais je n'avais jamais eu l'occasion de le porter.

Melissa a levé le pouce et signé : *Parfait*, quand je lui ai montré le bonnet.

Faut que je me change, ai-je signé en ramassant mon iPad. *Il va bientôt arriver.*

Melissa m'a fait un signe frénétique pour que je ne raccroche pas après avoir signé : *Au revoir*, et elle m'a dit : *Pas de baiser au premier rendez-vous.*

J'ai aussitôt répliqué, bouche bée : *Jamais !*

J'ai mis fin à l'appel avec Melissa après lui avoir promis de lui donner par texto des nouvelles du rendez-vous. Après m'être changée, avoir enfilé mes bottes et mis mon bonnet le plus joliment possible, je me suis ruée dans la salle de bains pour me brosser les dents. Il était hors de question que j'aborde mon premier rendez-vous avec une mauvaise haleine.

Les lumières du couloir ont commencé à clignoter alors que j'avais encore la bouche pleine de dentifrice ; j'en ai conclu que Beau venait d'arriver. Je suis sortie de la salle de bains aussi vite que possible. Je me suis souvenue in extremis d'enlever mes appareils auditifs et de les ranger dans leur étui sur ma commode avant de descendre en courant. Je ne portais jamais mes appareils quand il pleuvait ou qu'il neigeait. J'ai atteint le bas de l'escalier à bout de souffle, agrippée à la rampe. Comme je m'y étais attendue, Beau était à l'heure, mais j'ai eu la surprise de le trouver sur le canapé à côté de Connor, une figurine de Spider-Man à la main, comme s'il jouait avec mon petit frère depuis des lustres. Je savais que Beau était gentil, mais je n'aurais pas imaginé le voir comme ça avec Connor.

Je ne me rappelais pas un seul moment où je ne m'étais pas sentie férocement protectrice à l'égard de Connor, décidée à être son bouclier dans le monde, mais à cet instant, étonnamment, ce sentiment ne m'est pas venu. Je me tenais là, au pied de l'escalier, à regarder mon petit frère rire et jouer avec Beau, et je ne pouvais que sourire.

La scène était sincère – on ne peut pas se tromper sur le sourire de Beau quand ses fossettes apparaissaient – et je ne savais pas trop comment gérer la variété d'émotions qui se bousculaient en moi.

Maman a eu l'air aussi surprise que moi lorsqu'elle est sortie de la cuisine, une tasse de café à la main, et qu'elle a vu Beau et Connor ensemble.

Tu sors avec B-E-A-U ? a-t-elle signé d'une main en faisant un signe de tête vers le canapé.

Connor avait la mauvaise habitude de répondre quand on sonnait à la porte, et de laisser entrer quiconque se trouvait sous le porche. Il n'était donc pas surprenant qu'il ait devancé Maman cette fois-ci.

Oui, ai-je répondu. *Garçon entendant, je sais, mais…*

Je me suis interrompue parce que Beau m'avait remarquée et qu'il venait de se lever, rendant Spider-Man à Connor.

Salut, a-t-il signé en s'approchant de Maman et moi. *Prête ?*

Oui, ai-je répliqué très vite, m'apprêtant à prendre Beau par le bras et à l'entraîner vers la porte avant que Maman ne nous inflige l'un de ces commentaires parentaux gênants dont elle avait le secret.

Où allez-vous ? a-t-elle demandé avant que je ne puisse prendre la fuite.

Surprise, a répondu Beau, et j'ai de nouveau senti mon ventre tomber en chute libre.

Prêt ? ai-je signé en désignant la porte d'entrée.

Beau a hoché la tête en m'adressant un grand sourire, ce qui, évidemment, n'est pas passé inaperçu auprès de Maman.

Attention, a-t-elle signé en nous accompagnant jusqu'à la porte. *Je veux te voir rentrer s'il se met à neiger trop fort.*

Promis.

Beau avait laissé la voiture en marche, le chauffage à fond. En m'y installant, j'ai donc eu l'impression de me glisser sous une couverture tout juste sortie du sèche-linge.

Quelques rues plus loin, j'ai demandé : « Alors, tu peux me dire où on va maintenant ? »

J'étais sûre que Beau avait prévu une activité en intérieur avec toute cette neige, mais je voulais quand même savoir ce que c'était.

« J'ai dit… surprise », a déclaré Beau, l'air faussement sévère.

« Mais encore ? Je n'aime pas les surprises. »

Attends, m'a signé Beau en profitant d'un feu rouge. *On va s'amuser, promis.*

La conversation a été limitée, en route vers le lieu où il m'emmenait. Il conduisait sans pouvoir me faire face afin que je lise sur ses lèvres, et il ne pouvait pas signer, les mains sur le volant. Plus nous avancions sur notre trajet, plus je me détendais. Beau était pour moi une présence apaisante, il m'était difficile de l'ignorer.

Au bout d'une vingtaine de minutes, nous avons quitté Denver et pris l'autoroute I-70 vers l'ouest. Je ne connaissais pas encore très bien le Colorado, mais j'ai remarqué que nous entrions dans une zone plus montagneuse. La neige recouvrait tout, le ciel était d'un blanc immaculé, et j'ai eu l'impression d'être en route pour Narnia.

Je me suis redressée sur mon siège lorsque Beau a pris une sortie où des panneaux indiquaient un lieu appelé Georgetown.

« Qu'est-ce que c'est, Georgetown ? » ai-je demandé avec intérêt.

Il était impossible de savoir à quoi pensait Beau. Il conduisait prudemment à travers les rues verglacées, sans répondre à ma question. Il nous a fallu encore dix minutes avant de passer sous un grand panneau qui annonçait : « Bienvenue à Georgetown ! »

C'était une petite ville nichée dans les montagnes et qui ne devait pas compter plus d'un millier d'habitants. Il y avait quelques maisons sorties tout droit d'un autre siècle, une poignée de magasins et peut-être un ou deux restaurants dans le centre-ville. C'était mignon et pittoresque avec toute cette neige, mais qu'est-ce qu'on faisait là ?

Beau s'est garé sur un terrain en terre battue derrière un ancien hôtel, et s'est tourné vers moi.

« Qu'est-ce qu'on fabrique ici ? » lui ai-je demandé.

Il s'est détaché en souriant et a ouvert sa portière.

« Tu aimes Noël, non ? »

25

Beau nous avait emmenés sur un marché de Noël à l'ancienne.

Le centre de Georgetown accueillait visiblement ce marché de Noël depuis quelques décennies, et il n'était pas difficile de comprendre pourquoi les rues étaient bondées de gens de toutes sortes, emmitouflés dans des vestes, des bonnets et des écharpes.

La rue principale sortait tout droit d'une carte vintage de Noël. Il y avait des lumières, des guirlandes et des couronnes, ainsi qu'un feu de joie qui ronflait plus haut dans la rue, entouré d'étals proposant des produits faits maison, des objets en bois et des amandes grillées à la cannelle.

Les monticules de neige sur les trottoirs, et la présence d'un homme en costume de saint Nicolas mettaient encore plus d'esprit de Noël dans l'atmosphère. Je me suis arrêtée net en découvrant une chorale de Noël dont les chanteurs, partitions à la main, portaient des costumes victoriens. Une petite foule les entourait.

Beau a posé la main sur mon bras alors que nous étions sur le trottoir à côté du centre d'accueil. *Tu aimes ?* a-t-il signé.

Oui, ai-je répondu honnêtement. *C'est... différent, mais c'est beau. J'aime.*

Beau s'est visiblement détendu. *Bon*, a-t-il signé. *Content.*

« J'aime bien cet endroit, ai-je dit à voix haute. Mais pourquoi tu nous as amenés ici ? » Je n'étais jamais sortie avec un garçon, mais j'étais presque certaine que ce n'était pas un lieu de rendez-vous courant pour des élèves de terminale. Non que j'aie à m'en plaindre, mais…

Beau a froncé les sourcils pour préparer sa réponse. Le voyant fourrer les mains dans ses poches, je me suis redressée, prête à lire sur ses lèvres.

« C'est… ce que je… avec ma mère… il y a longtemps, a-t-il fini par dire, avec un signe de tête pour désigner le marché. … spécial, n'est-ce pas ? Je me suis dit que tu aimerais… sans rapport avec la lycée. »

La seule réponse qui me soit venue a été « Oh ! »

Oh.

C'était seulement la deuxième fois que Beau parlait de sa mère. Je savais que ce n'était pas facile pour lui de l'évoquer, et pourtant il partageait quelque chose comme ça avec moi ? Quelque chose qu'il appréciait vraiment et dont il ne se souciait pas de savoir si c'était ridicule ou si ça ne ressemblait pas à un rendez-vous.

Merci, ai-je signé.

J'ai pensé qu'on serait mieux ici, a-t-il repris, l'air encore anxieux. *Nina m'avait suggéré un cinéma, mais...*

Sachant exactement où il allait en venir, j'ai levé une main pour l'interrompre.

« J'aime bien le cinéma aussi. J'ai juste besoin des sous-titres. Mais sérieusement, Beau, c'est merveilleux ici. Je suis contente. »

Pareil, a approuvé Beau, le visage fendu d'un sourire. « Allons-y, alors. »

Nous avons commencé par longer le côté gauche de la grande rue, en admirant les jolies boutiques à l'ancienne qui vendaient des articles de Noël et des antiquités. Il y avait quelques galeries de photographies naturalistes, des boutiques de vêtements, des librairies et une vieille supérette encore dans son jus. Le marché de Noël de Georgetown avait perfectionné l'art de vous faire remonter le temps.

Beau nous a offert un tour en calèche dans la ville, ce qui a encore renforcé l'ambiance festive. Une jeune fille en manteau et bonnet rose vif s'est levée et a commencé à nous raconter l'histoire de Georgetown pendant que deux Clydesdales[8] nous promenaient à travers la ville – c'est du moins ce que Beau m'a expliqué. Il essayait d'interpréter ce qu'elle disait, mais elle parlait trop vite pour qu'il puisse suivre.

Pas grave, ai-je signé. Puis, sans même y penser, je lui ai pris la main. Beau ne m'a pas lâchée.

Ses doigts longs, fins et chauds sous la couverture de laine jetée sur nos genoux, traçaient un motif au hasard sur le dos de ma main. Mon cœur a enchaîné quelques battements erratiques, et respirer correctement a soudain été une lutte.

Mes mains étaient probablement la partie la plus importante de mon corps, car je les utilisais tous les jours pour communiquer. Mais étrangement, personne ne semblait y prêter attention, se

8. Race de chevaux de trait.

concentrant sur les signes que j'effectuais, plus que sur les mains que j'utilisais pour les tracer.

J'ai tourné la main, laissant les doigts de Beau se poser sur ma paume. Ma peau était chaude contre la sienne. Comme lorsqu'il m'avait serrée dans ses bras en classe, relâcher sa main et rompre le contact était la dernière chose que je voulais faire.

Je crois que j'ai arrêté de respirer quand Beau a entrecroisé ses doigts avec les miens. J'ai dû faire un effort pour lever les yeux vers lui. Il regardait droit devant, comme s'il se contentait de regarder défiler les maisons, mais son sourire ne trompait pas.

La promenade en calèche s'est terminée lorsque nous sommes revenus devant le sapin géant recouvert de lumières de Noël à côté de la place du marché. Pendant quelques brèves secondes, Beau m'a lâché la main pour m'aider à descendre, mais une fois que j'ai posé les pieds avec précaution sur le sol enneigé, ma main s'est à nouveau retrouvée dans la sienne. Je ne pouvais pas m'empêcher de sourire à mon tour.

Nous nous sommes rendu au marché, où nous avons essayé plusieurs bonnets et écharpes, et Beau nous a acheté du cidre chaud et un sachet d'amandes grillées à la cannelle. Il s'est mis à neiger. Blottis l'un contre l'autre près du feu de joie, nous sirotions notre cidre chaud, les amandes fourrées dans nos poches de veste.

C'est beau, ai-je répété en désignant le ciel.

Beau a tenté de cacher son grand sourire en prenant une gorgée de cidre chaud.

« Quoi ? lui ai-je demandé. Ça veut dire quoi, cet air-là ? »

« Rien. Je suis juste... »

Il a conclu sa phrase en signant : *Heureux*.

Pareil, ai-je répondu. *Heureuse*.

Les journées étant brèves à cette époque de l'année, la nuit est tombée, et le marché a commencé à fermer. Beau m'a fait traverser la rue pour entrer dans un restaurant portant le nom de « Café Troia », où nous avons dîné de pâtes et de boulettes de viande. Il était encore tôt.

J'avais la bouche pleine de nouilles lorsque Beau a signé : *Ensuite, on prend le train.*

Pardon ? ai-je répondu.

« Le train… a dit Beau à voix haute. Il grimpe… montagne. Lumières de Noël… »

Il a extirpé de sa poche une feuille de papier qu'il m'a passée. C'était un billet aux couleurs vives, qu'il avait imprimé : deux places pour le « Chemin de fer de la boucle de Georgetown », à bord du train du père Noël, pour traverser la forêt illuminée.

« C'est pour les enfants, non ? » ai-je dit à Beau en lui rendant le billet.

À ma grande surprise, il a acquiescé. *J'ai 1-8 ans*, a-t-il signé en se montrant du doigt avec un sourire. *Mais je me sens très gamin.*

Pareil, ai-je signé, heureuse de son espièglerie. Je n'avais pas l'occasion de voir cet aspect de lui au lycée, et j'aimais ça.

Je n'ai pas été surprise, cette fois, de tenir à nouveau la main de Beau en retournant à sa voiture après le dîner, mais cela continuait à me donner l'impression de fondre dans un désordre étourdissant. C'est étrange ce qu'un garçon peut vous faire ressentir.

Il nous a fallu traverser le reste de Georgetown – qui ne comptait que quelques rues de plus – pour arriver au chemin de fer. Beau nous a conduits au sommet d'une petite colline. Les lumières de la ville scintillaient. Je me suis retournée sur mon siège pour mémoriser le spectacle. Tout était enchanteur dans cette ancienne bourgade minière cachée au milieu des montagnes.

La petite gare était aussi bondée que l'avait été le marché de Noël, remplie d'enfants qui se régalaient de chocolat chaud et de biscuits au sucre. Je me suis emparée de quelques biscuits sur la table réservée aux visiteurs ayant réglé leurs places, et j'ai glissé mon bras sous celui de Beau alors que nous faisions la queue pour monter dans le train.

Un homme en uniforme de conducteur a pris nos tickets. Nous avons trouvé des places dans la deuxième voiture, à l'arrière. Le wagon était chauffé, mais je me suis quand même assise tout contre Beau, faisant semblant d'avoir besoin de me réchauffer.

Les pins enneigés défilaient sous mes yeux au fil de la boucle parcourue par le train du père Noël, et j'apercevais même la lueur ténue de la lune cachée derrière une couche de nuages. Les enfants se sont bien amusés quand le père Noël est apparu dans son costume et son bonnet rouges, et qu'il a commencé à distribuer des friandises.

« Tu prenais le train avec ta mère, aussi ? » ai-je demandé à brûle-pourpoint.

Oui, m'a répondu Beau. *Je m'amusais bien.*

Cool, ai-je signé avec un grand sourire.

Il y a eu un moment de chaos lorsque les lumières de la voiture se sont subitement éteintes : c'est que nous arrivions au clou du spectacle, avec les illuminations de Noël. Je me suis rapprochée de la fenêtre pour mieux voir les scènes sophistiquées qui s'offraient à nous : l'atelier du père Noël, une maison en pain d'épices et même quelques personnages de Star Wars, le tout entièrement constitué de lumières. Ces éclairages baignaient la neige environnante dans une multitude de couleurs – ce qui était déjà un spectacle en soi.

Fascinée par toutes les lumières, désireuse d'en voir plus, j'ai mis du temps à me rendre compte que Beau me tapotait le genou.

« Pardon. Quoi ? » ai-je dit en me tournant vers lui.

La voiture n'étant éclairée que par les reflets des lumières extérieures, je distinguais trop mal le visage de Beau pour pouvoir lire sur ses lèvres ce qu'il était en train de me dire.

J'ai signé : *Je ne comprends pas*, en secouant la tête, mais Beau ne semblait pas très bien me voir, lui non plus. Je me suis éloignée de la fenêtre pour me rapprocher de Beau, de plus en plus agacée par la complexité de cette conversation. Ils n'auraient pas pu laisser au moins une lumière allumée dans cette voiture ?

« Je ne comprends pas ce que tu dis », ai-je dit à Beau d'un air penaud.

J'ai vu Beau lever la main et j'ai cru qu'il allait essayer de me faire un signe, mais il a mis un doigt sur ses lèvres, le signe universel pour dire « chut ». Je devais parler trop fort. Cela m'arrivait souvent : comment deviner mon volume sonore ?

« Beau, qu'est-ce que… ? »

Beau se penchait plus près de moi comme s'il essayait de lire sur mes lèvres à son tour, mais son expression était différente. Je m'attendais à ce qu'il essaie de me reparler, à voix haute ou par signes, mais cela ne s'est jamais produit. Il n'y avait plus qu'un souffle d'espace entre nous et, je ne sais pourquoi, je n'ai compris que Beau allait m'embrasser que lorsqu'il a pressé ses lèvres contre les miennes.

Pendant une seconde, je suis restée là, comme un poisson hors de l'eau, sans savoir ce que j'étais censée faire. C'était mon premier baiser, ici, à bord d'un train dont la pénombre était éclairée par les lumières de Noël. Que devais-je faire avec mes mains ? Avec mon visage ?

Puis mon cerveau a commencé à fondre, et il m'a été impossible de réfléchir lorsque les doigts de Beau ont effleuré ma joue et atteint ma nuque pour incliner mon visage vers le sien. D'instinct, j'ai plongé les doigts dans sa veste pour le rapprocher.

J'ai senti son rire contre mes lèvres, et j'ai eu envie de rire moi aussi, me demandant comment nous en étions arrivés là. Si quelqu'un m'avait demandé il y a quelques mois ce que je pensais de Beau, j'aurais répondu que je ne voulais rien avoir à faire avec lui ou ses piles de livres. Et maintenant, je me disais que Beau aurait dû m'embrasser il y a bien longtemps.

Lorsque nous nous sommes enfin séparés, les lumières du train s'étaient rallumées. Je voyais Beau clairement maintenant, et je voulais mémoriser son regard incroyablement joyeux.

J'ai été la première à parler, ou plutôt à signer. Je n'ai réussi qu'à tracer un mot tremblant : *Pourquoi ?*

Beau a désigné le plafond du train. En levant les yeux, j'ai découvert un petit bouquet de gui suspendu au-dessus de nous. Quel cliché !

« Si niais », ai-je dit dans un souffle.

Peut-être, a signé Beau en affichant un sourire malicieux. « Mais… j'avais besoin… encouragement. »

Pourquoi ? ai-je répété.

Je suis amoureux de toi, a signé Beau avec une aisance parfaite.

Une phrase simple qu'il a signée comme s'il n'avait jamais eu autant confiance en lui.

Pareil, ai-je répondu sans la moindre hésitation.

J'ignorais où et comment tout ceci avait débuté, mais un garçon entendant avait des sentiments pour moi. Plus surprenant encore, c'était réciproque.

26

J'avais à peine franchi le seuil de la maison ce mardi après-midi, trois jours après mon rendez-vous avec Beau, quand mon téléphone s'est mis à vibrer dans ma poche de veste, la lumière clignotant en même temps.

Je m'attendais à un texto, pas un appel FaceTime, et j'ai été surprise de lire « APPEL EN COURS – BEAU WATSON » sur l'écran. Nous nous étions contentés de textos dans les quelques jours qui avaient suivi notre rendez-vous, mais surtout, nous nous étions quittés à peine un quart d'heure plus tôt.

Qui est-ce ? a signé Maman qui se dirigeait vers la cuisine.

Au lieu de lui répondre, j'ai appuyé sur le bouton vert, et Beau est apparu une seconde plus tard. J'ai ouvert la bouche pour le saluer, mais son expression m'a cloué le bec : il avait l'air paniqué, les traits tendus et la posture rigide.

Qu'est-ce qui ne va pas ? ai-je demandé.

Au lieu d'une réponse signée, Beau a brandi une large enveloppe couleur crème, marquée, en haut à gauche, de l'impressionnant blason de l'université de Yale.

Pas étonnant que Beau ait l'air d'être sur le point de se trouver mal. C'était la réponse qu'il attendait pratiquement depuis des années. Ce qu'il considérait comme la clé de son avenir était là, entre ses mains.

Je me suis empressé de dire : « Ben alors ! Pourquoi tu ne l'as pas encore ouverte ? »

Je t'attendais, a signé Beau d'une main, en posant l'enveloppe.

« C'est gentil, vraiment, mais ouvre-la ! »

Les épaules de Beau se sont soulevées puis affaissées tandis qu'il reprenait l'enveloppe. Les mains tremblantes, il l'a ouverte et en a fait tomber le contenu en la secouant. Quelques brochures se sont échappées, ainsi qu'un papier épais et officiel.

« Qu'est-ce que ça raconte ? » ai-je fini par demander, le silence de Beau s'éternisant.

Son regard courait sur le papier au fil de sa lecture, mais je n'avais aucune idée de ce qu'il pensait : sa mine était impénétrable. Mon cœur chavirait à mesure que le silence durait. « … j'ai… » a-t-il fini par dire en levant les yeux du courrier.

Répète, ai-je signé en fronçant les sourcils.

Je suppose que Beau ne savait pas comment traduire en signes le contenu de la lettre, alors il a simplement signé : *Oui*.

« Tu es admis ? » ai-je demandé, assez fort pour que Maman passe la tête dans le salon, curieuse.

Oui, a répété Beau, d'un mouvement léthargique.

« Beau, c'est génial ! » me suis-je exclamée en signant : *Yeah !* en même temps. « Tu n'es pas heureux ? Sois heureux ! »

Beau a esquissé un petit sourire forcé, mais il n'a rien signé.

« Tu… Tu es heureux, non ? »

Quelque chose m'a empêchée de le croire quand il a répondu par l'affirmative.

Eh, ai-je repris. Quand il a levé les yeux de la lettre pour me regarder, j'ai signé : *Je suis fière de toi.*

Voilà qui lui a arraché un vrai sourire, et j'ai commencé à me détendre. Peut-être Beau digérait-il les choses différemment. Il devait exulter à l'idée d'être admis, seulement il ne savait pas comment l'exprimer. C'était une nouvelle majeure pour lui.

Merci, a-t-il repris, son sourire s'accentuant. *Je…*

S'interrompant au milieu d'un signe, il s'est redressé : un homme apparaissait dans le champ de l'écran. J'ai immédiatement reconnu le Dr Watson. Celui-ci n'a pas eu l'air de remarquer que j'étais au téléphone avec son fils. Il tendait le bras vers les documents de Yale éparpillés sur le comptoir.

Ça va ? ai-je demandé à Beau en montrant du doigt le Dr Watson.

Beau a vite hoché la tête, signé : *À plus tard*, et coupé FaceTime.

Je suis entrée dans la cuisine, encore un peu étourdie, et j'ai laissé mon téléphone sur le comptoir pour aider Maman à préparer le dîner.

Ça va ? a-t-elle signé quand je l'ai rejointe devant l'évier où elle lavait quelques légumes.

Oui, ai-je répondu. « C'était Beau. Il vient de recevoir sa lettre d'admission à Yale. »

Waouh, a signé Maman d'une seule main. *Cool.*

Elle était concentrée sur les légumes, les épaules tendues, les gestes brefs et saccadés. Il ne m'a pas fallu plus d'une seconde pour comprendre qu'elle était sérieusement stressée. Et elle n'était pas souvent comme ça, seulement quand les choses l'accablaient vraiment. Je m'en suis voulu sur-le-champ de ne pas en faire davantage pour l'aider.

Maman me disait toujours de me concentrer sur les cours, mais je ne pouvais ignorer tout ce qui se passait à la maison. Connor était encore en convalescence, nécessitant plus d'attention et de soins que d'habitude. Maman et moi avions fait des efforts supplémentaires en ce sens – du moins, j'espérais avoir fait des efforts supplémentaires.

J'étais encore en train de réfléchir à tout cela quand Maman m'a demandé d'aller chercher les poivrons qu'elle avait oublié de sortir du frigo. Une chose était encore plus évidente que le stress de Maman : le réfrigérateur n'était pas aussi plein que d'habitude. Plus j'y réfléchissais, plus j'avais du mal à me rappeler quand Maman avait fait les courses pour la dernière fois.

J'ai pris des poivrons dans le bac à légumes, je suis allée les rincer dans l'évier, puis j'ai attrapé une planche à découper. J'ai dû écarter une pile de courrier du comptoir pour y caser la planche et je me suis figée en découvrant la facture dépliée des soins à domicile Spring Meadows. Le montant indiqué à côté de la date d'échéance, la semaine suivante, m'a laissée bouche bée.

C'est presque pareil qu'une facture d'hôpital, ai-je pensé, l'esprit en ébullition, en émincant soigneusement un poivron. Le genre de facture d'hôpital qu'on mettait des mois à rembourser.

Nous les collectionnions à cause des hospitalisations prolongées dont Connor avait besoin régulièrement. Et Maman travaillait pour une bonne entreprise et avait une assurance maladie correcte. Mais même du haut de mes dix-sept ans, je savais qu'une facture pareille était tout simplement ahurissante.

Il fallait que je me mette à chercher un emploi. C'était le moment ou jamais de commencer à assumer ma part.

Le lendemain matin, quand je suis entrée dans le cours de statistiques, j'ai vu Beau assis à sa place habituelle, avec son sourire radieux. Je l'ai observé en traversant la classe pour gagner ma place. J'essayais de déterminer si son sourire était sincère ou non.

Il s'est redressé lorsque je me suis assise et il a signé : *Bonjour.*

Salut, lui ai-je répondu. *Ça va ? Hier…*

Beau m'a interrompue en signant : *Non, ça va.*

Sûr ? ai-je insisté, sceptique.

Promis.

J'ai laissé tomber en haussant les épaules et j'ai sorti mes devoirs, prête à attaquer le cours. Les examens avaient lieu la semaine suivante, et nous révisions au lieu d'aborder de nouveaux sujets. J'avais déjà assez de mal à me concentrer, avec Beau assis juste derrière moi.

Plus tard, Nina s'est précipitée vers nous dans le couloir alors que nous nous dirigions vers le cours d'histoire américaine. Elle a saisi Beau par le bras, parlant à un rythme effréné. Je suis restée là à regarder ce dialogue, où j'ai saisi plus d'une fois le mot « Yale ».

Beau a fini par se tourner vers moi : « Nous... fête... chez moi ce soir. »

O-K, ai-je signé avec un petit sourire.

Tu viendras ? a-t-il demandé, une lueur d'espoir dans les yeux.

Promis.

Tandis que nous poursuivions notre chemin vers la salle de cours, Nina avait un regard entendu, et il m'a semblé qu'elle ne tarderait pas à nous harceler, Beau et moi, sur la nature de notre relation.

Ce ne serait peut-être pas si mal, parce que je n'avais aucune idée de la situation actuelle entre Beau et moi, et que j'aurais beaucoup aimé savoir ce qu'il en pensait à ce moment-là.

Après m'être garée devant chez Beau, je suis restée assise un bon moment pour essayer de me ressaisir. De nombreuses voitures étaient alignées le long du trottoir et dans l'allée ; j'en ai déduit qu'il ne s'agissait pas d'une simple petite soirée.

Mais j'avais dit à Beau que je viendrais, et je voulais tenir parole. Même si ce que nous étions n'avait pas de nom, il avait jubilé à la nouvelle de mon admission à l'université, et le moins que je puisse faire était de témoigner le même enthousiasme envers la sienne. Et, quels que soient les sentiments de Beau, il s'agissait de Yale, d'une institution de l'Ivy League. L'événement méritait d'être célébré.

Je me suis dirigée vers la maison, mains dans les poches, tête baissée pour résister au froid. Lorsque j'ai atteint la porte, je n'ai même pas eu le temps de frapper qu'elle s'est ouvert. Beau se tenait dans l'embrasure. Ses traits manifestaient quelque chose comme du soulagement lorsqu'il m'a fait entrer.

Qu'est-ce qui ne va pas ? ai-je demandé machinalement, mais il a balayé ma question d'un signe de main et signé : *Rien.*

J'ai dû enlever mes chaussures et accrocher ma veste dans la penderie avant de suivre Beau dans le salon où se déroulait la fête. La maison n'avait guère changé depuis ma visite à la veille de l'examen de mi-semestre, mais Dana avait dû mettre de l'huile de coude pour que tout brille encore un peu plus.

En découvrant le nombre de convives présents dans le salon, j'ai eu envie de me cacher derrière Beau pour me protéger des regards.

Tous ces invités qui conversaient au coin du feu, les adultes qui discutaient autour d'un verre de vin, les délicieux apéritifs disposés sur la table basse constituaient un tableau des plus chic.

Je me suis sentie très mal fagotée dans mon jean et mon t-shirt quand j'ai aperçu deux filles que je connaissais, des membres du bureau des élèves, en jupe et chemisier. Le seul point de réconfort – à part le fait de pouvoir côtoyer Beau de si près – était la présence de Nina. Bon, il fallait qu'elle soit en train de discuter avec Jackson, mais au moins elle était là.

Ne t'inquiète pas, m'a signé Beau quand il m'a vue me mordre la lèvre. *Ces gens sont gentils.*

C'était délicat de sa part d'essayer de me rassurer, mais j'avais des doutes là-dessus, surtout quand j'ai saisi le regard que le Dr Watson nous a décoché quand il a vu Beau en train de me parler par signes.

Un homme s'est approché de nous alors que j'envisageais d'éloigner Nina de Jackson pour bavarder avec elle. Il ressemblait beaucoup au Dr Watson, à l'exception des cheveux grisonnants ; j'ai donc parié qu'il s'agissait d'un membre de la famille de Beau.

Mon oncle, a signé Beau tandis que nous nous serrions la main. *E-D-D-I-E.*

« Enchantée », ai-je dit, espérant qu'il ne remarquerait pas la moiteur de ma paume.

L'oncle Eddie a montré son oreille du doigt : « ... sourde ? »

J'ai acquiescé, me forçant à croiser son regard et à ne pas m'enfuir devant l'intensité du regard du Dr Watson.

« Cool », m'a dit Eddie avec un grand sourire, et il s'en est tenu là. J'ai apprécié.

Beau m'a ensuite présenté deux autres membres de la famille. Sa tante Paula, l'épouse d'Eddie, m'a paru gentille à sa manière de sourire et de me serrer la main. Puis leur fille, Lacey, qui n'a pas pris la peine de me saluer et s'est contentée de me faire un geste vague de la main.

Tous les autres invités étaient, je le savais, des amis ou des membres du bureau des élèves d'Engelmann, ce qui rendait les présentations inutiles. Mais ce soir, Beau était le roi de la fête ; il n'était donc pas surprenant que la plupart des regards se tournent vers lui. Ce n'était pas si différent que de me tenir à côté de lui au lycée.

Tu veux manger ? a signé Beau en me montrant les apéritifs posés sur la table basse.

Oui, merci, ai-je signé.

J'ai décidé de me goinfrer pendant que les conversations allaient bon train. Je ne faisais pas vraiment attention à ce que je mangeais, mais je profitais de cette distraction. Les invités se pressaient autour de Beau pour le féliciter de son admission à Yale. Ce n'était pas le genre de discussion que je tenais à lire sur les lèvres.

Beau a à peine remarqué que je signais : *Je vais boire*, en lui montrant la cuisine, parce qu'un collègue du Dr Watson lui parlait sans s'arrêter. Je me suis éclipsée avant qu'il ne puisse répondre. J'ai eu l'agréable surprise de croiser Dana dans la cuisine où elle préparait d'autres apéritifs pour les invités ; je lui ai dit « Bonjour » à haute voix.

Dana s'est figée à ma vue et a laissé tomber les chips qu'elle était en train de disposer. Elle s'est essuyé les mains sur son tablier avant de venir me serrer dans ses bras. Le geste m'a surprise, sans trop me déranger.

« Contente de te voir », a dit Dana en me relâchant après m'avoir effleuré la joue d'une caresse. Puis elle a signé : *Comment vas-tu ?*

« C'est Beau qui vous a appris la langue des signes ? » ai-je demandé avec un petit sourire.

Oui, a répondu Dana, et elle s'est mise à rire. « Beau parle beaucoup de toi. »

Il n'était pas difficile de remplir les blancs dans ce que disait Dana. Tout comme il n'était pas difficile de me faire rougir, apparemment. Est-ce que Beau parlait souvent de moi quand je n'étais pas là ? (En fait, dès que je ne le regardais pas, il pouvait parler de moi, car je n'entendais jamais rien de ce qu'il disait.)

Dana m'a comprise quand j'ai signé : *J'aimerais boire de l'eau*, et elle est allée chercher une bouteille dans le frigo. J'ai dévissé le bouchon et bu quelques gorgées en regardant la fête qui se déroulait dans le salon. Nina formait à présent un groupe avec Beau et quelques autres membres du bureau des élèves. Elle m'a repérée une seconde plus tard et, souriante, m'a fait signe de les rejoindre.

Je l'aide, ai-je répondu en montrant Dana.

C'était peut-être un petit mensonge, mais Dana n'allait sans doute pas refuser mon coup de main pour préparer un autre plateau de nourriture.

J'avais un œil sur la fête pendant que j'aidais Dana à disposer des légumes, du houmous et autres sauces. Il était impossible d'ignorer la façon dont le Dr Watson plastronnait à quelques mètres de Beau, fier comme un coq. Chaque fois que quelqu'un regardait dans sa direction, il tapait sur l'épaule de Beau, l'air de dire : « Ça, c'est mon fils. »

Beau était conscient du comportement de son père ; ses lèvres se pinçaient et ses yeux se plissaient dès qu'il regardait le Dr Watson. Je me suis demandé pourquoi personne d'autre ne semblait remarquer son malaise, mais j'ai pris conscience que personne ne prêtait attention à Beau comme je le faisais.

« Vous croyez qu'il est heureux ? » ai-je lâché en regardant Dana.

Dana, qui remplissait une coupelle de houmous, s'est arrêtée, perplexe. « Qui ? »

« Beau, dis-je en faisant un signe de tête vers le salon. Vous pensez qu'il est vraiment content d'être admis à Yale ? » Ce n'était pas la première fois que cette pensée me traversait l'esprit, mais c'était la première fois que je la formulais à voix haute. Cette fête était censée célébrer le grand succès de Beau et pourtant, il avait l'air de souhaiter être n'importe où ailleurs.

Le sourire perpétuel de Dana s'est éteint lorsqu'elle a jeté un coup d'œil à Beau. Je crois qu'elle était déjà parvenue à la même conclusion que moi.

« ... je ne sais pas, a-t-elle fini par me dire. J'espère. »

« Moi aussi », ai-je songé.

Lorsque nous avons fini de préparer les plateaux et que nous les avons apportés au salon, le Dr Watson en a profité pour solliciter l'attention générale, un nouveau verre de vin à la main – clairement décidé à porter un toast.

Je me suis glissée à côté de Nina, ce qui m'a offert un point de vue parfait pour m'apprêter à lire sur les lèvres du Dr Watson. J'y ai mis toutes mes facultés de concentration, et parce que le Dr Watson semblait être un brillant orateur, j'ai pu deviner l'essentiel de son propos. Je ne parvenais pas à diviser mon attention entre la lecture sur ses lèvres et l'observation des réactions de Beau, mais j'ai bien vu l'expression de ce dernier lorsque le Dr Watson a dit que son fils allait faire sa fierté en suivant ses traces et en étudiant la médecine.

J'ai fait tout ce que j'ai pu pour ne pas sursauter à ces mots.

Beau, en médecine ? Pas possible.

Enfin, Beau était si avenant qu'il ferait sûrement un grand chirurgien pédiatrique comme son père, mais ça ne semblait pas être sa voie. Je l'avais toujours imaginé allant à l'université pour y satisfaire sa passion des livres.

Mais Beau a affiché un sourire forcé pendant que les gens l'applaudissaient, et trente secondes plus tard, quand nos regards se sont croisés, il s'est excusé en signant : *Toilettes*.

Nina m'a impliquée dans la conversation à ce moment-là, si bien que je n'ai pas eu l'occasion de faire quoi que ce soit d'autre à part me demander ce qui pouvait bien arriver à Beau.

27

Il m'a été facile de fausser compagnie à mes interlocuteurs au bout de dix minutes, quand j'ai constaté que Beau ne revenait pas. J'ai signé à Nina que j'allais aux toilettes. C'était étrange que personne d'autre ne se soucie de savoir où Beau était passé, mais j'étais ravie de partir à sa recherche.

Au rez-de-chaussée, il n'y avait pas grand-chose d'autre que ce qui m'a semblé être le bureau du Dr Watson, une chambre d'invités, et une salle de bains ; Beau ne s'y trouvait pas. J'ai éprouvé une certaine angoisse à monter l'escalier sur la pointe des pieds, mais le désir de localiser Beau et de m'assurer qu'il allait bien était plus fort que tout.

À l'étage, il y avait d'autres chambres et salles de bains, décorées dans le même style que le reste de la maison ; l'une d'elles était forcément celle de Beau. Au lieu de l'appeler partout à haute voix, j'ai pris le risque d'entrer dans la chambre la plus proche de l'escalier et d'y jeter un coup d'œil.

C'était la chambre de Beau, sans aucun doute, et presque exactement telle que je l'avais imaginée. Deux étagères parfaites, qui semblaient provenir tout droit d'une université, occupaient presque tout l'espace. Des livres étaient éparpillés sur toute la surface du lit, cette fois des ouvrages scolaires plutôt que des romans. À côté du lit se trouvait un bureau impeccablement organisé, avec un ordinateur ouvert et divers devoirs.

Beau était assis à son bureau, penché en avant, le menton dans la main ; ses papiers d'inscription à Yale se trouvaient étalés devant lui. Je ne voyais qu'une partie de son visage depuis mon poste d'observation sur le seuil, mais j'étais presque sûre qu'il fronçait les sourcils.

J'ai frappé sur le montant de la porte, et Beau a fait volte-face dans sa chaise de bureau. Il a eu l'air stupéfait de me voir.

Désolé, a-t-il signé à la hâte.

C'est bon, ai-je répondu, puis j'ai ajouté : « Je peux entrer ? »

Beau a acquiescé, et je me suis assise en face de lui sur le lit.

« Alors, ai-je dit après un instant de silence tendu. Quand est-ce que tu vas dire à ton père que tu ne veux pas aller à Yale ? »

Je m'attendais à le voir rougir ; ça n'a pas été le cas. Il a haussé les sourcils, dont un en coin.

« ... se voit ? » a-t-il dit.

Facile à lire, ai-je signé en le désignant du doigt.

L'espace d'une seconde, le sourire de Beau s'est accentué avant de disparaître tout à fait. Il s'est calé en arrière sur son siège et s'est passé les doigts dans les cheveux. C'était étrange de le voir si abattu. Il ne laissait jamais quiconque le voir dans cet état au lycée.

Mais ici, il n'avait pas à jouer la comédie.

Pas de problème avec Y-A-L-E, a-t-il soudain signé, ses épaules se levant puis s'affaissant au rythme d'un lourd soupir. *C'est une bonne université*. Puis il a dit à voix haute : « Mais... veux pas... médecine. »

« Ouais, je m'en suis doutée, ai-je dit. Alors qu'est-ce que tu veux faire ? »

Beau a désigné d'un geste ce qui se trouvait derrière moi, et j'ai jeté un coup d'œil à ses étagères, avant de me retourner vers lui. Il a dit : « ... étudier... » puis il a épelé avec ses doigts : *L-I-T-T-É-R-A-T-U-R-E*.

Cette réponse était tellement typique de Beau qu'elle m'a fait sourire.

Tu ferais un bon professeur, ai-je signé.

Peut-être. Je ne sais pas.

Il a désigné toute sa chambre d'un geste du bras : « Mais... veux pas... troquer mes livres contre... »

« Une école de médecine ? » ai-je suggéré, et il a acquiescé.

Je pouvais comprendre ça, même si la médecine était mon objectif à moi.

Tu vas le dire à ton père ? ai-je demandé avec curiosité.

Il a fait la grimace et secoué la tête aussitôt. Cette idée semblait le révulser.

Je n'ai rien dit ni signé, attendant que Beau réponde à son rythme. Il y avait forcément quelque chose derrière son refus d'être franc avec son père.

« ... ne peux pas », a-t-il fini par dire, et avant même que j'aie pu demander pourquoi, il s'est levé pour se diriger d'une démarche incertaine vers sa bibliothèque.

Quand il s'est rassis sur le lit à côté de moi, il tenait un petit cadre qu'il m'a tendu. Je me suis mordu la lèvre pour réprimer un sourire en regardant la photo. C'était Beau, à l'âge de sept ou huit ans peut-être, avec une femme qui était de toute évidence sa mère. Très jolie, le sourire radieux, elle avait de longs cheveux bruns qui ondulaient en vagues ravissantes autour de son visage. Beau tenait d'elle ses yeux verts brillants.

C'est ta mère ? ai-je demandé en lui rendant la photo.

Oui, a répondu Beau. Ses yeux étaient un peu plus brillants que d'ordinaire quand il a déposé la photo, face cachée, sur son oreiller. « C'est ma faute si elle est morte. »

J'ai eu un blanc. Je n'arrivais plus à dire ou à signer quoi que ce soit. Mais si j'avais de la difficulté à assembler des mots, ce n'était pas le cas de Beau. Il était lancé et je n'allais pas l'arrêter.

Il a levé un doigt, me signalant d'attendre une seconde, puis il s'est penché pour remonter avec précaution la jambe droite de son pantalon. Je me suis baissée pour examiner de près cette cicatrice, et aussitôt, j'ai presque regretté de l'avoir fait.

Une fois sa jambe de pantalon roulée jusqu'au genou, il s'est mis à signer : *Voiture*. Puis il a épelé : *A-C-C-I-D-E-N-T*.

Cassée, a-t-il ajouté en tapotant sur le côté de sa jambe. *À trois endroits. Mauvais. Nombreuses O-P-É-R-A-T-I-O-N-S*. Il a terminé tout haut : « J'ai passé... temps... l'hôpital. »

Je me suis brusquement rappelé ce jour où Connor était hospitalisé, et où j'avais trouvé Beau dans la salle d'attente en pleine discussion avec une infirmière. Il avait effectivement dû passer beaucoup de temps à l'hôpital pour garder des liens amicaux avec les infirmières.

Quand Beau a ensuite signé : *Ma mère*, la main parcourue d'un tremblement, j'ai eu le souffle coupé. J'espérais me tromper sur le signe suivant qu'il allait tracer. Je savais qu'il allait arriver, et pourtant une onde de tristesse m'a suffoquée quand Beau a ajouté : *Morte*.

Beau et sa mère avaient eu un accident de voiture. À part sa jambe, Beau s'en était relativement bien sorti. Sa mère, non.

Mon moyen de communication préféré était la langue des signes, et heureusement, parce que je n'aurais pas pu me faire confiance pour parler. Mais me contenter du signe : *Désolée*, m'a paru insuffisant.

Beau a répondu : *C'est bon*, alors que, clairement, ça ne l'était pas.

Vraiment, ai-je ajouté.

Que dire de plus ?

« C'est pour ça que tu, euh... dans le froid, tu as du mal à marcher ? À cause de ta jambe. Tu t'assieds toujours la jambe étendue devant toi, aussi. »

Maman s'était cassé le poignet lors d'un match de tennis pendant un barbecue d'entreprise dans le New Jersey, et elle se plaignait toujours de la douleur aiguë que provoquait le froid. Si Beau avait subi des opérations en plus des fractures, ça ne devait pas aider du tout.

Beau a acquiescé : « ... barre... mon tibia. Nina... me dit... prendre médicaments pour... mais... rappelle jamais. »

Voilà pourquoi Nina avait eu l'air si agacée le jour où nous révisions au café, me suis-je dit.

« OK, ai-je repris, mais je ne vois pas en quoi ça te rend responsable de la mort de ta maman. »

Beau a balayé mes paroles d'un geste comme si elles ne comptaient pour rien. *J'avais entraînement de foot. Tard. J'ai voulu que Maman m'y conduise...*

J'ai levé la main pour arrêter Beau avant qu'il ait fini de signer. Je n'avais pas besoin de la suite, je la devinais parfaitement.

« Non. Pas du tout. Ce n'est pas du tout ta faute, Beau. »

« Mais... »

« Si tu penses que ton père t'en veut pour cet accident, et que c'est le moyen de te rattraper envers lui, arrête tout de suite. »

Beau en est resté bouche bée, la stupeur peinte sur ses traits. « Mais... ne pas... »

« Tu te rappelles, le jour de la rentrée, quand tu as été tellement surpris que je sache parler ? »

Beau a esquissé un hochement de tête. Il n'avait pas l'air si heureux de ce souvenir de ce moment particulier.

« Eh bien, je sais parler parce que je ne suis pas née sourde. Je le suis devenue à treize ans, à cause d'une maladie. »

Ce n'était plus une histoire triste à raconter. C'étaient juste les faits, et même à cet instant, je ne pensais pas avoir envie de revenir en arrière et de modifier la réalité. Tout finissait par s'arranger.

Qu'est-ce qui s'est passé ? a signé Beau avec curiosité.

« Une méningite. Je l'ai attrapée en rendant visite à ma grand-mère en Louisiane. Ça aurait pu arriver à n'importe qui, et en fait, j'ai beaucoup de chance de m'en être tirée avec seulement la perte de l'ouïe. Ça aurait pu être bien pire. Mais tu sais quoi ? Ma mère s'en est voulu. Elle a pensé que c'était entièrement sa faute parce que c'est elle qui m'avait laissée partir pour ce voyage, et que je suis tombée malade. »

C'était intéressant d'observer les émotions qui se succédaient sur les traits de Beau au fil de mon récit. Je crois qu'il comprenait où je voulais en venir et qu'il n'avait pas envie d'entendre la suite.

« Mais ce n'est pas vraiment la faute de Maman, si ? » ai-je demandé.

Beau a secoué la tête en signant : *Non.*

Voilà, lui ai-je répondu. « Tu n'es pas responsable de cet accident, Beau. Et tu ne dois rien à ton père en compensation. Alors pourquoi vas-tu te rendre malheureux en faisant médecine ? »

Si douée que je sois pour lire sur les visages, je n'ai pas réussi à déchiffrer celui de Beau. Il était plongé dans ses pensées, peut-être sur Yale, ou sur ses parents, ou sur ce que je venais de dire. En tout cas, il ne disait ni signait rien.

O-K ? ai-je signé d'une main tremblante en voyant durer ce silence entre nous.

Au lieu de me répondre, Beau m'a embrassée.

Quand ses lèvres ont effleuré les miennes, tous mes petits soucis du moment ont glissé à l'arrière-plan. Je ne savais pas très bien d'où cela venait, surtout dans la situation présente, mais Beau m'embrassait et il m'était difficile de penser à quoi que ce soit d'autre.

J'avais les doigts dans ses cheveux, lui les bras autour de ma taille. Et soudain, il a pris ses distances d'un bond, en sautant sur ses pieds.

Je serais tombée face contre terre si je n'avais pas empoigné son lit pour garder l'équilibre. Je m'apprêtais à lui demander pourquoi il avait sauté en arrière comme s'il venait d'être électrocuté – j'étais à peu près sûre qu'aucun de nous deux n'avait envie de mettre un terme soudain à ce baiser – mais la raison m'est apparue clairement quand j'ai découvert Nina à la porte. Elle avait les bras croisés, et son regard amusé allait et venait entre nous.

Ce n'est pas ma faute, ai-je signé à Beau en espérant être assez rapide pour que Nina ne comprenne pas. *C'est toi qui as commencé à m'embrasser, pas moi.*

Beau s'est passé les mains sur le visage, les épaules soulevées par l'un de ses soupirs habituels. Il a dû dire quelque chose à Nina, parce que le sourire amusé de celle-ci s'est transformé en un grand sourire ironique. Elle semblait prête à éclater de rire. Elle a levé les paumes en l'air et dit quelque chose comme : « ... vos affaires. »

« ... veux... ? » m'a demandé Beau avec un geste désignant le rez-de-chaussée.

J'ai répondu sans même réfléchir : *Non. Il faut que je travaille. Mais à demain.*

D'accord, a répondu Beau en hochant la tête. *À demain.*

Je suis sortie de la chambre tête baissée, un peu effrayée à l'idée de croiser le regard de Nina, parce que je savais qu'un interrogatoire m'attendait dès la première occasion.

Tout le monde était encore dans le salon, à boire et manger, si bien que notre arrivée au rez-de-chaussée n'a pas suscité beaucoup d'intérêt. Je me suis arrêtée pour faire un geste d'au revoir à Dana, qui m'a souri en retour, au milieu d'une conversation avec un collègue du Dr Watson.

Beau a enfilé ses chaussures et une veste, et il m'a raccompagnée jusqu'à la voiture, même si j'étais assez certaine que ce n'était pas pour un autre baiser.

« Merci... venue », a-t-il dit en m'ouvrant la portière.

« De rien. Félicitations pour Yale. Si c'est vraiment ce que tu veux. »

Beau m'a fait un dernier geste d'au revoir quand j'ai démarré. Le conflit se dessinait sur son visage aussi clair que l'eau de roche quand j'ai jeté un coup d'œil dans le rétroviseur.

28

Les vacances d'hiver auraient probablement dû être appelées « vacances de printemps ». Après les examens de fin de semestre, quand nous avons quitté le lycée pour deux semaines, un temps d'une douceur incroyable est arrivé de nulle part, faisant fondre la neige et régner une température de vingt degrés chaque jour. Quand je m'en étonnais, Nina signait : *Hahaha*, et me disait de m'y habituer, parce que ça n'avait apparemment rien d'extraordinaire dans le Colorado.

Deux jours après le début du second semestre, j'ai annoncé à Maman : « Je veux trouver un petit boulot. »

Elle en est restée bouche bée et m'a dévisagée au-dessus de son assiette comme si je m'étais fait pousser une deuxième tête.

Vraiment ?

Oui. Je crois que c'est bien pour moi.

Oui, a acquiescé Maman. *Mais le lycée, c'est important.*

Je sais. Mais un boulot, c'est important aussi.

Ce n'est pas comme si je voulais prendre un travail à temps plein dans une banque ou un grand magasin, mais quelque chose de plus simple, comme caissière ou serveuse dans un restaurant. Nina travaillait dans un Target[9] voisin et elle avait au moins deux fois plus de travail au lycée.

Plus je passais de temps avec mes amis entendants, plus je me rendais compte qu'il me fallait fréquenter le monde des entendants – même si c'était inconfortable – pour m'habituer à communiquer et gérer certaines situations. Je devais me préparer à tout ce qu'allaient me réserver l'université et l'avenir plus lointain. Je savais que ma surdité n'allait pas me freiner, et j'étais prête à le prouver, même si pour l'instant, ce n'était pas dans un hôpital.

O-K, m'a dit Maman, les signes hésitants. *Si tu le veux, je te soutiens.*

Son expression n'était pas réjouie, mais elle savait aussi bien que moi que je décrocherais un boulot tôt ou tard. Nous savions toutes les deux que ma surdité ne me rendait pas incapable de travailler. Je ne voulais pas demander des allocations après mon diplôme et me satisfaire de cette situation. Je voulais davantage que ça.

Merci, ai-je signé.

Maman m'a demandé : *Où ?* À ce moment-là, Connor nous a interrompues en tapotant sur la table ; il voulait savoir ce que nous nous disions.

« Plus tard, minus. Finis ton dîner », lui ai-je répondu.

J'ai pris mon ordinateur après avoir aidé Maman à faire la vaisselle, ouvert Google et plongé directement dans ma recherche d'emploi. Le risque était que de nombreuses entreprises soient en train de mettre un terme aux contrats des vacances, maintenant que le Nouvel An était passé, donc j'ignorais le nombre d'offres

9. Magasin discount.

que j'allais trouver. Plus vite je poserais des candidatures, mieux ce serait.

En parcourant les résultats, j'ai trouvé un site avec des offres d'emploi et j'ai commencé à cliquer çà et là. J'ai glané quelques idées : il y avait un poste d'employé au cinéma de la ville, ainsi qu'un boulot de magasinier à temps partiel à l'épicerie King Soopers.

J'en étais à la troisième page des offres d'emploi lorsqu'une annonce prometteuse a attiré mon regard. On cherchait un barista au Haricot Fumant, le joli petit café où nous avions révisé, Beau, Nina et moi, avant les examens. Je l'avais trouvé chaleureux et accueillant. Je ne savais pas vraiment faire du café, mais l'adresse paraissait idéale pour un premier job.

Passant de la cuisine au salon, Maman a déposé une tasse de thé chaud au bout de la table basse, à côté du canapé où je travaillais.

Tu envoies une candidature ? a-t-elle signé en tapotant le capot de mon ordinateur.

J'ai acquiescé d'un signe de tête et ajouté : *Dans un café.*

Une étincelle d'enthousiasme visiblement sincère a éclairé son regard, accompagnant un *Yeah !*

Tu es formidable, a-t-elle ajouté en s'asseyant à côté de moi sur le canapé. *Bonne chance.*

Merci, ai-je répondu. J'allais probablement avoir besoin de toute la chance possible.

Rappelle-toi, l'école c'est important, a-t-elle ajouté en jetant un coup d'œil à la liste des offres affichée à l'écran.

Je sais. Promis.

Les sourcils de Maman se sont rejoints. *Pourquoi tu veux un boulot ?*

Je pense… qu'il est temps de faire de nouvelles expériences.

Bien, a approuvé Maman en me donnant une bourrade affectueuse de l'épaule. *Je suis fière de toi*, a-t-elle ajouté en me serrant la main.

Merci, ai-je dit.

Toujours, a-t-elle répondu.

L'e-mail est arrivé trois jours plus tard. Je vérifiais ma boîte de réception avec une obsession maladive depuis que j'avais envoyé ces candidatures et la déception me frappait à chaque fois que je constatais l'absence de message.

Beau m'avait proposé de me ramener du lycée, mais j'avais décliné en raison d'un rendez-vous médical avec mon nouvel ORL ; nous attendions donc dehors, dans le froid, sur le parking. Je crois que j'ai laissé échapper un cri quand j'ai vu que j'avais reçu une réponse du Haricot Fumant.

Qu'est-ce qui ne va pas ? a signé Beau, alarmé, en me voyant bouche bée devant mon téléphone. *Eh.* Il a agité la main près de mon visage parce que je ne répondais pas.

Je ne pensais pas en être capable. J'étais soudain terrifiée à l'idée d'ouvrir l'e-mail et d'y lire un refus poli, le genre de situation à laquelle Maman m'avait recommandé de me préparer, au cas où.

Qu'est-ce qui ne va pas ? a insisté Beau.

Rien, ai-je répondu machinalement. *J'ai répondu à une offre d'emploi. La réponse est là.*

Il a eu l'air stupéfait de cette nouvelle inattendue, mais il s'est mis à sourire une seconde plus tard et a signé : *Lis !*

J'ai respiré profondément plusieurs fois en me forçant à cliquer sur l'e-mail. Une fois que les mots se sont alignés correctement à l'écran, j'ai attentivement lu et relu le message. Mes lèvres formaient les mots au fil de ma lecture ; j'essayais d'interpréter l'information.

« Alors ? » a dit Beau quand mon regard s'est enfin arraché au téléphone.

« Ils veulent me voir en entretien. »

Même si j'avais pu entendre ma propre voix, je sais que les mots auraient eu une drôle de sonorité. Voilà une phrase que je n'avais jamais prononcée ni signée. J'en étais à mes premières candidatures, et déjà j'obtenais une réponse proposant un entretien.

Merveilleux, a signé Beau. *Yeah !*

Comme je ne réagissais pas, la joie de Beau s'est transformée en inquiétude. Il a pris ma main dans la sienne : *Ça va* ?

Surprise, ai-je répondu honnêtement. *Je ne sais pas si je...*

Me voyant désigner maladroitement mon oreille gauche, Beau a saisi mes pensées et a signé : *Ça n'a pas d'importance.*

En fait, dans certains cas, la surdité avait bel et bien de l'importance.

Écris-leur, a signé Beau en montrant mon téléphone. *Dis oui.*

Je vais le faire, ai-je répondu. Et parce que ça allait être impossible à cacher, j'ai ajouté : *Stressée.*

Pourquoi ? a demandé Beau, perplexe.

« Parfois, ça peut être difficile de trouver un interprète au pied levé. Et ça coûte un peu cher, aussi. »

T'inquiète, a réagi Beau du tac au tac.

Merci, ai-je répondu en me mordant la lèvre.

« Les entretiens... pas... grosse affaire, a dit Beau en se servant de sa voix. Tu... bien. Ils trouveront... interprète aussi. »

« J'espère », ai-je pensé tout en commençant à taper ma réponse au Haricot Fumant. Du moment qu'ils étaient prêts à me recevoir un après-midi après les cours, il ne devrait pas y avoir de problème.

D'un autre côté, je savais qu'il serait impossible de me passer d'interprète pour cet entretien. Et je doutais que Kathleen soit prête à passer ses soirées et week-ends avec moi. Interpréter un entretien d'embauche ne faisait pas exactement partie de ses obligations professionnelles.

J'ai senti mes doigts faiblir, me reprochant à moi-même de ne pas avoir réfléchi au problème.

29

À quelques semaines de mes dix-huit ans, j'avais subi tant de tests auditifs depuis près de cinq ans, les médecins cherchant à déterminer l'ampleur de ma perte d'ouïe, que j'aurais presque été capable de m'en administrer un toute seule.

Vous passez un quart d'heure dans une cellule insonorisée avec un bouton sur lequel vous cliquez dès que vous entendez l'un des nombreux sons que le médecin fait passer dans les appareils glissés dans vos deux oreilles. S'il n'y a pas de bouton, vous levez la main à la place.

Nous étions dans un nouvel État avec un nouveau médecin et un nouvel hôpital, et j'espérais sincèrement que nous n'allions pas recommencer tout le processus. J'ai essayé de ne pas bouder comme une gamine pendant tout le trajet qui nous menait à l'hôpital pédiatrique, mais j'avais toujours redouté ces rendez-vous ORL. Personne n'aime être manipulé et trituré jusqu'au fond des oreilles ou subir des tests pour évaluer une audition qui, de toute évidence, vous fait défaut.

Stressée ? m'a demandé Maman quand je lui ai jeté un coup d'œil.

Pour l'entretien d'embauche, oui. Pour le rendez-vous médical, non.

Les deux vont bien se passer, a signé Maman, puis elle m'a passé le bras autour de l'épaule pour me serrer contre elle.

Quelques minutes plus tard, une infirmière enjouée est venue nous chercher et nous a emmenées vers les salles d'examen. Sans surprise, un petit écran plat posé sur un chariot à roulettes m'attendait dans la pièce violette où nous a fait entrer l'infirmière. Celle-ci – Maman m'avait signé qu'elle s'appelait Wendy – paraissait savoir ce qu'elle faisait, et a allumé le VRI en quelques instants.

L'interprète à l'écran était un homme d'un certain âge, affable, qui n'a eu aucun mal à prendre le rendez-vous en cours de route. Wendy a mesuré ma taille et mon poids, après quoi nous avons attendu environ dix minutes l'arrivée du médecin, ce qui était un peu gênant, avec l'interprète qui patientait aussi.

Quand la porte s'est ouvert, une petite femme est entrée, dont les cheveux blonds, qui blanchissaient un peu, s'échappaient de son chignon. Elle semblait fatiguée, mais nous a saluées en souriant. Mon médecin précédent, le Dr Hartwood, était un vieux grognon, donc ça faisait du bien de voir un visage joyeux dans le cabinet.

L'interprète a épelé du doigt son nom, Dr Porter, et elle est entrée dans le vif du sujet juste après les présentations. Elle m'a examiné la gorge, le nez et a passé la majorité du temps à regarder mes oreilles.

Plus d'un médecin nous avait dit, à Maman et moi, que mes oreilles étaient bien formées. J'avais les tympans un tout petit peu abîmés à cause de deux diabolos qu'on m'avait posés quand j'étais petite – chose assez courante – mais à part ça, ils étaient normaux. Je n'entendais pas, c'était tout. L'interprète à l'écran a signé la même chose – *Tes oreilles ont l'air bien* – et ça a renforcé mon impression que ce rendez-vous était totalement inutile. Mais Maman avait toujours été une grande fan du proverbe : « Mieux vaut prévenir que guérir », qui était juste, je suppose.

Le Dr Porter a fini par me nettoyer les oreilles avec ce drôle d'instrument en forme de pic, puis elle s'est assise sur une chaise après s'être lavé les mains au lavabo. Si gentille qu'elle fût, ce rendez-vous était identique à tous les autres rendez-vous d'ORL que j'avais eus au fil des ans. J'avais hâte de rentrer à la maison et de me plonger dans mes devoirs ou de trouver des articles expliquant comment briller en entretien d'embauche, au lieu de rester assise dans un cabinet médical à mourir d'ennui.

Je ne sais pas combien de temps Maman a dû me tapoter le genou avant que je redevienne attentive. Elle me foudroyait d'un regard désapprobateur et a hoché la tête en direction de l'interprète, en signant : *Répétez s'il vous plaît.*

Montrant du doigt le Dr Porter, l'interprète a signé : *Elle demande si tu es curieuse au sujet des IC.*

Encore ?

J'ai haussé les épaules : *Un IC, jamais de la vie.*

Le Dr Porter a écouté l'interprète lui traduire ma réponse, en hochant la tête d'un geste compréhensif. Je l'ai regardée dire : « Eh bien... nombreux avantages. Il y a... »

J'ai complètement décroché pendant que le docteur énumérait tous les avantages de l'implant cochléaire pour mon avenir, et m'assurait que j'étais une bonne candidate potentielle à l'opération. Elle débitait sans doute le même discours à tous les parents d'enfants sourds ; elle faisait juste son travail.

Sincèrement, je ne voyais aucun problème pour mon avenir, ni en quoi un implant cochléaire le rendrait meilleur. Pourquoi accepterais-je de mon plein gré une opération sans laquelle je me portais bien ?

Plus encore – et c'est une chose que les gens n'avaient pas l'air de comprendre – j'aimais être sourde. Certains des événements les plus heureux de ma vie s'étaient produits alors que je n'entendais pas : la réussite de ma scolarité à Pratt, la rencontre avec Melissa, Nina et Beau...

Le rendez-vous s'est achevé plus tôt que prévu, et sans test d'audition. Je n'ai pas oublié de remercier l'interprète pour le temps qu'il m'avait accordé avant de mettre fin à l'appel, reconnaissante que nous n'ayons pas revécu le problème rencontré lors de notre passage aux urgences avec Connor.

J'ai serré la main du Dr Porter en quittant la pièce, et elle nous a saluées d'un nouveau sourire fatigué, mais joyeux. Maman marchait un pas derrière moi quand j'ai retraversé la salle d'attente en direction des ascenseurs. J'ai remarqué qu'elle avait des papiers à la main.

Qu'est-ce que c'est ? lui ai-je demandé.

Ça vient du docteur, a-t-elle signé. Elle tenait les documents de manière à m'empêcher de les lire.

À quel sujet ? ai-je signé, soucieuse de creuser la question.

L'ascenseur descendait vers le parking quand Maman a fini par me tendre les papiers. Comme je m'y attendais, ils contenaient des informations sur les implants cochléaires, sur les assurances couvrant l'opération – si cela existait – et sur les soins à la suite de l'intervention.

Maman ne m'a pas arrêtée quand j'ai froissé les papiers et que je les ai jetés dans une poubelle du parking. Nous étions attachées dans la voiture, moteur allumé, quand Maman a signé : *Qu'est-ce qui ne va pas ?*

Si j'étais en colère, ce n'était pas parce qu'on avait inventé les implants cochléaires ou que de nombreuses personnes choisissaient de subir l'opération. Les IC étaient une belle avancée technologique. J'étais en colère parce que c'était maintenant, alors que je fréquentais un lycée pour entendants, que les implants s'invitaient dans la conversation. Un an auparavant, les IC n'étaient même pas dans les radars de Maman, et tout à coup elle s'intéressait à la procédure pour m'en faire poser, ou du moins, c'est l'impression qu'elle donnait.

J'ai signé : *Rien*, en réponse à sa question.

Sûre ? a-t-elle insisté, peu convaincue.

Mes amis m'aiment bien sourde, ai-je signé lentement, en réfléchissant aussi attentivement que possible à ma réponse. *Je m'aime bien sourde*, ai-je ajouté, la main sur le cœur. *Pourquoi est-ce que j'aurais besoin d'IC ?*

Tu n'en as pas besoin, s'est-elle dépêchée de répondre, *mais tu as le choix, si tu veux.*

Je ne veux pas, ai-je rétorqué, résolument. Pourquoi changerais-je d'avis subitement ? *C'est bon maintenant ?*

Bien sûr, a signé Maman en démarrant.

Nous sommes rentrées à la maison en silence.

30

Je vérifiais religieusement ma boîte mail après le premier message du Haricot Fumant. J'y avais répondu par un « Oui, j'adorerais un entretien ! » enthousiaste, en suggérant quelques noms d'agences locales d'interprètes, après une brève explication sur ma surdité et sur l'emploi de la langue des signes. Je nourrissais le grand espoir de recevoir une autre réponse rapide, mais à chaque fois que je rafraîchissais ma boîte de réception sans y trouver de message, ma frustration croissait à une vitesse alarmante.

Encore ? a signé Kathleen en me voyant jeter discrètement un coup d'œil à mon téléphone sous la table de travail de l'atelier de Mme Phillips. *Qu'est-ce qui se passe ?*

Pardon, ai-je vite répondu, en laissant tomber mon téléphone dans mon sac. *J'attends un e-mail.*

Pour l'entretien ? a signé Kathleen, l'air presque aussi réjoui que le jour où je lui avais montré ma lettre d'admission à Cartwright.

J'ai eu du mal à lui rendre son sourire, cette fois.

Kathleen était au courant de cette perspective d'entretien au Haricot Fumant, parce que c'était elle qui m'avait fourni une liste d'agences d'interprètes à Denver. Il était de la responsabilité de mon employeur potentiel de fournir l'interprète, ce n'était pas à moi de le faire ; c'est pourquoi je n'avais pas sollicité Kathleen, et elle ne s'était pas proposée. Le processus était entièrement nouveau pour moi, mais je me disais qu'il valait mieux tout faire dans les règles dès le début.

Mais plus le temps passait sans réponse, plus la paranoïa s'installait au fond de mon esprit.

Faire appel à un interprète pour un événement quelconque ou pour un rendez-vous de médecin n'était pas une grosse affaire, parce que la loi l'imposait. Pareil avec un employeur, mais là, c'était différent. Je n'étais pas encore embauchée. Ils pouvaient facilement me disqualifier à cause de ma surdité et s'excuser ensuite d'avoir pris quelqu'un d'autre à ce poste pour éviter de payer un interprète, et ce serait terminé. Personne ne pourrait jamais prouver que c'était de la discrimination.

Alors cette inquiétude envahissante était probablement un peu prématurée, mais il m'était difficile de l'enfouir et de l'oublier. Je gardais à l'esprit les problèmes financiers de ma mère. Plus tôt je trouverais un boulot, plus vite nous serions à l'aise.

Patience, a signé Kathleen en me surprenant à jeter un autre coup d'œil à mon téléphone au lieu de me concentrer sur mes esquisses.

Je sais, ai-je répondu en appuyant très fort sur le papier avec mon fusain. *Stressée.*

Ça va aller, m'a dit Kathleen, et j'aurais aimé être aussi confiante qu'elle. *Ne t'inquiète pas.*

J'ai répondu : *Hahaha.*

Bien que je me sois efforcée de suivre le conseil de Kathleen et d'être patiente, j'ai péniblement traversé vingt-quatre heures d'attente épuisante avant que l'e-mail ne me parvienne. J'avais de nouveau sorti mon téléphone sous la table du labo de chimie, et je n'ai eu que le temps de constater la présence d'un message dans ma boîte de réception, avant de recevoir un regard désapprobateur de Kathleen, qui m'a montré d'un coup de menton le tableau blanc où M. Burke était en train d'écrire un ensemble de formules.

Il m'a fallu une folle maîtrise de moi-même pour garder mon téléphone au fond de mon sac pendant le restant de l'heure. Heureusement, ce n'était pas un cours que j'avais en commun avec Nina ou Beau. Je n'aurais pas été capable de garder l'e-mail pour moi.

O-K, regarde maintenant, a signé Kathleen, un sourire réjoui aux lèvres, alors que nous nous trouvions à côté de mon casier après la dernière sonnerie.

Mon cœur cognait douloureusement dans ma poitrine tandis que je tirais mon téléphone de mon sac. Ma main tremblait en ouvrant ma boîte mail et en cliquant sur le message du Haricot Fumant.

Chacun des mots que j'ai lus m'a fait l'effet d'une lame mordante, coinçant mon souffle dans ma gorge.

Chère Mlle Harris,
Malheureusement, le poste a récemment été pourvu, mais nous vous remercions de votre intérêt et vous encourageons à postuler de nouveau ultérieurement.
Sincèrement,

L'équipe du Haricot Fumant

J'ai sursauté quand Kathleen m'a serré l'épaule, m'arrachant à cet e-mail désastreux qui creusait un cratère brûlant dans ma boîte de réception.

Elle n'a rien signé ; elle s'est contentée d'un haussement de sourcils interrogateur.

Rien, ai-je signé une fois que s'est tu le sifflement imaginaire dans mes oreilles. *C'est fichu.*

Son expression pleine d'espoir s'est effacée : *Pas d'entretien ?*

J'ai secoué la tête en me mordant la lèvre, et fourré mon téléphone dans ma poche arrière.

« Ils ont trouvé quelqu'un d'autre. Mais ce n'est pas grave, ai-je dit tout haut. Des entretiens, j'en aurai d'autres. »

Les mots sortis de mes lèvres étaient un sérieux mensonge – bien sûr que si, c'était grave. Mais ils ont fait renaître le sourire de Kathleen ; c'était déjà ça.

C'est vrai, a-t-elle signé avec quelques autres signes d'encouragement, avant de me quitter.

J'ai été fière de contenir mes larmes de chagrin et de colère en me dirigeant vers le parking, où je savais que Beau allait m'attendre. Depuis quelques semaines, c'était lui qui me ramenait à la maison, ce qui facilitait la vie de Maman.

Beau était déjà dans sa voiture, un livre contre le volant ; il l'a jeté sur la banquette arrière quand j'ai ouvert la portière du passager.

J'avais pensé trouver un peu de réconfort auprès de Beau et de son sourire plein de charme, mais c'est le contraire qui s'est produit quand il a signé : *Coucou. Tu as reçu un e-mail ?*

La dissimulation était inutile, alors j'ai répondu : « Oui ». Il m'a aussitôt bombardée de questions par signes.

J'ai signé : *Attends*, et j'ai mis une minute à me ressaisir, en fourrant les doigts dans mes cheveux, que j'ai attachés en une queue de cheval désordonnée.

La tête que je faisais a dû trahir le fait que je n'allais pas bien. Quand je me suis enfin retournée vers Beau, il a signé : *Qu'est-ce qui ne va pas ?*

« Pas d'entretien, ai-je décidé d'annoncer. Le poste a été pourvu. »

J'ai quasiment vu les rouages de son cerveau s'activer ; il ajoutait les morceaux manquants, ce que je ne lui disais pas, ce qu'il lisait sans doute sur mon visage.

Pourquoi ? a-t-il fini par signer. En l'absence de réponse, il a ajouté : *Tu crois que c'est parce que tu es sourde ?*

Mon silence a paru lui confirmer quelque chose.

Beau n'était pas en face de moi, si bien que je n'étais pas sûre de ce qu'il disait – il s'était lancé dans une diatribe, en fait. Mais j'ai saisi deux choses importantes : « Pas t'embaucher » et « sourde ».

« Quoi ? Tu vas les forcer à m'embaucher ? »

Je me rappelais parfaitement avoir mis les choses au clair au début de l'année : je pouvais me débrouiller seule.

Non, a signé Beau en frappant son pouce de son index et de son majeur. *Mais s'ils ne t'embauchent pas à cause de...*

À cause de quoi ? De ma surdité ?

Beau n'a signé ni *oui* ni *non*, mais à voir son expression, il était évident que c'est à cela qu'il pensait.

« Beau, ce n'est pas... écoute, ai-je dit, en luttant pour mettre de la cohérence dans mes pensées. Tu crois que je ne m'y attendais pas ? Que ça ne m'est jamais arrivé ? »

Je crois que c'était la première fois que j'apercevais une véritable colère sur les traits de Beau.

« Maya, ne pas embaucher... à cause... surdité, c'est... »

« De la discrimination ? Bienvenue dans mon monde. »

Je ne pouvais que remarquer l'attitude de certains professeurs, comme M. Wells, qui m'interrogeaient rarement lorsqu'ils posaient des questions à la classe, même s'il n'y avait aucune raison de me croire incapable de donner des réponses aussi intéressantes que celles de mes camarades. Il fallait faire une croix sur ma participation pleine et entière aux séminaires socratiques, activité plébiscitée en cours de littérature historique.

Et je n'en étais qu'au lycée. À l'université et dans le monde du travail, les choses allaient être très différentes, et je n'avais pas du tout hâte d'y être confrontée. Je voulais croire encore un peu que le monde était un endroit agréable où l'on traitait avec bonté les gens « différents ».

« Ça ne te... » Beau s'efforçait de trouver ses mots. Il a conclu en signant : *dérange pas ?*

« Bien sûr que si », ai-je répondu. Je sentais ma voix trembler. « À vrai dire, ce genre de chose me dérangera sans doute toujours. »

« Dans ce cas... devrais aller... les obliger... »

Arrête, s'il te plaît, ai-je signé.

Un sentiment de défaite remplaçait rapidement la colère qui avait commencé à poindre lorsque j'avais lu l'e-mail du Haricot Fumant.

Pourquoi ? a signé Beau.

Il semblait absorber la colère que je sentais se dissiper chez moi.

« Il faut savoir choisir ses batailles, ai-je dit. Celle-ci n'en vaut pas la peine pour moi en ce moment. »

Sûre ? a signé Beau.

En réalité, ce qui était sûr, c'est que je n'avais jamais été aussi peu sûre de ma vie. Mais que faire ? Ce n'est pas comme si j'avais le temps ou l'argent nécessaires pour poursuivre ce café en justice, et même si ça avait été le cas, les procès de ce genre étaient un combat ardu.

Aussi pénible que cela puisse être, est-ce qu'il ne valait pas mieux oublier cet incident et continuer à chercher un autre boulot ? Peut-être un emploi où je n'aurais pas à interagir avec les gens ; à la Société protectrice des animaux, par exemple. Je pourrais travailler dans les chenils. Les chiens ne portent jamais de jugement, et le vacarme des aboiements ne me dérangerait pas.

Non, ai-je signé, sans trouver de mots.

Nous sommes restés silencieux jusqu'à notre arrivée dans mon allée. Beau s'est alors tourné vers moi, et j'ai senti des nœuds se former dans mon estomac à l'idée de ce qu'il allait peut-être me dire.

« Tu... déjà pensé... ? » a-t-il demandé, en tapotant sa tête d'un doigt, quelques centimètres derrière l'oreille.

Techniquement, ce n'était pas le bon signe, mais je savais ce qu'il voulait dire.

« Un implant cochléaire ne guérit pas tout, tu sais, ai-je dit, un peu trop brusquement peut-être. C'est une opération chère et irréversible impliquant un gros suivi ensuite. Et même si j'en voulais un, ça ne voudrait pas dire que ma vie s'améliorerait automatiquement. »

Les joues de Beau se sont empourprées, peut-être sous l'effet de l'embarras ou de la honte, je ne sais pas, et il a brièvement hoché la tête en signant : *Désolé*, puis : *C'était par curiosité.*

« Les implants fonctionnent pour beaucoup de monde, mais ce n'est pas pour moi, ai-je dit fermement. Crois-moi. »

Beau a de nouveau hoché la tête en signant : *O-K.*

« C'étaient peut-être des idiots de toute façon, ai-je dit, la main sur la poignée, avant de sortir de la voiture. Je trouve que mes appareils auditifs sont cool. »

Un sourire a fleuri sur le visage de Beau, qui a signé : *Oui.*

« Connor trouve qu'ils me donnent l'air d'un agent secret. »

« … exact », a dit Beau avant de se mettre à rire.

« Et tu sais quoi ? J'ai pu être acceptée dans l'université de mes rêves. Donc voilà. »

Je n'allais pas abandonner ma recherche d'emploi après un quasi-entretien raté, même si ce n'était pas un début très encourageant. Et vu la colère de Beau lorsqu'il avait compris ce qui s'était passé, je n'étais pas très enthousiaste à l'idée de renouveler l'expérience. Le risque qu'une chose pareille se reproduise n'était pas totalement inexistant.

Cela ne se passait pas toujours de la même manière, mais il m'arrivait presque quotidiennement de croiser du monde que ma surdité mettait mal à l'aise. La plupart des gens ne me disaient jamais bonjour dans les couloirs du lycée, et certains me dévisageaient encore chaque fois que je commençais à tripoter mes appareils auditifs ou à changer leurs piles, même si la rentrée à Engelmann remontait à plusieurs mois.

Hors du lycée, c'était encore pire. Où que j'aille, je recevais presque toujours ce regard de pitié que je détestais tant, même si je faisais quelque chose d'aussi simple qu'aider Maman à faire les courses. Personne n'a besoin de cela.

Alors, à quoi ressemblerait l'avenir pour moi et Beau s'il s'énervait et s'emportait pour une chose pareille à chaque fois qu'elle se produisait ? Beau travaillait dur pour réussir, et je le savais, mais il n'avait jamais eu à se donner autant de mal que moi pour obtenir les choses simples que certaines personnes recevaient sur un plateau d'argent.

En remontant l'allée, après avoir dit au revoir à Beau, j'ai commencé à me demander s'il n'était pas temps de réfléchir sérieusement aux différences entre nos deux mondes.

31

Quelque chose dans l'expression de Mme Stephens semblait un peu plus affûté que d'habitude. Nos rendez-vous bihebdomadaires après les cours pour discuter de l'université se déroulaient généralement sans heurts. Nous avons pris l'habitude d'entrer tout de suite dans le vif du sujet, Kathleen interprétant derrière le bureau de Mme Stephens ; nous discutions de mes notes, nous remplissions les formulaires nécessaires pour le choix de l'orientation, etc.

Mais peut-être y avait-il ce jour-là quelque chose d'anormal sur mes traits qui a poussé Mme Stephens à écarter le colis postal que j'avais reçu sur l'orientation des étudiants de première année. Elle m'a demandé : « … chose ne va pas ? »

J'ai regardé Kathleen pendant qu'elle finissait d'interpréter la question de Mme Stephens. Kathleen a signé : *Tu as l'air contrariée.*

J'avais fait de mon mieux pour oublier la déconvenue du Haricot Fumant. J'avais envoyé une nouvelle série de candidatures et j'attendais les réponses. Maman venait de me dire qu'il fallait que je me déplace directement, que j'aille à la rencontre d'employeurs potentiels.

Si décourageante qu'ait été la mésaventure du Haricot Fumant, et même si Maman m'avait déjà dit, quand je l'avais sondée sur l'état de nos finances, que la situation était correcte, j'avais quand même besoin d'un boulot.

Mais j'avais beau le nier souvent face à Beau et à Maman, l'incident du Haricot Fumant m'avait déstabilisée. J'avais passé trop de temps à y réfléchir, à me demander s'ils avaient vraiment pourvu le poste ou s'ils m'avaient fait cette réponse parce qu'ils ne voulaient pas payer un interprète. J'étais presque sûre que si j'en avais parlé à mes amis de Pratt, ils auraient eu des expériences similaires à raconter.

Ça va, ai-je signé en regardant alternativement Kathleen et Mme Stephens. *Je suis très occupée.*

Mme Stephens a hoché la tête en entendant la traduction de Kathleen, et m'a répondu : « Terminale... occupée... quelque chose... qui cloche ? »

« Ça va », ai-je répété, à voix haute cette fois.

Un instant, j'ai cru que Mme Stephens n'allait pas laisser tomber le sujet, mais au bout de quelques secondes intenses, elle s'est détendue.

Je me suis retournée vers Kathleen qui s'est remise à interpréter ce que disait Mme Stephens tout en manipulant des choses sur son bureau.

Ce serait une bonne idée que nous contactions C-A-R-T-W-R-I-G-H-T pour un rendez-vous, signait Kathleen.

Pourquoi ? ai-je répondu, perplexe. *L'internat ? Les cours ?*

Mme Stephens a secoué la tête et Kathleen a explicité : *Pour un interprète.*

J'ai dû admettre à contrecœur qu'elle n'avait pas tort. Mme Stephens m'a avoué n'avoir jamais travaillé avec un élève sourd et ignorer combien de temps prendraient les démarches pour qu'un interprète m'accompagne à tous mes cours pendant mes études à Cartwright.

Lorsque j'ai quitté le bureau de Mme Stephens, nous avions réussi à prendre rendez-vous avec le bureau des ressources pour les personnes handicapées sur le campus de Cartwright pour le mardi après-midi suivant. *Ne te fais pas de souci*, a signé Kathleen dans le couloir. *Pas de problème avec l'interprète. Promis.*

J'espère, lui ai-je répondu.

Un léger doute s'était instillé au fond de mon esprit à l'idée de ne pas pouvoir obtenir d'interprète à l'université. Prenant congé de Kathleen, je suis retournée à mon casier, de l'autre côté du lycée. Depuis que Beau et moi étions ce que nous étions désormais, il était parfaitement heureux de me raccompagner chez moi après les cours. Passer dix minutes de plus avec lui chaque jour était fantastique. Mais il y avait une certaine tension entre nous depuis l'incident du Haricot Fumant. Je savais très bien d'où elle venait – cette discussion sur les implants cochléaires, et la façon dont il avait paru croire que les choses deviendraient magiquement plus faciles pour moi si je m'en faisais poser.

Seulement, je n'étais pas prête à aborder le problème frontalement avec tout ce que j'avais à faire. Si Beau et moi poursuivions notre relation, ça reviendrait bien assez tôt.

J'ai vérifié mon téléphone après avoir pris dans mon casier le matériel nécessaire pour mes devoirs et j'ai vu que j'avais reçu un message de Beau, disant qu'il m'attendait à la bibliothèque. Je l'ai trouvé à l'une des tables en face du bureau du bibliothécaire, profondément absorbé par ses devoirs de statistiques.

Il a levé les yeux quand je me suis assise en face de lui, et il m'a souri. Même s'il semblait parfois que les choses étaient devenues bizarres entre nous, recevoir un sourire de Beau me réchauffait toujours autant.

« Comment... rendez-vous ? » m'a-t-il demandé en refermant son manuel.

Bien. Nous avons pris un rendez-vous pour l'interprète.

Beau a eu l'air perplexe : *Pourquoi ?*

« Ce sera pareil qu'avec Kathleen, ai-je répondu à haute voix. J'aurai besoin d'un interprète qui m'accompagne à tous les cours. »

Beau a acquiescé en signant : *C'est vrai.*

Je suis restée assise à l'attendre tandis qu'il rangeait ses devoirs dans son sac, et nous avons quitté la bibliothèque ensemble. Le trajet jusqu'à la maison s'est déroulé sans histoires ; je réfléchissais à tout ce que Mme Stephens avait dit sur la recherche d'un interprète pour ma première année d'université.

L'université allait être très différente pour moi. Il était peu probable que j'aie deux fois la même chance et que je me retrouve avec un interprète aussi doué que Kathleen. Mais je m'étais liée d'amitié avec Nina et Beau à Engelmann. Je pouvais me permettre d'espérer qu'il en serait de même à Cartwright.

Merci, ai-je signé à Maman alors qu'elle se garait sur le parking, devant le bâtiment administratif de Cartwright. *Je sais que tu es occupée, mais...*

Maman m'a interrompue en signant : *C'est bon*, avec un sourire exaspéré. *L'université, c'est important*, a-t-elle ajouté en arrachant la clé du contact.

Je sais, ai-je approuvé.

Je ne me sentais pas moins coupable de voler quelques heures à Maman pour rencontrer le bureau de ressources pour les personnes handicapées au beau milieu d'une journée de travail.

Ne t'inquiète pas, a signé Maman pendant que nous traversions le parking vers l'entrée du bâtiment. *Ils te trouveront facilement un interprète.*

J'ai fait de mon mieux pour esquisser un sourire, ne sachant pas trop quoi signer ou dire.

Le bureau de ressources pour les personnes handicapées se trouvait au quatrième étage, et le trajet en ascenseur a été tendu, même si Maman n'a cessé de me serrer dans ses bras pour me réconforter, en signant plusieurs fois : *Tout va bien se passer.*

J'ai emprunté d'un pas déterminé le couloir menant au bureau. D'un air aussi digne que possible, j'ai appuyé sur la sonnette et attendu qu'on m'invite à entrer. Maman m'a accompagnée jusque devant la réceptionniste, et j'ai dit : « Nous avons rendez-vous avec Nadine Frederickson. »

La réceptionniste a hoché la tête avec un sourire poli et a contacté quelqu'un au téléphone. Un instant plus tard, Maman m'a tapoté sur le bras en désignant la porte qu'une femme était en train d'ouvrir de l'autre côté de la minuscule salle d'attente. D'un abord agréable, la femme s'est avancée pour se présenter et nous serrer la main. Elle portait un badge orné du logo de Cartwright, au nom de Nadine Frederickson, directrice des ressources pour les personnes handicapées.

« Enchantée de…, a dit Nadine, puis elle a désigné la pièce derrière elle. … mon bureau ? »

Nous l'avons suivie dans une pièce à peine plus grande qu'un placard et pourtant meublée d'un bureau de taille normale, d'un ordinateur, d'un meuble de rangement et de deux chaises pour les invités. Je me suis assise ; Maman est restée debout, se plaçant dans mon champ de vision afin d'interpréter.

Pendant quelques instants, Nadine a déplacé des objets sur son bureau et a tapé en silence sur son ordinateur. Je regardais Maman pour savoir ce qui se passait, mais elle s'est contentée de hausser les épaules. Lorsque Nadine s'est enfin retournée pour nous parler, les coins de sa bouche étaient froncés.

Qu'est-ce qui ne va pas ? ai-je signé à Maman.

Il y a eu une pause pendant que Maman écoutait Nadine, puis elle a commencé à s'assombrir.

Qu'est-ce qui ne va pas ? ai-je répété en me penchant en avant.

Quand Nadine a eu fini de parler – en s'adressant uniquement à Maman, argh – Maman s'est mise à signer d'un air peu enthousiaste.

L'université a besoin d'une preuve de ta surdité.

J'ai enlevé mes deux appareils auditifs et je les ai posés sur le bureau de Nadine en signant : *Tenez.*

« ... besoin... audition... », a dit Nadine avec une grimace, en évitant de regarder mes appareils.

Test, a signé Maman quand je me suis retournée vers elle. *A-U-D-I-O-G-R-A-M-M-E.* Obtenir une copie de mon dernier test, datant d'il y a des années, n'était pas un problème. Cela ne prendrait qu'un jour ou deux.

Nadine continuait à parler. Maman l'a écoutée avant d'interpréter. Ce qu'elle a signé m'a quasiment coupé le souffle ; je me suis agrippée aux bras de mon fauteuil pour me soutenir.

« Il y a une liste d'attente pour les interprètes ? » ai-je répété à haute voix.

De nombreux élèves sourds se sont inscrits récemment, a signé Maman tandis que Nadine se mettait à parler à cent à l'heure.

C'est bien, mais ici, il y a peu d'interprètes spécialisés dans l'éducation, et…

J'ai interrompu Maman au milieu d'un signe : « Attends une minute. S'il y a une liste d'attente, combien de temps est-ce qu'ils vont mettre à m'en trouver un ? »

Mon cerveau s'interrogeait plus vite que mes mains ne signaient ; je devais donc me résoudre à parler.

Nadine a levé les mains en un geste d'impuissance. Elle a répondu en nous regardant alternativement l'une et l'autre : « Peut-être… »

Sa réponse a fait ouvrir de grands yeux à Maman, qui a dit et signé : *Vraiment ?*

Combien de temps ? ai-je insisté, les nerfs à vif. Maman a signé : *Je ne sais pas. J'espère bientôt.*

« Bon… bon…, ai-je dit en me passant la langue sur les lèvres, la bouche inconfortablement sèche. Qu'est-ce que ça... »

Rien ne se passait comme prévu. Le fait qu'on ne m'attribue pas un interprète là, tout de suite, n'était pas la fin du monde, car le premier semestre ne commencerait que fin août. Mais je ne voulais pas attendre un semestre entier pour commencer l'université.

Maman a signé : *Ça va* ?

Oui, ai-je répondu. *On y va ?*

Maman m'a dit : *Attends*. Elle a passé quelques minutes de plus à discuter avec Nadine avant de signer : *O-K. On peut y aller.*

Nadine nous a raccompagnées hors de son bureau et nous a saluées d'un sourire courtois, mais j'ai choisi de l'ignorer. En chemin vers la voiture, Maman a recommencé à signer, mais je n'arrivais pas à lui prêter attention. Et si je devais renoncer à Cartwright faute d'interprète disponible ? Et si je devais attendre des années ?

« Colère » n'est pas vraiment le bon mot pour décrire ce que je ressentais à cet instant-là. C'était bien plus complexe que cela.

Des milliers de personnes sourdes comme moi voulaient étudier à l'université. Et pourtant soudain, on manquait d'interprètes ? Ça ne me convenait pas. Je tirais sans doute des conclusions hâtives, mais je me disais que c'était peut-être parce que personne ne s'attendait à ce que les personnes sourdes entrent à l'université.

Maman a ouvert la voiture et s'est installée sur le siège du conducteur, mais je suis restée là, le front appuyé contre la vitre, à supplier mon cerveau de se calmer. Je ne sais pas combien de temps s'est écoulé avant que Maman ne pose doucement la main sur mon épaule pour m'obliger à me retourner, à lui faire face.

Qu'est-ce qui ne va pas ? m'a-t-elle demandé en gardant une main ferme sur mon épaule.

Qu'est-ce qui va se passer si l'université ne me trouve pas d'interprète ? ai-je demandé en inspirant avec peine une bouffée d'air.

Elle va trouver, a répondu Maman en désignant d'un geste le bâtiment administratif. *Patience*, a-t-elle ajouté en me tapotant le front d'un doigt.

J'ai essayé de continuer à signer, mais mes mains semblaient incapables de coopérer comme je le voulais. « Je pensais avoir fait le plus dur, ai-je dit à Maman. Être acceptée à l'université et tout. Mais maintenant, ça ? Je sais que tu dis qu'ils vont finir par me trouver un interprète, mais… et si c'était un signe que je ne suis pas censée étudier la thérapie respiratoire ? »

Me prenant le visage entre ses mains, Maman a dit très clairement : « Adapte-toi… à ce qu'on attend. »

Elle a déposé un baiser sur mon front avant de me lâcher. Puis, reculant d'un pas, elle a signé : *La vie n'est pas comme on l'imagine.*

Je sais, mais…

Non, tu ne sais pas. Tu es jeune. Tu as besoin de temps.

J'ai tenté de répondre, mais Maman n'arrêtait pas de m'interrompre avant que j'aie pu esquisser mes signes.

Tu es triste maintenant, je le comprends, a-t-elle signé fermement. *Mais il te faut de la détermination. Les choses s'amélioreront.*

Elle a conclu en répétant : *Patience.*

Malheureusement, la patience n'avait jamais été mon fort.

32

Il ne faisait pas chaud dehors, mais j'ai estimé qu'un changement de décor serait le bienvenu pendant le déjeuner. Après les événements de la veille, je n'avais pas envie de parler, et je savais que Nina et Beau voudraient connaître chaque détail de ma visite à Cartwright.

Plusieurs tables de pique-nique étaient installées dans la petite cour à l'extérieur de la cafétéria, et j'avais le choix, puisque presque personne n'allait s'aventurer dans le froid pour déguster ses sandwichs. J'ai posé mon sac par terre, au pied de la table du fond, et je me suis assise. Broyer du noir n'avait jamais été mon passe-temps favori, mais je ne parvenais pas à me changer les idées.

J'ai violemment sursauté lorsqu'une main s'est posée sur mon épaule. Le souffle coupé, j'ai découvert Beau et Nina derrière moi, l'air aussi hagard que moi. Ils ont tous les deux signé : *Pardon*, tandis que je m'efforçais de reprendre haleine.

Ça va, ai-je signé, en gardant une main sur mon cœur.

Sûre ? m'a demandé Nina en s'asseyant face à moi. *Tu as l'air…*

Apparemment, elle n'a pas trouvé le bon signe pour décrire ma tête, alors elle a opté pour « ... mal ».

Beau s'est assis en face de moi à son tour. Je les ai regardés tous les deux, hésitant à leur raconter ce qui s'était passé la veille. C'étaient mes amis. D'accord, Beau était peut-être un peu plus qu'un simple ami. Mais ils ne comprendraient sûrement pas à quel point la nouvelle m'avait dévastée, et je n'étais pas d'humeur à prétendre que tout allait bien. Finalement, je leur ai expliqué ce qui s'était passé la veille au bureau de ressources pour les personnes handicapées, en essayant de ne pas me laisser emporter par l'émotion.

Désolé, ont signé Beau et Nina en même temps à la fin de mon récit.

« ... probable... trouveront... interprète, a poursuivi Nina, le menton dans une main. ... prendra juste du temps. »

Je sais, ai-je répondu en poussant un lourd soupir. « Mais... j'ai tort d'avoir envie que pour une fois dans ma vie les choses aillent bien ? »

« Qu'est-ce que... veux dire ? » m'a demandé Beau en fronçant les sourcils.

J'ai commencé à tapoter en rythme sur la table, m'efforçant de formuler mes pensées pour qu'elles aient un sens.

« Depuis que j'ai perdu l'ouïe, j'ai dû faire dix fois plus d'efforts pour me maintenir à niveau. À l'école et dans tous les aspects de ma vie. Je craignais vraiment de ne pas pouvoir entrer à l'université parce que je suis sourde. Et maintenant, ça ? Je veux dire, je ne changerais rien à ma vie, mais est-ce que je ne peux pas obtenir cette simple chose ? »

Je pense que..., a commencé Beau, les gestes hésitants. *Je comprends.*

« C'est vrai ? » ai-je dit, sceptique. Il n'avait jamais vécu cette situation, lui.

Beau a signé : *Oui*, avec un coup d'œil à Nina pour obtenir du renfort. Nina a pris son temps pour réagir.

« … pense… sera… vaut la peine… attendre, a-t-elle dit en souriant. Le travail porte des fruits… »

« Ouais, peut-être », ai-je répondu, de nouveau envahie par un sentiment de défaite. Je tenais vraiment à mes amis et je savais que c'était réciproque, mais ils ne m'aidaient pas à ce moment-là.

Eh, a signé Beau pour attirer mon attention. *Ça va ?*

Sa mine sérieuse et inquiète était si attachante que je n'ai pas pu réprimer un petit sourire.

Oui, ai-je signé, et cette fois, c'était sincère.

Beau a souri largement à son tour et a tendu le bras pour prendre ma main dans la sienne.

« ... sais... vous vous adorez, a dit Nina, l'air faussement exaspéré. Mais parlons... plus joyeux... comme... de Maya. »

« Pardon ? » ai-je demandé, perplexe.

Ton anniversaire, a signé Beau. *C'est bientôt, non ?*

J'ai été prise au dépourvu ; j'avais honnêtement oublié que c'était bientôt. J'avais d'autres choses plus importantes à gérer que mon dix-huitième anniversaire.

Mais c'était touchant que Nina et Beau s'en souviennent, eux. Ils étaient plus attentifs que moi à certaines choses me concernant. Je commençais à redouter ce qui allait sortir de la bouche de Nina, car je connaissais ce regard calculateur qu'elle avait parfois.

« Et ? » ai-je dit, décidant de la jouer cool pour que Beau et Nina voient que je ne voulais pas faire tout un plat de mon anniversaire.

Ton anniversaire ! a signé Nina en me lançant un regard qui disait clairement : « Espèce de cruche ».

« Oui, eh bien, j'ai choisi de ne pas le fêter cette année, ai-je dit en posant une main sur la table. Ce n'est pas important. »

« Hors de question, a dit Beau d'un air incrédule. ... avoir dix-huit ans. »

« Et alors ? »

C'est important, a signé Nina en se trémoussant gaiement. *Il faut fêter ça.*

« Oh, allez. Vraiment ? » dis-je en réprimant une grimace.

Oui ! a répondu Nina avec enthousiasme.

Je me suis tournée vers Beau pour obtenir du renfort, mais il a levé les paumes comme pour dire : « C'est Nina qui décide. »

Vraiment ? ai-je signé avec une moue involontaire.

« *Oui !* » a dit Nina, tandis que Beau signait : *Tu vas bien t'amuser.*

Je veux faire simple, ai-je signé à Nina, et elle a aussitôt hoché la tête en répondant : *Je comprends.*

Espérant que cette histoire d'anniversaire allait passer à l'as, j'ai déballé mon sandwich et mordu dedans.

Beau et Nina ont attaqué leur propre repas et, pendant un moment, j'ai oublié tout ce qui avait mal tourné ces derniers temps. J'avais ici deux personnes qui, j'en étais presque sûre, me soutiendraient quoi qu'il arrive.

J'aurais voulu feindre d'ignorer l'affaire de l'interprète de Cartwright pour me concentrer sur des choses plus importantes, mais avant la fin de la journée, je me suis retrouvée à raconter ma mésaventure à Kathleen. Nous étions à côté de mon casier, après la dernière sonnerie.

C'est normal ? lui ai-je demandé. *Je trouve que l'université devrait avoir beaucoup d'interprètes.*

Kathleen hochait la tête, attentive. Elle a répondu : *Ce n'est pas étonnant. Ça arrive parfois. Mais...*

J'attendais la suite, le souffle court. Kathleen m'avait dit, quelque temps auparavant, qu'elle était interprète dans le domaine de l'éducation depuis longtemps. Elle devait bien être au courant de tout cela, non ?

« Pourvu qu'elle ne m'apprenne rien de déprimant », me disais-je, mal à l'aise.

Je vais passer un appel, a-t-elle soudain repris, un sourire confiant éclairant ses traits. *Je connais des gens. Je te ferai part des informations qu'on me donnera.*

Merci, merci, ai-je signé deux fois avant de la serrer dans mes bras.

Je la sentais rire d'après les vibrations de sa poitrine, et elle souriait encore quand je l'ai lâchée.

Cela ne signifiait pas que Kathleen offrait une solution, mais elle semblait être du genre à faire avancer les choses. S'il y avait quelqu'un à qui je pouvais me fier, c'était elle.

Essaie de ne pas t'inquiéter, a signé Kathleen, avant de me donner une petite bourrade sous le menton. *Tout se passera bien.*

« Tout se passera bien », me suis-je répété en sortant retrouver Beau.

Je l'espérais du moins. J'étais mal à l'aise en pensant à ce que Nina mijotait pour mon anniversaire, mais je ne pouvais que feindre d'être contente et me laisser faire. Sans Nina, je ne savais pas trop où j'en serais dans cette toile d'araignée qu'était Engelmann. Sans parler de Beau... Je l'ai retrouvé dehors, appuyé contre sa voiture, un livre à la main, comme toujours. Mon cœur s'est mis à battre à un rythme stupide lorsqu'il a levé les yeux à mon approche et qu'il m'a adressé un sourire chaleureux.

Ça va mieux ? a-t-il signé en posant son livre sur le toit de sa voiture.

J'allais répondre honnêtement à sa question, mais j'ai eu envie de faire autre chose avant.

J'ai posé les doigts autour du col de Beau et je l'ai attiré à moi pour l'embrasser, parce que… pourquoi pas ? Beau n'a pas eu l'air contre, puisqu'il m'a rendu ce baiser.

Maintenant, ça va mieux, ai-je dit après l'avoir lâché.

33

Je peux pas fêter mon anniversaire aujourd'hui, ai-je expliqué par texto à Nina ce samedi en fin de matinée, lovée sur le canapé du salon, Connor à côté de moi. **Mon petit frère ne se sent pas bien.**

Connor avait mal commencé sa journée. Il avait évacué plus de mucus que d'habitude, et son malaise était évident. Je ne pouvais pas faire grand-chose pour l'aider, à part rester près de lui et regarder les dessins animés de Spider-Man – son réconfort quand il n'était pas en forme.

Nina m'a répondu presque aussitôt, voulant savoir si Connor n'était pas trop mal en point et si elle pouvait aider d'une manière ou d'une autre. Je lui ai assuré que tout allait bien, mais qu'il fallait remettre à plus tard cette histoire d'anniversaire. Je n'avais pas encore l'esprit à la fête, même si j'appréciais sa volonté de rendre ce jour mémorable.

Ne t'inquiète pas, m'a écrit Nina. **On va te l'apporter, la fête.**

Je lui ai renvoyé plusieurs textos pour lui dire qu'il était inutile que la fête vienne à moi ; mais en vain.

Une bonne heure plus tard, on a sonné à la porte : l'éclairage du salon a clignoté pendant quelques secondes. Lorsque j'ai ouvert, Beau et Nina se tenaient sur le perron, une pile de pizzas à la main, ainsi qu'un ballon d'anniversaire et ce que j'ai soupçonné être quelques cadeaux.

Ils ont tous les deux dit : « Joyeux anniversaire », faute de pouvoir signer, chargés comme ils l'étaient.

« Qu'est-ce que c'est que tout ça ? » ai-je demandé, la main crispée sur la poignée de la porte. J'étais partagée entre la gratitude d'avoir des amis aussi extraordinaires et l'embarras d'être au centre de l'attention. D'autant plus que j'étais encore en sweat, je flottais dans un t-shirt de baseball trop grand, et je n'avais pas encore pris de douche.

« Allez… juste… deux…, a dit Nina en montrant Beau d'un signe de tête. … frère… amuser. »

Connor avait quitté le canapé et se tenait à côté de moi dans l'entrée, les yeux fixés sur le ballon que Nina avait enroulé autour de son poignet. Maman nous a rejoints, elle m'a posé une main sur l'épaule et a signé : *Bon anniversaire*, quand j'ai tourné les yeux vers elle.

Amuse-toi, a-t-elle ajouté en remuant les sourcils, geste familier qu'elle effectuait pour me faire rire.

Oui, ma mère était clairement dans le coup.

« Maman, je suis en pyjama ! »

« Et alors ? » Maman a haussé les épaules en montrant l'escalier du doigt. « Va te changer. »

J'en ai pour une seconde, ai-je signé tandis que Beau emportait les pizzas dans la salle à manger et que Nina donnait le ballon à Connor.

J'ai monté les marches quatre à quatre jusque dans ma chambre pour enfiler le premier jean et le premier t-shirt propre qui me tombaient sous la main. J'ai passé un coup de brosse dans mes cheveux pleins de nœuds, je les ai attachés en une vague queue de cheval, puis j'ai mis mes appareils auditifs avant de redescendre en courant.

Tout le monde était réuni autour de la table avec la pizza, la pile de cadeaux et un petit gâteau décoré d'un glaçage bleu à paillettes. Ils m'ont de nouveau signé : *Joyeux anniversaire*, à quoi j'ai réussi à répondre par un faible : *Merci*.

Au fond, c'était la moindre des choses que de laisser Nina s'amuser de cette fête. Elle était la première amie entendante que je m'étais faite à Engelmann, et il était difficile de ne pas penser que je lui en serais toujours reconnaissante.

Connor s'est assis à table avec nous pendant que nous prenions des parts de pizza, mais notre conversation l'a vite ennuyé, et il est retourné à ses dessins animés dans le salon. Quant à Maman, elle parlait et signait avec Beau et Nina, je ne l'avais pas vue aussi heureuse depuis longtemps, et je commençais à penser que tout ceci n'était peut-être pas une si mauvaise idée, après tout.

J'ai avalé deux tranches de pepperoni chargées de fromage avant de céder aux rires. Le spectacle de Beau essayant de signer et manger en même temps m'amusait plus que de raison.

« Comment... signer avec... main ? a-t-il demandé en fronçant les sourcils. Pendant... manges ? »

Avec le temps, signer et manger en même temps devenait une seconde nature pour les personnes sourdes. Je me suis mordu la lèvre pour étouffer mes rires, mais je crois que j'en ai laissé échapper un ou deux. « Entraîne-toi. »

Nina a insisté pour qu'on ouvre les cadeaux avant le gâteau, et j'ai été contente de n'avoir que trois paquets à déballer. Le premier venait de Nina – un ensemble de lotions et de savons pour le corps, parfumés au sucre vanillé, provenant d'une enseigne de luxe. Ensuite, il y avait un cadeau commun de Nina et Beau, un chèque-cadeau pour la librairie de Cartwright, qui, selon eux, était très important à cause de tous les manuels hors de prix dont j'allais avoir besoin.

Maman avait ajouté ses propres cadeaux à la pile – une carte d'anniversaire accompagnée d'un chèque-cadeau dans une boutique de vêtements pour ma nouvelle garde-robe universitaire et le coffret de toutes les saisons de ma série télé préférée. Plus touchant encore, Connor avait sacrifié son argent de poche pour m'acheter un nouveau cahier ainsi qu'un livret d'autocollants Marvel pour le décorer.

Mon dernier cadeau était un livre qui, sans surprise, venait de Beau ; il avait l'air issu de sa collection personnelle. Je n'étais pas aussi friande de lecture que Beau, et pourtant j'ai été très touchée par l'exemplaire abîmé de *Jane Eyre* que je tenais entre les mains.

J'ai inspecté le vieux livre, feuilleté ses pages jaunies. Ce n'était pas une édition originale, mais elle était réellement ancienne, avec des illustrations d'autrefois représentant des scènes du roman.

Glissée entre les premières pages se trouvait une enveloppe contenant une simple carte bleue avec les mots « Joyeux anniversaire » tracés au recto ; j'ai reconnu l'écriture bâclée de Beau. À l'intérieur, un petit mot m'était adressé :

« Je ne t'ai pas encore vue lire beaucoup, mais il faudra me dire ce que tu penses de ce roman. Tu te trouveras peut-être un ou deux points communs avec le personnage principal. »

Beau terminait par une citation tirée du roman : « Je ne suis pas un oiseau, et aucun filet ne me retient. »

J'ai rangé la carte dans l'enveloppe que j'ai remise entre les pages avant de poser soigneusement le livre sur la table.

Quand je me suis enfin tournée vers Beau, je n'ai pas été surprise de voir qu'il me scrutait attentivement, essayant d'évaluer ma réaction à son cadeau.

Il me semblait ridicule de ne signer que *Merci*, mais c'est tout ce que j'ai pu faire à ce moment-là, les yeux verts de Beau fixés sur moi.

Tu aimes ? a-t-il signé à la hâte.

Beaucoup, ai-je répondu sincèrement, la main sur le livre.

Bien. Content, a dit Beau avec un imperceptible soupir de soulagement.

Si Nina n'était pas intervenue en signalant qu'il était temps d'attaquer le gâteau, je crois que Beau et moi aurions pu nous perdre encore longtemps dans cet instant.

Je n'arrêtais pas de me répéter les mots du livre pendant que je coupais ma part de gâteau.

« Je ne suis pas un oiseau, et aucun filet ne me retient. »

Ma fête d'anniversaire ne s'est pas mal passée, vraiment. Nous avons abondamment ri, évoqué beaucoup d'histoires du lycée. Maman et parfois Connor étaient de la partie. J'ai été un peu surprise de voir à quel point je me sentais heureuse. Ça ne me gênait pas d'avoir mes amis et ma mère au même endroit, chose qui laissait généralement la porte grande ouverte à l'embarras.

Nina a dû remballer ses affaires plus tard dans l'après-midi, car elle travaillait le soir chez Target, et comme elle avait fait du covoiturage avec Beau, il a dû partir, lui aussi. J'étais un peu triste de les voir s'en aller, mais Beau avait probablement une montagne de devoirs pour le lundi.

Merci, ai-je signé à Nina et Beau en les accompagnant dehors une fois qu'ils avaient pris congé de Maman et Connor. *Je me suis bien amusée.*

Pareil, a signé Nina, en passant un bras autour de mes épaules pour me serrer dans ses bras. *Joyeux anniversaire.*

Beau s'attardait derrière nous pendant que Nina marchait jusqu'à sa voiture, les clés à la main. Alors j'ai signé : *Qu'est-ce qu'il y a ?*

Il a inhalé une grande bouffée d'air avant de signer : *J'ai un cadeau pour toi.*

« Quoi ? ai-je dit. Je croyais que c'était le livre, mon cadeau. »

« Oui, mais... » a répondu Beau. Il a tiré une enveloppe de sa poche de veste et me l'a tendue.

En prenant l'enveloppe, j'ai senti s'accentuer mon froncement de sourcils. Je l'ai regardée recto verso. Rien, à l'extérieur, ne fournissait d'explication sur sa provenance. Je l'ai ouverte avec soin et j'ai jeté un coup d'œil à l'intérieur, surprise d'y découvrir des papiers, une brochure et une carte de visite.

J'ai brutalement sorti le contenu de l'enveloppe pour le regarder de plus près. Mes mains se sont mises à trembler tandis que je feuilletais les papiers. J'avais peine à croire que Beau était la personne qui me donnait tout cela.

La brochure m'a échappé et elle est tombée par terre en virevoltant, tandis que je lisais la carte de visite, celle d'un certain Dr Janet Porter à l'hôpital pédiatrique d'Aurora.

« Qu'est-ce que c'est ? »

Même si je ne les entendais pas, je sentais les mots sortir tranchants de ma bouche.

En une demi-seconde, l'expression pleine d'espoir de Beau s'est transformée en stupeur. Il a signé : *Des informations sur...*

« Dans la phrase “Je ne veux pas d'implant cochléaire”, quelle partie tu n'as pas comprise ? »

J'ai laissé à Beau le temps dont il avait visiblement besoin pour rassembler ses idées, parce que de toute évidence, il ne s'était pas attendu à cette réaction. Se voyant à court de signes, il s'est mis à parler : « Je pensais que… l'entretien d'embauche et l'université… colère… chez toi. J'ai effectué des recherches… implants cochléaires… et… pensé que peut-être… voudrais… regarder. »

« Stop. Stop, s'il te plaît. »

Beau a serré les lèvres et hoché la tête.

Ma vision s'est un peu brouillée tandis que je ramassais la brochure tombée par terre. Des larmes chaudes de colère menaçaient de s'échapper.

Ça m'avait pris du temps, mais j'avais développé des sentiments sincères pour le garçon entendant qui se tenait devant moi. Il apprenait ma langue et m'encourageait beaucoup à poursuivre mes rêves – il avait probablement été la personne que mon admission à Cartwright avait le plus réjouie.

Je ne voulais pas penser que je m'étais trompée et que Beau, peut-être, n'aimait pas le fait que je sois sourde. Mais qu'imaginer d'autre alors que j'avais dans les mains toutes ces informations sur les implants cochléaires, avec la carte de visite d'un médecin ?

Pourquoi donc Beau souhaitait-il que je change cette part essentielle de moi-même ?

« Je ne veux pas de ça, ai-je dit aussi calmement que possible. Je n'en ai pas besoin. »

En une fraction de seconde, Beau est passé de la confusion à la stupéfaction. Il s'est mis à parler, mais j'ai essayé de hausser la voix pour couvrir la sienne.

« Pourquoi tu ne comprends pas que ma surdité ne m'empêche pas d'être heureuse ? »

« ... comprends, mais... pensé... »

« Non, je crois vraiment que tu n'as pas réfléchi. »

J'avais envie de lui jeter au visage cette stupide enveloppe et de rentrer chez moi comme une tornade. Ça m'a demandé un réel effort de rester sur place et de m'exprimer franchement, quitte à anéantir tout ce qui se développait entre Beau et moi depuis quelques mois.

« Je ne veux pas de ta pitié, Beau. Je ne suis pas une pauvre petite fille sans ressources qui a besoin d'être sauvée. Donc si c'est tout ce que tu as pour moi, s'il te plaît, va-t'en maintenant. »

Impossible de savoir combien de temps s'est écoulé pendant que je me tenais là, sur les marches devant chez moi, à attendre une réaction quelconque de la part de Beau. Il avait l'air d'être coincé entre deux murs, bien en peine de savoir quoi me dire.

Comme ce moment s'éternisait sans qu'il y ait une fin en vue, j'ai renoncé.

Très bien, ai-je signé. Puis j'ai ajouté : *Fini*.

Je n'avais aucune idée de ce qui était « fini », mais je choisissais d'en rester là.

Beau ne m'a pas arrêtée quand j'ai tourné les talons et monté les marches pour rentrer chez moi, les laissant dehors, lui et son « cadeau » d'anniversaire.

34

J'ai été assez surprise que Maman mette autant de temps à se glisser dans ma chambre en ne me voyant pas faire surface après ma sonnerie de réveil. Les couvertures remontées par-dessus ma tête, je n'ai pas bougé jusqu'à ce que Maman pose sa main sur mon côté en appuyant.

Qu'est-ce qui s'est passé ? a-t-elle signé quand j'ai repoussé les couvertures et que je l'ai regardée.

Elle avait allumé les lumières, si bien que j'ai clairement vu son expression, mélange d'inquiétude et d'exaspération.

« Je ne sais pas ce que tu veux dire », ai-je fini par dire.

Hier. À ton anniversaire. Qu'est-ce qui s'est passé ?

Rien, ai-je dit en m'asseyant sur mon lit, le dos au mur.

Maman a plissé les yeux, dans l'attente d'une explication plus satisfaisante. J'ai cédé avec un soupir et fourré la tête dans mes mains pour ne pas avoir à la regarder en parlant. J'ai utilisé ma voix, parce que je ne pensais pas réussir à trouver d'autres signes que *stupide* ou *frustrée* pour décrire ce qui s'était passé et ce que je ressentais à présent.

« Le second cadeau d'anniversaire de Beau a été un tas d'informations sur les IC et sur un médecin d'ici que je peux contacter si je voulais m'en faire poser. Le Dr Porter, quel hasard ! »

La pression de Maman sur mon genou s'est accentuée presque douloureusement.

Il sait que tu ne veux pas d'IC ? m'a-t-elle demandé lentement.

Oui. Il sait, et il m'a donné ça. Avant, je pensais que B-E-A-U m'aimait bien, ai-je poursuivi en me concentrant sur mes signes plus que sur ce qui remuait inconfortablement au creux de mon ventre. *Et je croyais qu'il m'aimait sourde. Mais maintenant… Je ne sais pas.*

Maman a signé : *Oh, je vois*, à la fin de mon histoire. Elle avait l'air tout aussi perdue que moi, bien en peine de savoir que penser de toute cette affaire.

Je pense qu'il veut t'aider, a-t-elle fini par signer. *Je pense que certains entendants s'imaginent que les sourds sont tristes de ne pas entendre.*

Ce n'est pas vrai, ai-je dit en me redressant. *Je ne suis pas triste d'être sourde. Je suis triste parce que B-E-A-U veut que je…*

« … me transforme, ai-je achevé en employant ma voix. Je suis heureuse, sourde. Pourquoi c'est si dur à comprendre ? »

Je ne sais pas, a répondu Maman avec une grimace, en haussant les épaules. *Je te crois.*

D'ordinaire, ça me demandait un effort herculéen d'être honnête sur des sujets aussi intimes que celui-ci, mais dans la mesure où j'avais déjà dit tout le reste à Maman, je pouvais bien lui confier la suite :

« Maman, j'aime vraiment beaucoup Beau. Je ne peux pas… je ne peux plus le nier. Et juste au moment où je finis par me convaincre que ça n'a pas d'importance s'il est entendant, voilà ce qui arrive. »

« Ma chérie, les relations... jamais faciles, a dit Maman avec un petit sourire triste. Mais… pas… fin. Pas si… veux pas. »

« Je ne sais plus ce que je veux. »

Je crois que j'ai poussé un gémissement en me frottant le visage avec les mains.

Maman m'a de nouveau appuyé sur le genou pour que je lève les yeux, et elle m'a dit : *Ne t'inquiète pas. Tu es jeune. Tu as le temps.*

Je me suis dit que c'était vrai, mais en quoi est-ce que ça pourrait me faire du bien, du moins en ce qui concernait Beau ?

Quand elle a signé : *Désolée*, ensuite, ça n'a guère atténué mon sentiment de culpabilité.

« Non, c'est moi qui suis désolée, ai-je dit en inspirant profondément. Je suppose que tout est devenu... bizarre quand on a emménagé ici. Ça a été dur pour moi de savoir qui j'étais. »

Je sais, a signé Maman avec un sourire en coin. *L'art me l'a dit.*

J'ai acquiescé d'un signe de tête. Mon autoportrait peint pendant les cours de Mme Phillips, et toujours suspendu dans le salon, était un exemple plutôt parfait du regard que je portais sur moi-même depuis notre arrivée dans le Colorado. Je n'étais probablement pas la seule élève de lycée, sourde ou entendante, à ressentir les choses ainsi.

Et maintenant ? ai-je dit avec une grimace.

Maman a haussé les épaules : *Je ne sais pas. C'est toi qui décides.*

Bon… N'était-ce pas plus facile à dire qu'à faire ?

Maman m'a tapoté la jambe d'un geste réconfortant et s'est dirigée vers la porte.

Tu veux un petit déjeuner ? m'a-t-elle demandé d'une main, l'autre sur la poignée.

« Non. Je veux me rendormir. »

Elle m'a adressé un sourire compréhensif et elle s'en est allée en refermant la porte derrière elle.

Je me suis retournée dans mon lit et j'ai rabattu les couvertures sur moi, en fermant fort les yeux. Des images de Beau dansaient sans arrêt dans mon esprit, des images de son sourire encadré de fossettes, de son expression lorsqu'il riait.

Maman avait peut-être raison, peut-être qu'il voulait juste faire son possible pour m'aider. Mais pourquoi est-ce qu'il ne m'avait pas posé la question au lieu de supposer dans son coin que je voulais un implant cochléaire et que j'avais besoin d'aide pour l'obtenir ? Qui se permettait des jugements aussi hâtifs ?

« Toi », ai-je pensé subitement, alors que j'allais sombrer dans le sommeil.

N'avais-je pas pris Beau, pendant des mois, pour un snob populaire qui cherchait à gagner des points en devenant ami avec la nouvelle élève sourde ? Malgré ce qui venait d'arriver, je devais admettre que c'était faux et que Beau éprouvait authentiquement *quelque chose* pour moi.

J'ai sorti une main de sous ma montagne de couvertures et j'ai tâtonné partout sur ma table de nuit jusqu'à ce que je trouve mon téléphone. J'ai fermé tous les textos de Nina et celui que Beau m'avait envoyé – **On peut parler, s'il te plaît ?** – et j'ai adressé un SMS à Melissa. J'étais dans l'une de ces situations où il vaut mieux consulter sa meilleure amie avant de prendre des décisions trop hâtives.

Tout va bien ?? a-t-elle répondu à côté d'un émoji aux sourcils froncés.

Pas vraiment, ai-je répliqué.

Il m'a fallu quelques minutes pour taper tout ce qui venait de se passer pendant les jours précédents. Quand j'ai envoyé mon message à Melissa, il avait pris la forme d'un roman, mais c'était le seul moyen de tout lui raconter, et ça ne la dérangerait pas. Plus il y avait de détails, plus Melissa aimait ça.

OMG, a-t-elle répondu plus vite que je ne l'aurais cru.

C'était tout. Trois lettres. Pas vraiment l'aide que je cherchais.

Si mal ? ai-je tapé.

C'est... quelque chose, a-t-elle répondu. Mais tu te sens comment?

Blessée, ai-je écrit, sans avoir besoin de temps pour répondre. Fâchée. Je pensais qu'il m'aimait pour MOI.

Dis-le-lui, a répondu Melissa presque du tac au tac. Ne te laisse pas marcher sur les pieds.

Qu'est-ce que tu ferais ? lui ai-je demandé ensuite.

J'ai longtemps attendu une réponse qui s'est finalement limitée à : Sais pas, suivie par : On n'a pas besoin d'être réparées. S'il ne le comprend pas, ne perds pas de temps avec lui.

Elle avait raison. J'avais une certitude, celle d'être heureuse telle que j'étais, et je n'étais pas près de changer ça juste parce qu'un implant cochléaire me faciliterait peut-être la vie. Beau pensait me rendre service ; ça ne voulait pas dire qu'il m'en rendait un.

Beau était censé être un gars intelligent. Autrement, Yale n'aurait pas voulu de lui. J'hallucinais qu'il ne puisse pas comprendre ça. Et s'il ne comprenait pas cette chose essentielle à laquelle je tenais tant, était-ce vraiment la peine d'essayer de développer une relation ? Et si nous étions juste trop différents l'un de l'autre ?

35

À mon arrivée en cours de statistiques le lundi matin, j'ai très clairement montré que je n'étais pas prête à parler à Beau. Je n'ai pas établi un seul contact visuel avec lui en m'asseyant sur ma chaise habituelle et en sortant devoirs et manuels. Je sentais les ondes de tension qui émanaient de lui, et cinq minutes après le début du cours, j'ai eu l'impression de le sentir gigoter sur son siège.

Le cours a représenté cinquante-cinq minutes de tourment, et je ne suis pas sûre d'avoir absorbé beaucoup de ce que disait Mme Richardson. J'avais l'esprit qui partait à la dérive toutes les trois minutes, et je commençais à penser à tout ce que je voudrais dire à Beau, à quel point je voulais qu'il comprenne que je n'avais pas besoin de ce type d'« aide » de sa part. Je n'avais pas besoin qu'il soit mon sauveur entendant.

Je me suis levée d'un bond pour fourrer mes affaires dans mon sac à l'instant où Kathleen m'a indiqué que la cloche avait sonné. J'avais fait deux pas en direction de la porte quand la main de Beau s'est posée sur mon épaule.

Est-ce qu'on peut parler ? a-t-il signé quand je me suis contrainte à le regarder.

Non, ai-je immédiatement répliqué, en précisant aussitôt : *Pas encore.*

Cette histoire ne s'apaiserait pas avant qu'on en discute à fond, mais je n'étais pas encore prête pour ça. Et pourquoi ne pas le laisser mariner un peu plus longtemps ? Il commencerait peut-être à éprouver la même chose que moi.

Tournant les talons, je suis partie sans attendre la réaction de Beau, ne m'arrêtant dans le couloir que pour laisser Kathleen me rattraper.

Qu'est-ce qui ne va pas ? a-t-elle signé en me rejoignant à l'angle du couloir suivant.

Je n'avais pas l'énergie nécessaire pour lui expliquer dans les moindres détails les événements du week-end, donc je lui ai donné la version condensée.

B-E-A-U m'a donné des informations sur les IC pour mon anniversaire, ai-je signé par saccades. *Il pense que je veux en avoir.*

Les sourcils de Kathleen ont fait un bond vers le haut et sa bouche s'est pincée, comme à chaque fois qu'elle désapprouvait quelque chose.

Comment te sens-tu ? m'a-t-elle demandé après un moment.

Triste, ai-je répliqué tout de suite. *En colère.*

Il y avait toute une liste d'autres émotions, mais Kathleen pouvait se les figurer sans que j'entre dans les détails.

Je m'attendais un peu à ce qu'elle propose une solution, comme elle l'avait fait dans l'affaire de Cartwright et de l'interprète, mais elle a gardé le silence jusqu'à notre arrivée au cours d'histoire de M. Wells.

Je m'étais préparée à subir une autre salve de questions quand j'ai pris place à côté de Nina, mais d'après le minuscule sourire qu'elle m'a adressé, accompagné d'un regard compréhensif, elle était déjà au courant de tout.

Ça va ? s'est-elle contentée de demander au moment où Beau entrait à son tour et s'asseyait à côté de moi.

J'ai choisi l'honnêteté totale :

« Non », ai-je dit à voix haute.

M. Wells a commencé son cours à la seconde où la cloche venait de sonner, mais j'étais encore loin d'être attentive. Je me suis retrouvée à gribouiller partout sur ma page de cahier au lieu de prendre des notes. J'ai repris pied dans la réalité quand Nina s'est mise à tapoter sur mon bureau pour attirer mon attention. Elle a remarqué que j'avais dessiné toute une page de boîtes et de visages fâchés.

C'est l'heure de la discussion de groupe, a signé Nina quand je lui ai jeté un coup d'œil.

Super, ai-je répondu en levant les yeux au ciel.

J'ai fait face à Nina, tournant le dos à Beau. Je n'avais pas envie de lui parler d'histoire non plus.

Nina s'est mise à signer et parler pour discuter de quelque chose qui avait un lien avec la crise des missiles de Cuba, mais mon attention a dévié quand j'ai capté les regards que Jackson n'arrêtait pas de me jeter. Assis à deux rangs de là, il était penché vers son voisin, lui aussi membre de l'équipe de baseball. Clairement, le sujet de leur discussion n'était pas la crise des missiles de Cuba.

Un mélange de curiosité et de détermination m'a poussée à scruter la grande bouche de Jackson pour lire sur ses lèvres. Son regard faisait des allers-retours incessants entre Beau et moi ; il parlait de nous, et un sourire narquois lui est venu.

« Excuse-moi, ai-je lâché assez haut pour attirer l'attention de quelques camarades. Tu n'as pas vraiment dit ce que tu viens de dire, si ? »

Je mettais un point d'honneur à avoir le moins d'interactions possible avec Jackson, mais il était hors de question que je laisse passer ça sans l'interpeller.

Jackson s'est redressé d'un coup sur sa chaise, les yeux écarquillés.

« ... entendu ? »

« Bien sûr que non. Mais tu as oublié que ce "poussin handicapé" sait lire sur les lèvres ? »

Une teinte rouge cramoisi est montée le long du cou de Jackson et lui a envahi le visage tandis que la classe nous fixait – Beau et Nina inclus. Ce n'était pas le genre d'attention à laquelle il était habitué.

« Désolé..., a commencé Jackson sans même croiser mon regard. Je pensais juste... »

« Non, je ne veux pas de tes excuses, ai-je coupé. Je veux que tu comprennes que je ne suis pas handicapée. La seule chose dont je ne suis pas capable, alors que tu l'es, c'est d'entendre. »

Jackson a remué sur sa chaise, gêné, les yeux fixés sur un point au-dessus de ma tête. Tout ce qu'il a répondu, c'est : « OK ».

« Et j'aimerais que tu arrêtes de parler de Beau et moi, ai-je ajouté sur ma lancée, prête à poursuivre pour qu'il comprenne vraiment. Quoi qu'il se passe entre nous, ce ne sont pas tes affaires. »

Je refusais de croire l'horreur que Jackson venait de sortir, selon laquelle Beau cherchait seulement à se faire bien voir en sortant avec un « poussin handicapé ». Quelle que soit l'impasse dans laquelle nous nous trouvions, Beau n'aurait jamais été aussi cruel. Il avait trop de cœur pour cela.

Je me suis contorsionnée sur mon siège pour tourner le dos à Jackson, les bras fermement croisés.

« Qu'est-ce que... tout ça ? » m'a demandé Nina en me posant la main sur l'avant-bras.

Rien. Ça va, ai-je signé.

En jetant un coup d'œil à Beau – il faisait semblant d'être absorbé par son manuel, mais je savais qu'il avait l'esprit ailleurs – j'ai pris conscience que je n'allais pas bien. Je n'irais pas bien jusqu'à ce que nous discutions.

36

Ce mardi matin, Kathleen était en retard et ne m'attendait pas devant le bureau principal comme à son habitude. Ça m'allait parfaitement. Tout ce qu'il me fallait, c'était quelques minutes seule avec Beau pour pouvoir discuter. Ça aurait été trop gênant de tenir cette conversation devant une interprète.

J'ai trouvé Beau devant son casier, en train de fourrer des choses dans son sac, comme je m'y étais attendue. Il faisait ses gestes au ralenti ; soit il manquait de sommeil, soit il était complètement distrait. Il semblait être dans le même état que moi ces derniers jours.

J'ai frappé du doigt le casier voisin pour attirer son attention. Je n'allais pas utiliser ma voix dans ces circonstances.

Les yeux verts de Beau se sont écarquillés lorsqu'il a refermé son casier à la volée et qu'il m'a vue. Il a lâché : « Tu es là. »

Oui, ai-je signé. *Prête à discuter.*

C'est tout ce qui me venait. D'être si près de lui, j'avais déjà du mal à me rappeler tous les signes que j'avais préparés.

Les lèvres de Beau étaient entrouvertes, et il avait une main en l'air comme s'il allait se mettre à signer, pour présenter des excuses, j'en étais convaincue. Mais non, il a dit : « J'ai… boulder. »

Je comprends pas, ai-je signé après avoir tenté en vain de lier ensemble les bribes de sa phrase.

Je ne voyais pas du tout ce que voulait dire « boulder ».

Beau a fouillé dans son sac et en a extirpé une lettre. Je l'ai parcourue : c'était un document officiel provenant de l'université de Boulder. Je reconnus alors ce nom : c'était l'établissement où Nina avait demandé à être admise. Je n'étais pas surprise que Beau y soit admis, mais j'ignorais pourquoi il jugeait que c'était le moment approprié pour me faire part de la nouvelle.

O-K, ai-je signé en lui rendant la lettre. *C'est bien pour toi.*

Je voyais qu'il avait le souffle court, vu la manière dont sa poitrine se soulevait et s'affaissait. Il a rangé la lettre dans son sac. Quand ses yeux ont recroisé les miens, il a dit : « … fait ma demande d'admission après... discussion ce soir-là... voulais… sache… pouvais faire quelque chose d'autre. »

Quoi ? ai-je signé, si stupéfaite que j'ai senti mes sourcils se dresser d'un bond vers mon front.

Beau s'est décidé à signer : *J'ai dit à mon père que je ne veux pas faire médecine.*

« ... pas ce que… veux, a-t-il dit tout haut, une main sur le cœur. Je veux... littérature anglaise. »

« Oh », ai-je dit, oubliant ma résolution de ne pas utiliser ma voix.

J'étais toujours en colère et blessée après l'incident du samedi avec la brochure sur les implants cochléaires, et je ne voulais pas l'oublier. Malgré tout, je ne pouvais m'empêcher d'être fière de Beau.

« Pourquoi…, ai-je demandé, consciente que je n'arriverais pas à enchaîner tous les signes nécessaires. Pourquoi tu me dis ça maintenant ? »

Puis j'ai secoué la tête. Je ne voulais pas savoir ce qui arrivait à Beau, je voulais d'abord qu'il sache ce qui m'arrivait, à moi.

Attends, s'il te plaît, ai-je signé en levant un doigt. *Avant que tu commences, je veux…*

Qu'est-ce que je voulais exactement ?

Je ne me changerai pas, ai-je signé après un instant d'hésitation. *Pas d'IC. Tu me choisis sourde…*

« … ou pas du tout », ai-je conclu.

Ça m'était plutôt égal à présent que Beau soit entendant. Là n'était pas le problème. Le problème, c'était qu'il ait imaginé que je voudrais un IC juste parce que j'avais eu une mauvaise expérience au sujet d'un entretien et quelques complications pour trouver un interprète à l'université. Ça ne voulait pas dire qu'il fallait que je baisse les bras. Si Beau se figurait que je ne pouvais pas atteindre mes objectifs, ou qu'un IC – être capable d'entendre à nouveau – serait la réponse à tous mes problèmes, alors j'étais prête à m'éloigner tout de suite, et sans me retourner. Ce serait douloureux, mais je ne pouvais pas me trahir ainsi moi-même.

À peine avais-je fini de parler, qu'un sourire maladroit est apparu sur les traits de Beau, ce qui m'a rendue encore plus perplexe que quand il m'avait parlé de Boulder, une minute plus tôt. Il paraissait presque… calme. Comme s'il s'attendait à ces mots de ma part.

Je sais, a-t-il signé. *Et je te demande pardon.*

« ... n'aurais pas dû... faire ça, a-t-il poursuivi. ... pensé... »

Je vois maintenant que tu n'as pas besoin de mon aide, a-t-il fini avec un haussement d'épaules.

Non, ai-je approuvé. *Mais… j'ai besoin de toi.*

Je pouvais au moins être honnête là-dessus.

Beau s'est empourpré tandis qu'il signait en toute hâte quelque chose comme : *Avant, je pensais qu'on n'était pas... parce que tu es sourde et...*

Je le regardais sans rien exprimer, le laissant lutter pour trouver les mots qu'il cherchait. Il a fini par soupirer et lever les mains en l'air, en se contentant de signer : *La vie des entendants n'est pas parfaite.*

Pareil pour celle des sourds, ai-je répondu en hochant la tête.

Tu continues à me soutenir, a-t-il repris. *Je devrais le faire aussi.*

Je me suis sentie amorcer un sourire, malgré mon désir de garder un visage posé et impénétrable.

Qui t'a dit ça ? ai-je demandé, mais je devinais déjà la réponse.

N-I-N-A, a épelé Beau, et j'ai dû étouffer un rire.

« Merci de ton aide, Nina », ai-je pensé.

Je suis contente que tu comprennes maintenant, ai-je signé à Beau.

Oui. Pardon encore. Je…

Il a mis un moment à signer la suite : *Est-ce qu'on peut tout recommencer ?*

« Pardon, quoi ? »

Pivotant sur ses talons, Beau s'est éloigné et a disparu derrière l'angle du couloir, puis il est revenu vers moi. Lorsqu'il m'a rejointe, il m'a tendu la main avec un bon sourire.

« Salut, je m'appelle Beau… j'entends, mais… j'apprends. »

Je lui ai serré la main ; il m'était impossible de réprimer plus longtemps mon sourire.

Enchantée, ai-je signée. *Je m'appelle M-A-Y-A. Je suis sourde et heureuse.*

C'était bizarre, mais je comprenais. Un nouveau départ n'était pas une si mauvaise idée. Il était temps de nous défaire de toutes ces fausses conceptions sur les entendants et les personnes sourdes, et de tout recommencer.

« Je t'emmène… classe ? » m'a demandé Beau en m'offrant une main.

« Oui, ai-je dit en mêlant mes doigts aux siens et en serrant fort. Raconte-moi, pour ces études de littérature anglaise. »

Beau s'est mis à signer d'une main tandis que nous marchions dans le couloir. Il m'a décrit le programme de lettres qui l'intéressait et m'a expliqué avoir réfléchi de plus en plus sérieusement à enseigner depuis que je lui avais dit qu'il serait un bon professeur, le soir de la fête pour son admission à Yale.

C'est bien, ai-je signé. *Tu es intelligent. Tu feras un merveilleux professeur.*

Beau a répondu par un grand sourire, faisant réapparaître ses fossettes. *Merci*, a-t-il signé. Puis une grimace lui a soudain déformé les traits : « Mon père… comprend pas. »

« Ouais, bon, tu vas y arriver, ai-je répondu. Ce n'est peut-être pas facile, mais il n'y a pas grand-chose qui le soit. »

C'est vrai, a signé Beau. *Mais ce sera facile si je t'ai avec moi.*

Pareil, ai-je répondu après un instant de réflexion.

Ma vie n'était certes pas facile, mais elle était meilleure, de loin, quand j'avais Beau à mes côtés.

Épilogue

Un an plus tard

J'ai jeté le sac de serviettes sales dans le bac à linge et refermé le couvercle, plutôt fière de moi. Mon premier jour de stage à la clinique de réadaptation de Mountain View s'était passé sans trop de difficultés malgré mes inquiétudes préalables. Ce matin, un interprète m'avait accompagnée pour que je m'oriente et, juste après le déjeuner, j'avais pu faire mes premières tournées dans la clinique.

J'étais aidée par la gentillesse incroyable de tout le personnel, ravi d'accueillir une nouvelle tête. L'une des infirmières les plus âgées – elle s'appelait Liz – se promenait déjà avec un petit carnet dans la poche de sa blouse pour pouvoir m'écrire des notes. Elle avait déjà rempli environ trois pages en me posant des questions pendant le déjeuner.

Il ne s'agissait pas d'un stage en thérapie respiratoire, mais j'allais acquérir six mois d'expérience dans un milieu médical, ce qui, selon mon conseiller d'orientation universitaire, ferait très bien sur mon CV. J'en étais déjà à mon deuxième semestre d'université et j'étais bien plus avancée que l'année précédente à la même époque. Le lycée était derrière moi depuis longtemps et je n'avais aucune envie de regarder en arrière, même si ce qui m'attendait à ce moment-là, c'était des examens et encore des examens pour les deux ans à venir.

« Fini pour... journée ? » m'a demandé Liz alors que je sortais de la buanderie.

J'ai jeté un coup d'œil à mon téléphone dans la poche de ma blouse : il était presque 17 heures.

« Je pense que oui, dis-je. Merci pour votre aide aujourd'hui. C'est super jusqu'à présent. »

Liz a levé le pouce avec un sourire plein de gaieté, puis elle m'a accompagnée dans le couloir. « Comment... penses... passé ? »

« Bien, dis-je après avoir comblé les trous dans sa question. Beaucoup de choses à assimiler, mais... »

« Bien », a répété Liz, puis elle a signé : *Yeah !*

J'ai ri, forcément, et signé : *Yeah !* à mon tour.

La prochaine fois que j'allais venir pour une garde, Liz aurait probablement quelques signes de plus dans son arsenal. J'avais hâte de voir cela.

« Je... raccompagne ? » m'a demandé Liz en montrant l'entrée de la clinique.

« Bien sûr, merci. »

Liz s'est penchée vers la réceptionniste qui était encore à son poste. Elle lui a dit quelque chose qui lui a fait lever les yeux au ciel, puis nous sommes sorties.

Le soleil brillait ; une brise agréable agitait les arbres qui bordaient le parking. Cette douceur ne donnait pas envie de passer la journée enfermée, mais il faisait encore assez jour pour que je puisse en profiter.

Liz m'a mis une main sur l'épaule : « Est-ce que... te chercher ? »

« Oui, ma mère est censée venir. »

Ma voix s'est tue à la vue d'une voiture familière qui entrait en trombe dans le parking, sautait sur l'un des dos d'âne et se garait à l'arrache juste à l'entrée de la clinique.

« ... les connais ? » m'a demandé Liz en montrant la voiture du doigt.

« Oui, je les connais. »

C'était Nina qui venait de sauter du siège du conducteur, faisant des signes enthousiastes par-dessus le toit de la voiture, et puis...

« Beau ? »

Viens ! signait mon petit-ami, et je pense que mon sourire était aussi fou que le sien.

J'ai traversé le parking en courant et je me suis jetée dans les bras de Beau. C'étaient peut-être des retrouvailles un peu trop théâtrales, mais je n'avais pas vu Beau depuis Noël, quelques mois plus tôt. Je pensais qu'il ne rentrerait pas pour les vacances de printemps. Beau suivait désormais le prestigieux programme de littérature de Yale, au grand dam de son père, mais le Dr Watson était en train de renouer doucement avec lui.

J'étais tout aussi occupée par mes cours à Cartwright et maintenant par mon stage à la clinique, de sorte que les occasions de voir Beau sur FaceTime n'étaient pas aussi fréquentes que je l'aurais souhaité. Toute occasion de le voir en personne était un motif de réjouissance.

Il était un peu plus facile de garder le contact avec Nina et de lui rendre souvent visite, puisqu'elle étudiait à Boulder, à seulement un peu plus d'une heure de route.

« Qu'est-ce que tu fais ici ? » me suis-je exclamée une fois que Beau m'avait relâchée en gardant un bras autour de ma taille.

Beau s'est mis à parler, disant qu'il avait voulu me faire une surprise, mais, si proche de lui, je n'arrivais pas à suivre ce qu'il disait. J'ai signé : *Un baiser*, parce que c'était à peu près tout ce dont j'avais besoin.

J'aurais été très heureuse de rester sur le parking à embrasser Beau, ses lèvres sur les miennes depuis quelques secondes, quand on m'a tapoté l'épaule. Je me suis écartée de Beau en sursaut, et la surprise m'a pétrifiée.

Devant moi, l'air exaspéré et amusé, se tenait Melissa. Melissa que je n'avais pas vue depuis plus d'un an et demi, depuis notre emménagement dans le Colorado. Le seul changement dans son apparence, c'étaient les reflets d'un bleu brillant qui luisaient dans ses cheveux noirs.

Je crois que j'ai commencé à bafouiller comme une folle ; mes signes et ma voix se télescopaient. La seule chose cohérente que j'ai réussi à exprimer a été le signe : *Pourquoi ?*

Melissa m'a répondu par un signe : *Surprise !* et elle m'a serrée dans ses bras, encore plus vigoureusement que Beau. *Joyeux anniversaire !* a-t-elle ajouté quand elle m'a relâchée.

Mon anniversaire, c'était il y a deux mois, lui ai-je fait remarquer, et Melissa s'est contentée de hausser les épaules en balayant ma remarque d'un geste léger de la main.

« On sait... anniversaire... quelques mois, mais... maman... voulait... » a dit Nina en se joignant à notre petite assemblée.

J'avais encore l'esprit en ébullition, essayant de tout assimiler, si bien qu'une grande partie de ce que Nina essayait de me dire me passait au-dessus de la tête. Mais bien sûr, Maman était impliquée d'une manière ou d'une autre dans ce cadeau d'anniversaire tardif.

Je comprends pas, ai-je signé, et Melissa a seulement répondu : *Heureuse !* en me montrant du doigt comme pour me dire : « Te pose pas de questions. »

Et c'est ce que je fis, parce qu'après tout, quelle importance ? L'essentiel était là : deux de mes meilleures amies étaient devant moi, ainsi que mon amoureux. Il fallait que je passe un maximum de temps avec eux.

Quand j'ai regardé Beau, il souriait de tout l'éclat de ses fossettes et j'ai senti mon estomac faire un de ces stupides loopings. C'était drôle : nous étions ensemble depuis un an et son sourire me faisait toujours cet effet.

« Tu… heureuse ? » m'a-t-il demandé en replaçant soigneusement une mèche de mes cheveux derrière mon oreille, en veillant à ne pas l'emmêler autour de mon appareil.

« À ton avis ! » ai-je répondu en réprimant l'envie de les serrer tous les trois ensemble contre moi.

Nous avons pensé que ce serait un meilleur cadeau d'anniversaire, m'a signé Beau, et j'ai tout de suite compris l'allusion.

Le « cadeau » d'anniversaire de l'an dernier n'avait rien à voir avec celui-ci, qui avait bien plus de valeur à mes yeux. Après cet échange à cœur ouvert que nous avions eu dans le couloir d'Engelmann, Beau et moi n'avions jamais rediscuté des implants cochléaires, et je crois que nous souhaitions que cela continue ainsi. Nous étions maintenant sur un pied d'égalité, malgré ma surdité et sa bonne audition.

Oui, ai-je approuvé avec un sourire.

Nina est intervenue, signant que nous devions retrouver ma mère et Connor au Cheesecake Factory le plus proche pour le dîner. Je me suis retrouvée serrée entre Melissa et Beau sur la banquette arrière après avoir couru jusqu'à la clinique pour dire au revoir à Liz.

Je tenais la main de Beau pendant que Nina sortait du parking, et mon regard allait et venait entre Melissa et lui. Deux des êtres auxquels je tenais le plus venaient de se rencontrer et, connaissant leur personnalité vive, ils allaient se lier d'amitié en un rien de temps.

Et maintenant, deux parties différentes de ma vie – sourde et entendante – s'unissaient encore davantage.

Il est mignon, a signé Melissa en montrant Beau. Celui-ci faisait exprès de regarder par la vitre, mais j'ai surpris son grand sourire. *Il signe bien.*

Je suis bon professeur, ai-je répondu.

Melissa a souri et j'ai deviné qu'elle se mettait à pouffer. *Je trouverai peut-être un garçon entendant moi aussi*, a-t-elle signé, et elle a décoché à Beau un regard faussement langoureux en battant des cils.

Il est à moi, ai-je signé avec un soupir, même si je savais qu'elle me taquinait.

Je sais, a-t-elle signé en me donnant une bourrade amicale. *Je suis contente pour toi.*

Moi aussi, ai-je répondu, en serrant la main de Beau de toutes mes forces.

Un an et demi plus tôt, je n'aurais pas pu me sentir plus mal en emménageant ici dans le Colorado, mais finalement, les choses n'avaient pas si mal tourné. J'avais trouvé Beau et Nina et maintenant Melissa était ici, et cela n'avait plus d'importance que certains soient sourds et d'autres entendants.

Nous étions, tout simplement.

Remerciements

Ce projet n'aurait jamais pu voir le jour sans Jillian Manning, qui a cru en moi, ou ma chère amie Staci Nichols, qui m'a donné les encouragements nécessaires pour que je commence à raconter l'histoire de Maya.

Mille mercis également à toute l'équipe de Blink, qui comprend, entre autres : Hannah VanVels, Sara Bierling, Jennifer Hoff, Annette Bourland, et beaucoup trop de monde pour tous les citer. Je suis extrêmement chanceuse de travailler avec une telle équipe éditoriale. Bien sûr, je me dois de remercier mon incroyable agente littéraire, Shannon Hassan, pour s'être emparée de l'histoire de Maya et de l'avoir emmenée loin.

Je souhaite aussi remercier la communauté sourde, de m'avoir soutenue quand je cherchais ma place dans les deux mondes et que j'apprenais leur si belle langue, et toutes les personnes que j'ai eu le plaisir de côtoyer lorsque je travaillais en tant qu'assistante aux services d'aide aux personnes sourdes. Ce fut une expérience bouleversante.

Comme toujours, je me dois de remercier mes parents, Sharon et Tony, pour leur soutien continu, et tous les membres de ma famille. Vous saurez vous reconnaître.

Je serais perdue sans le soutien de mes confrères écrivains, tels que Christina June, McCall Hoyle et Kelly Anne Blount. Ils ont bien plus de succès que moi, et sont toujours prêts à aider une débutante comme moi.

Enfin, des remerciements tout particuliers pour mon mari, Tyler. Je ne sais pas ce que j'aurais fait sans ta main dans la mienne pour traverser toutes mes crises de nerfs pendant le processus d'écriture – et tout en préparant notre mariage à côté. T'es un champion.

Entretien

avec Alison Gervais

Quelle a été votre inspiration pour écrire *Ce silence entre nous* ? Connaissiez-vous l'évolution de vos personnages dès le départ ou avez-vous eu quelques surprises en écrivant ?

L'inspiration pour *Ce silence entre nous* est venue en collaborant avec la communauté sourde de mon quartier et du désir de dépeindre un personnage non traditionnel dans la littérature YA. On ne voit pas beaucoup de personnages sourds dans la littérature d'aujourd'hui.

Je suis également moi-même malentendante, j'ai donc expérimenté certaines des frustrations de Maya face à la perte de son audition. Mon plan de départ était plutôt basique, mais l'histoire de Maya s'est déroulée d'elle-même au fil de l'écriture. Je suis assez surprise de la voir si courageuse au final !

Que souhaitez-vous que les lecteurs et lectrices retiennent de *Ce silence entre nous* ?

J'espère que les lecteurs comprendront que ce n'est pas parce que quelqu'un semble vivre dans un monde différent du sien que c'est nécessairement une mauvaise chose. Ce n'est pas parce qu'une personne est porteuse de « handicap » qu'il faut la prendre en pitié ou la ridiculiser. Chacun est capable d'atteindre ses propres objectifs, même s'ils diffèrent de ce qu'il avait imaginé.

Parlez-nous un peu plus de Maya et Beau.

Maya est le personnage que j'ai préféré écrire : elle dit ce qu'elle pense, elle n'a pas peur de mettre les gens face à leurs préjugés, et elle a bien plus confiance en elle que moi au lycée.

Beau est un peu plus réservé et conscient de l'image qu'il renvoie aux autres. Il tente de toujours paraître sûr de lui, mais en réalité, il est aussi perdu que tout autre adolescent sur ce qu'il veut faire de son avenir.

Considérez-vous vos personnages comme vos amis ou des extensions de vous-même ? Quel personnage vous ressemble le plus ? À quel personnage aimeriez-vous davantage ressembler ?

Il m'arrive de trouver des ressemblances entre moi et mes personnages, mais je pense que n'importe quel auteur pourrait en dire autant. Maya est sûrement celle qui me ressemble le plus car nous avons toutes les deux subi une perte d'audition, ce qui a créé des difficultés au lycée, mais elle est bien plus courageuse que moi et elle n'a pas peur de dire aux gens ce qu'elle pense. J'aimerais en dire autant pour moi !

Les amitiés entre Maya et Nina et Maya et Melissa sont importantes dans l'histoire. En quoi ces amitiés sont-elles différentes pour Maya ? Qu'est-ce qui rend chaque amitié unique ?
La principale différence entre l'amitié qu'éprouve Maya pour Nina et celle qu'elle éprouve pour Melissa est bien évidemment que Melissa est sourde – comme Maya –, ce qui n'est pas le cas de Nina. Nina aura beau être compréhensive et une véritable amie pour Maya, elle ne s'identifiera jamais à elle comme Melissa peut le faire. Maya et Melissa appartiennent à la même communauté et partagent la même langue et la même culture, tandis que Nina commence tout juste à découvrir cela. L'amitié entre Maya et Nina est unique car elle est comme un pont entre le monde des personnes sourdes et celui des entendants, et je pense que cela passe par une connaissance mutuelle des deux mondes.

Qu'est-ce qui a été le plus compliqué à écrire dans *Ce silence entre nous* ? Quelle a été votre scène préférée à écrire ?
Je pense que l'une des scènes les plus compliquées à écrire fut l'anniversaire de Maya. Je ne veux pas trop en dire, mais ce fut difficile. À ce moment-là, Maya espère construire une vraie relation avec Beau, et ça finit par lui éclater à la figure. La scène que j'ai préféré écrire est certainement celle où Beau et Maya travaillent ensemble sur leur présentation. C'est la première fois que Maya s'ouvre à Beau.

Selon vous, en quoi est-ce important que les jeunes lecteurs et lectrices rencontrent des personnages comme Maya, Beau, Nina, Jackson et Melissa ?
Je trouve que c'est une chance inestimable de pouvoir découvrir l'univers d'autres personnes à travers la littérature. Il y a peu de

romans YA avec des personnages sourds, et il est grand temps de les mettre un peu en avant.

Si vous pouviez faire passer un message à l'adolescente que vous étiez, que diriez-vous ?
Je lui dirais que le lycée n'est qu'un passage. L'heure viendra où tu te sentiras plus en contrôle de ta vie, et ça en vaudra le coup.

Quel est le meilleur conseil d'écriture que vous ayez reçu ?
Ce n'est pas un conseil qui m'a été personnellement donné, mais une citation de F. Scott Fitzgerald : « On n'écrit pas parce qu'on veut dire quelque chose, on écrit car on a quelque chose à dire. » Il est important d'écrire ce qui nous tient à cœur, et non ce qu'on est sûr de vendre.

Certifié PEFC

Ce produit est issu de forêts gérées durablement et de sources contrôlées

PEFC/18-32-94

www.pefc-france.org

Cet ouvrage est imprimé grâce à des encres à base d'huile végétale,
garantissant la démarche de développement durable
de l'éditeur et de l'imprimeur.

Achevé d'imprimer en mars 2025
par Rotolito en Italie
N° d'édition : 25L0592
Dépôt légal : mai 2025